TROLLHUNTERS

LES AUTEURS

Guillermo del Toro est un réalisateur, scénariste, écrivain et producteur de cinéma mexicain. On lui doit des films fantastiques comme *Hellboy*, ou *Le labyrinthe de Pan*. Il a également collaboré aux scénarios de la trilogie du *Seigneur des anneaux*, réalisée par Peter Jackson.

Auteur récompensé par de nombreux prix littéraires, **Daniel Kraus** vit à Chicago.

Ouvrage publié originellement aux États-Unis par Hyperion, un département de Disney Book Group, 2015, sous le titre *TrollHunters*.

©2015, Stygian LLC

©2016, Bayard Éditions pour la traduction française
18, rue Barbès, 92128 Montrouge Cedex
ISBN : 978-2-7470-5852-0
Dépôt légal : mai 2016

TROLLHUNTERS

Guillermo Del Toro
&
Daniel Kraus

Traduit de l'anglais (États-Unis)
par Patrice Lalande

bayard

On m'appelle troll ;

Croqueur de la lune,

Géant des bourrasques,

Calamité des trombes de pluie,

Compagnon des prophètes,

Créature de la nuit,

Dévoreur de la roue du ciel.

Qu'est donc un troll, sinon cela ?

Bragi Boddason l'Ancien, poète du IXe siècle

PROLOGUE

L'épidémie des briques de lait

Vous êtes de la nourriture. Ces muscles qui vous servent à marcher, à soulever et à parler ? Des steaks recouverts de tendons croustillants. Cette peau que vous examinez avec tant de soin devant vos miroirs ? Un mets délicieux pour qui a le palais assez fin, une fricassée de succulents tissus. Et ces os qui vous donnent la force d'avancer dans le monde ? Ils craquent sous la dent quand on aspire la moelle, et qu'elle s'écoule lentement au fond d'une gorge avide. Certes, tout cela est répugnant, mais il est utile de le savoir. Car, voyez-vous, il existe des *choses* qui ne sont pas du genre à rester tapies au fond de leur terrier à attendre que nous venions les capturer pour les faire rôtir au-dessus de nos feux. Non, ces choses piègent leurs proies à leur façon. Elles ont leurs propres feux… et des appétits qui n'appartiennent qu'à elles.

Jack Sturges et son frère cadet ne soupçonnaient rien de tout cela tandis qu'ils pédalaient à vive allure sur le lit asséché d'un canal de San Bernardino, Californie, où ils résidaient. On était le 21 septembre 1969, une journée idéale appartenant à une époque révolue : la lueur du crépuscule se répandait sur les pics du mont Sloughnisse, à l'ouest de la ville. Les deux garçons entendaient le bourdonnement des tondeuses, sentaient l'odeur de chlore d'une piscine toute proche, et humaient le doux fumet de la viande que quelqu'un faisait griller au barbecue à l'arrière de sa maison.

Avec ses rives élevées, le canal était l'endroit idéal pour échapper aux regards et livrer bataille sans attirer l'attention. Cet après-midi-là, comme à l'accoutumée, Victor Power (Jack) affrontait Docteur X (Jim). Brandissant leurs armes en plastique, ils zigzaguaient entre les gravats et se livraient bataille à coups de rayons laser. Victor Power avait le dessus, ce qui n'avait rien d'étonnant. Il bénéficiait d'un avantage décisif : son nouveau vélo, un Sportcrest rouge vif, si neuf que les rubans d'anniversaire y étaient encore accrochés. C'était le jour de ses treize ans et il manœuvrait son engin comme s'il avait passé toute sa vie dessus, s'élançant sur des pentes plus que périlleuses, franchissant les haies de mauvaises herbes qui menaçaient d'adhérer à ses vêtements, et pédalant parfois sans les mains de façon à lâcher une salve particulièrement dévastatrice sur son adversaire.

— Jamais tu ne me captureras vivant ! s'exclama Victor Power.

— C'est ce que tu crois ! haleta Docteur X. Je vais... Hé, attends... Jack, attends-moi !

Jim – ou Jimbo, ainsi que son frère avait coutume de l'appeler – remonta ses lunettes à verres épais et les cala tout en haut de l'arête de son nez. Elles étaient cassées, mais il les avait rafistolées avec un pansement.

Il avait huit ans et n'était pas très grand pour son âge. Non seulement son Schwinn jaune était cabossé et loin de valoir le Sportcrest, mais l'engin était si grand pour lui qu'il devait se servir des petites roues. Son père lui avait juré qu'il finirait par s'y habituer. En attendant ce jour, il n'avait d'autre choix que de se mettre debout sur les pédales s'il voulait vraiment avancer. Dans de telles conditions, il était plus que difficile de toucher sa cible. Bref, Docteur X était dans de sales draps.

Lancé à vive allure, le Sportcrest dépassa un tas d'ordures. Jim déboula quelques secondes plus tard, faisant crisser les petites roues, mais, lorsqu'il aperçut la brique de lait, il l'évita d'un coup de guidon. Sur un côté du carton froissé, on voyait le visage tout sourire d'une fillette et, juste au-dessus, cette simple légende : DISPARUE. Cela lui ficha la trouille. C'était un des moyens par lesquels on informait la population qu'un enfant s'était volatilisé. Et ces cas étaient particulièrement nombreux à San Bernardino.

Le phénomène avait commencé un an plus tôt. Un garçon n'était pas rentré chez lui. Un groupe de volontaires s'était lancé à sa recherche, mais bien vite il s'était produit la même chose avec un deuxième, puis un troisième enfant. Pendant un temps, il y avait eu une équipe par gamin disparu. Bien vite, il ne s'écoulait même plus quarante-huit heures entre une disparition et la suivante, et les adultes ne pouvaient plus faire face. C'était ça qui avait le plus effrayé Jim : la résignation qui se lisait sur le visage de parents qui ne trouvaient plus le sommeil.

Ils avaient cédé devant la force maléfique qui s'emparait de leur progéniture. Quand ils servaient du lait à table, ils s'efforçaient d'ignorer les photos imprimées sur les briques et ces mots terrifiants : *M'avez-vous aperçu(e) ?*

Jim avait entendu dire que cent quatre-vingt-dix enfants n'avaient pas réapparu. Le chiffre aurait semblé fantaisiste si les preuves de l'ampleur du phénomène ne s'accumulaient pas devant ses yeux : l'enceinte surélevée autour de l'école, le nombre accru de parents patrouillant aux abords des terrains de jeu, les interpellations musclées des policiers quand ils trouvaient des enfants dans la rue après la tombée de la nuit. Jim et Jack n'avaient pas souvent l'autorisation d'être en vadrouille sur leurs vélos alors que le crépuscule approchait, mais c'était l'anniversaire de Jack, et leurs parents n'avaient pas eu le cœur de leur opposer un refus.

Jack n'avait pas perdu de temps pour bricoler son vélo. Il avait fixé un poste radio portatif dessus à l'aide d'un fil de fer passé autour du guidon. Puis il avait mis le son à fond. Leur après-midi avait été rythmé par les tubes du moment, et notamment ceux qui pulsaient le plus : *Sugar, Sugar*, *Hot Fun in the Summertime* ou *Proud Mary*. Étonnamment, ces morceaux étaient la bande-son parfaite pour les duels au laser de Victor Power et de Docteur X.

Devant Jim, les notes d'une nouvelle chanson montèrent de la radio de Jack : *What's your Name ?*, interprétée par le duo Don & Juan. Une chanson d'amour. Ce n'était pas celle qu'il préférait, mais la mélodie sirupeuse incarnait à merveille l'ambiance de cette fin de journée. Le soleil sombrait rapidement à l'horizon, l'école recommençait le lendemain, et ces quelques centaines de mètres qui leur restaient à parcourir seraient sans doute leurs derniers instants d'été avant que la rentrée et les cours mouchent les feux joyeux des vacances comme la flamme d'une bougie. Jim regarda le soleil, en plissant les yeux. Jack pédalait si vite que les oiseaux s'envolaient à tire-d'aile sur son passage pour ne plus se poser avant d'avoir migré au sud pour l'hiver. Jack poussa un glapissement de joie et les feuilles mortes tourbillonnèrent, emportées dans le sillage de son Sportcrest. Encore quelques secondes et il serait sous la masse de béton et d'acier du pont Holland. Des voitures l'empruntaient en cet instant même, mais le dessous de l'édifice n'était que ténèbres, sombres et profondes.

Jim devait rattraper son frère. Il voulait qu'ils arrivent en même temps pour une fois, pas comme d'habitude, où c'était toujours le gagnant suivi du perdant, Victor Power suivi de Docteur X. Jim se redressa sur ses pédales et appuya de toutes ses forces. Les petites roues gémirent de protestation – *couiiiiic, couiiic, couiiiiiic !* –, mais il ne relâcha pas ses efforts pour autant. Comme il aurait aimé avoir des jambes plus longues et plus musclées !

Lorsqu'il leva la tête, Jack avait disparu.

Jim vit le Sportcrest par terre, sous le pont, renvoyant les reflets du soleil couchant, le guidon plié. Comme il se rapprochait dangereusement, Jim cessa de pédaler, braqua, et son vélo s'immobilisa de côté en crissant, à quelques pas à peine de l'ombre du pont. Il passa une jambe par-dessus la fourche du vélo, haletant, fouillant les ombres du regard.

— Jack ?

La roue avant du Sportcrest tournait encore, comme si le fantôme de son frère était toujours là et pédalait.

— Allez, Jack, fais pas l'idiot. Tu ne crois pas que j'ai peur, quand même ?

La seule réponse fut celle de Don & Juan, dont les douces harmonies étaient déformées en un gémissement plaintif par l'écho :

« Debout à l'angle de la rue

Attendant de te voir arriver

Et de sentir mon cœur

S'envoo-o-oler de joie… »

Les lampadaires s'allumèrent les uns après les autres avec un bruit de pétard grésillant, inondant le canal d'une lueur jaunâtre. La nuit était officiellement tombée ; il n'était plus question de rester dehors à faire le clown.

— Si on ne rentre pas à la maison tout de suite, papa va nous priver de sorties pendant des semaines. Jack ?

Jim déglutit, descendit de vélo, serra son pistolet laser dans sa main moite, et avança à côté de son engin jusque sous l'ombre du pont. Il y faisait bien trois ou quatre degrés de moins. Il frissonna. Les petites roues tournaient à présent au ralenti, mais leur gémissement n'avait pas cessé pour autant : *couiiiic, couiiiic, couiiiic.*

Il arriva devant le Sportcrest. La roue ne bougeait presque plus. Il eut soudain la sensation que cette roue était le cœur de Jack et que, si elle s'arrêtait, alors son frère serait parti à jamais. Jim scruta le puits de ténèbres insondables. Ignorant le *floc-floc* des gouttes d'humidité, le bruit des bêtes — des rats ? — qui détalaient dans le noir, le grondement sourd de la circulation sur le pont et les derniers râles de Don & Juan, il éleva la voix.

— Jack ! Allez ! Tu es blessé ? Jack, je rigole pas !

Il grimaça en entendant la façon dont l'écho renvoyait ses mots. Les lampadaires dorés, le ciel tirant sur le violet, la température glaciale… Comment était-on passé aussi rapidement du rêve au cauchemar ? Il pivota sur ses talons, examina une tache d'ombre, puis une autre, de plus en plus vite, tandis qu'il haletait de peur. Il pensa soudain à l'unique direction où il n'avait pas encore regardé.

Jim tendit lentement le cou vers le haut.

Du noir. Rien que du noir.

Et tout à coup le noir *bougea*. Un geste naturel, presque gracieux. Des membres puissants, gigantesques, se détachèrent brièvement du béton. Une chose de la taille d'un gros rocher — une tête — se tourna jusqu'à ce que Jim aperçoive ses yeux orange, brillants comme du feu. Quand la créature inspira, on aurait dit que tout le dessous du pont venait d'onduler. Puis elle expira et la force de ce souffle putride envoya Jim basculer en arrière.

La chose lâcha le pont et se laissa tomber à terre. Un nuage de poussière monta en volutes tandis que des détritus étaient projetés dans toutes les directions. Dans ce brouillard, Jim aperçut des briques de lait. Il y en avait deux, trois, quatre… non, cinq, et on aurait dit qu'elles tourbillonnaient et bondissaient. Les photos des enfants disparus semblaient grimacer et se moquer de leur propre mort. Le monstre se redressa sur ses pattes arrière à la façon d'un grizzly. La lumière des lampadaires illumina deux cornes qui lacérèrent le béton. La bouche s'ouvrit, découvrant d'énormes dents, irrégulières et étincelantes. Des yeux orange se rivèrent sur Jim. Puis des bras — de véritables pythons noueux couverts de fourrure — s'élancèrent vers lui. Jim hurla. L'écho décupla la puissance du cri, ce qui immobilisa la créature... une seconde. Jim saisit l'occasion et bondit, enfourcha son Schwinn, appuya à fond sur la pédale de droite. Son pied gauche heurta la radio de Jack, mettant un terme définitif à Don & Juan. L'instant d'après, il sortit du dessous du pont Holland. Ses jambes moulinaient sans s'arrêter, et il hurlait encore.

Il l'entendit dans son dos. Quelque chose de colossal qui le talonnait, courant derrière lui comme un gorille.

Gémissant de terreur, Jim pédala de plus belle. Le couinement plaintif des petites roues se transforma en hurlement suraigu. La créature menaçait de le rattraper. Le sol vibrait à chaque impact de ses pieds titanesques. Elle mugissait comme un taureau, et son souffle puait l'égout. Le pistolet laser glissa des doigts de Jim ; plus jamais il ne se sentirait investi de la force et de la ruse de Docteur X. Le monstre grogna si près de lui que le cadre du vélo en vibra. Dans l'arc de lumière des lampadaires devant lui se dessina une ombre terrifiante... le bras de la créature qui tendait vers son dos ses griffes longues et acérées.

Jim donna un coup de guidon sur la gauche, la bicyclette bondit hors du canal, fendant les herbes folles qui poussaient dans le fossé, et il déboula sur le trottoir. Il y avait une bouche à incendie juste en face, rouge comme le vélo d'anniversaire de Jack... Oh, Jack, Jack... Qu'était-il arrivé à Jack ? Jim s'élança vers le milieu de la rue. Une voiture klaxonna et fit un écart pour l'éviter. Jim ignora les cris énervés du chauffeur. Il allait aussi vite que son frère, à présent. Il savait enfin pédaler. Les petites roues se détachèrent et rebondirent sur la route.

Sa maison était *juste là*, à quelques secondes. Il s'apprêta à franchir les derniers mètres, inspirant à pleins poumons, les joues striées de larmes. Le vélo bondit sur le trottoir et heurta la palissade blanche. Jim fut projeté en avant par-dessus le guidon et s'écrasa tête la première sur la pelouse, s'écorchant le visage sur les buissons que sa mère avait taillés au millimètre. Le pansement se détacha de ses lunettes.

Le chien aboyait depuis la maison. Jim entendit des bruits de pas, la porte d'entrée s'ouvrit avec fracas, son père et sa mère dévalèrent les marches. Jim se rendit compte qu'il hurlait toujours. Il chercha les deux morceaux de ses lunettes et les plaça devant ses yeux. Rien. Il scruta la cour, les pavillons de cette banlieue paisible, les boîtes aux lettres, les parterres de fleurs, les arrosoirs. Pas de monstre. Mais, à ses pieds, il aperçut quelque chose qui n'avait rien à faire là.

Un sinistre médaillon en bronze, fixé à une chaîne rouillée. On y voyait un visage hideux et déformé par la rage, une inscription indéchiffrable dans une langue inconnue et, en travers de la partie inférieure, une magnifique épée. Les sanglots de Jim se nouèrent dans sa gorge et il tendit la main pour s'en saisir.

— Jim ! Que se passe-t-il ?

C'était sa mère. Elle se laissa tomber à genoux à ses côtés et frotta les croûtes de terre collées à ses oreilles. Son père arriva juste après, s'agenouilla à son tour et le secoua par un genou pour attirer son attention. Ils répétaient son nom sans discontinuer. Jim. C'était horrible de se dire qu'on ne l'appellerait plus jamais Jimbo.

— Regarde-moi, bonhomme, dit son père. Tu vas bien ? Ça va, bonhomme ? Parle-moi.

— Où est ton frère ? demanda sa mère dans un murmure rauque qui laissait deviner qu'elle connaissait la réponse. Jim, où est Jack ?

Jim se contenta de rester penché. Derrière son père, on voyait toujours l'empreinte du médaillon sur l'herbe, mais celui-ci n'était plus là, si tant est qu'il eût jamais existé. Jim fut gagné par une étrange sensation de tristesse face à sa disparition, et par un sentiment d'échec plus grand encore.

Il se laissa tomber dans les bras de ses parents, pleurant, frissonnant, sachant qu'il connaissait à présent la peur véritable, la douleur d'une authentique perte.

Jim Sturges est mon père. Jack Sturges, mon oncle. Je ne devais apprendre les détails de l'histoire que je viens de vous raconter que quarante-cinq ans plus tard, lorsque j'eus quinze ans. Oncle Jack avait été le dernier enfant à disparaître lors de l'épidémie des briques de lait, qui s'était achevée aussi brusquement qu'elle avait commencé. Le Sportcrest en morceaux devint une relique familiale ; je l'ai vu une centaine de fois. À quinze ans aussi, j'appris que mon père avait passé les décennies suivantes — toute sa jeunesse et une bonne partie de sa vie adulte — à se rendre sous le pont Holland à la nuit tombée, lampe torche en main, pour chercher des indices sur le sort de son frère aîné. On ne devait plus jamais revoir Jack, à l'exception de son visage volontaire avec son air un peu moqueur, imprimé sur les briques de lait et surmonté de la mention DISPARU.

DISPARU. On n'aurait pas pu mieux qualifier mon père durant les années qui suivirent, tant cet épisode le bouleversa.

Au fond de l'égout

I

    Selon des témoignages d'époque, la bataille décisive – et désormais historique – des Feuilles Mortes eut lieu sur le terrain du stade du lycée Harry G. Bleeker de San Bernardino. Il ne restait plus que deux minutes à jouer, et ce n'était pas gagné pour notre équipe : les Fauves de San B. ne menaient en effet que de six points et le *quarterback* était sur le banc de touche après avoir reçu un violent coup à la tête. C'est à ce moment-là, à la fin du match le plus important de l'année, sur ce terrain humide de rosée, qu'un héros courageux tomba et qu'un vainqueur inattendu s'imposa. Aujourd'hui encore, les évènements de cette nuit-là alimentent les contes et les rêves des enfants de tous âges, humains ou pas. Lisez donc soigneusement les pages qui suivent, et croyez-en chaque mot. Après tout, peut-être un jour voudrez-vous raconter cette histoire à vos propres enfants.

    Comme vous allez vous en apercevoir, on n'a jamais vu plus étrange.

    Mon nom est James Sturges Junior, mais vous pouvez m'appeler Jim, comme mon père. Avant, il n'y avait aucune différence entre vous et moi. J'avais quinze ans le jour où mon aventure a débuté, un vendredi d'octobre. Ce matin-là, mon réveil retentit à l'heure habituelle, sans aucun égard pour mon sommeil. Je fis comme si de rien n'était, car j'avais appris à prolonger mes nuits sans me laisser importuner par son *biiip-biiip* incessant. Malheureusement, personne n'avait le sommeil aussi léger que mon père, Jim Sturges Senior. Un courant d'air frôlant la maison suffisait à le réveiller. Il ne manquait alors jamais de venir voir si j'allais bien, et me tirer du lit par la même occasion. Son attitude s'expliquait sans doute par ce qui était arrivé à Jack, son frère aîné. Le genre de truc qui vous retourne le cerveau pour la vie.

Il entra dans ma chambre et coupa la sonnerie. Le silence qui s'ensuivit était pire parce que je savais que mon père restait là à me regarder. Il était coutumier de la chose. Comme s'il avait du mal à se convaincre que j'avais survécu une nuit de plus. J'entrouvris les yeux. Il était vêtu d'une chemise trop petite, dont le col était sale, et il s'efforçait de boutonner son poignet gauche, comme tous les matins, jusqu'au moment où il craquait et demandait mon aide.

Il faisait vieux. Il *était* vieux. Plus que la plupart des pères de ma connaissance, à en juger par les pattes d'oie qui sillonnaient le coin de ses yeux, par ses sourcils broussailleux, par les poils qui lui poussaient dans les oreilles, et par sa calvitie presque totale. En plus de ça, il donnait l'impression d'être avachi, ce que je n'avais jamais vu chez les autres pères, même si ça n'avait sans doute rien à voir avec l'âge. Quelque chose devait littéralement lui peser sur les épaules.

— Debout. C'est l'heure de se lever !

Le ton n'avait rien de particulièrement enjoué. Sa voix n'était d'ailleurs jamais enjouée.

Je m'assis dans mon lit et le regardai s'approcher du volet d'acier de ma fenêtre. Il prit ses lunettes au fond de sa poche. Cassées évidemment, et recollées avec un pansement. Il plissa les yeux, s'efforçant de lire le code à sept chiffres. Il pressa les touches puis tira d'un coup sec vers le haut. Le volet remonta en se pliant en accordéon, révélant une journée ensoleillée.

— À quoi bon ouvrir ? grognai-je. De toute façon, je vais devoir tout refermer quand on va partir.

— La lumière du soleil est importante pour un garçon en pleine croissance.

Il n'y avait aucune conviction dans ses mots.

— Je ne grandis pas.

J'avais hérité de sa petite taille, et j'attendais toujours cette brusque poussée dont on ne cessait de me rebattre les oreilles, celle qui me ferait gagner tant de centimètres.

— En fait, repris-je, j'ai même l'impression de rétrécir.

Il s'acharna encore un peu sur son bouton de chemise, puis sortit de la chambre.

— Debout et d'attaque, lança-t-il. Le petit-déjeuner aussi, c'est important.

Là encore, la conviction n'y était pas.

Une fois douché et habillé, je trouvai papa pile à l'endroit où je m'attendais à le voir : debout dans le salon, comme hypnotisé par l'autel à la mémoire de l'oncle Jack, installé au-dessus de notre cheminée électrique. J'appelle ça un autel parce que je ne vois pas quel autre nom lui donner. Chaque centimètre carré de cette étagère était garni d'objets ou de souvenirs en rapport avec Jack. Il y avait les photos d'école, évidemment. Sur celle de la première année de maternelle, on voyait Jack sourire, arborant son tee-shirt du Lone Ranger ; sur celle de la seconde année, il désignait joyeusement les trous marquant l'emplacement de ses dents de lait. Sur sa photo de CE1, il avait un cocard dont il paraissait particulièrement fier. Le Jack du collège, le tout dernier Jack, bronzé et en pleine forme, donnait l'impression qu'il allait conquérir le monde. Il y avait aussi des objets plus étranges. La sonnette de son Sportcrest, piquée de taches de rouille. La radio qui avait joué son dernier morceau en 1969, de forme bizarre et d'où saillait une antenne tordue. Et d'autres choses encore qui n'évoquaient de souvenirs qu'à papa, comme une montre-bracelet cassée ou une figurine d'Indien en bois. Ce qui mettait le plus mal à l'aise dans le lot, c'était une photo encadrée découpée sur une boîte de lait.

Papa aperçut mon reflet. Il se força à prendre un air joyeux.

— Hello, fiston.

— Salut, papa.

— Je... Je fais un peu de ménage.

Il n'avait ni chiffon ni dépoussiérant dans les mains.

— Pas de problème.

— Tu manges un morceau ?

— Oui, pourquoi pas.

— Bien, conclut-il, avec un sourire si forcé qu'on aurait dit qu'il allait se briser la mâchoire. Allons préparer le petit-déjeuner.

« Préparer le petit-déjeuner », ça voulait dire sortir des céréales et du lait froid. Il y avait eu un temps où on prenait un *vrai* petit-déjeuner, mais c'était avant que maman en ait ras le bol du perpétuel sentiment d'insécurité de son mari et nous quitte. Papa faisait du mieux qu'il pouvait, me disais-je. Assis de chaque côté de la table, visage penché sur nos bols, nous mangeâmes sans autre bruit que celui des céréales qui craquaient sous nos dents et du lait qu'on buvait. Mon père jetait régulièrement des regards pour s'assurer que les volets d'acier étaient bien en place. Je poussai un soupir et me versai un peu plus de lait. D'une bouteille en plastique. Papa n'achetait jamais de lait en brique.

Il regarda sa montre jusqu'à ce que je culpabilise et que je jette mon reste de céréales dans la poubelle. Je me précipitai dans ma chambre tandis qu'il m'attendait à l'entrée. J'enfilai mon blouson, pris mon sac à dos et tapai le code pour verrouiller les volets. Papa n'ouvrit pas avant que je sois à côté de lui. C'était un rituel que je connaissais par cœur. La porte comportait dix verrous, plus impressionnants les uns que les autres. Tandis qu'il tournait les clés, tirait les chevilles et faisait glisser les chaînes, j'accompagnai par un murmure ce solo de percussion que j'entendais depuis quinze ans : *clic, cric, zing, cric, clac, tac-tac-tac, ponk, crac, tchic, bam.*

— Jimmy. Jimmy !

Je clignai les yeux et le regardai. Il était dans l'embrasure de la porte, l'air vulnérable dans cette chemise qui ne lui allait pas, une main plaquée sur son estomac à l'endroit où son ulcère commençait à le travailler, comme tous les jours à la même heure. J'aurais voulu me sentir mal à l'aise pour lui, mais il faisait de grands gestes impatients dans ma direction.

— Descends du perron, sinon les capteurs de poids vont se déclencher. Allez, allez !

Je haussai les épaules en guise d'excuse, le dépassai et arrivai sur la pelouse. J'entendis le système d'alarme se mettre en route, puis la voix féminine et métallique : « Zone intérieure sécurisée. » Papa poussa un profond soupir, comme s'il avait pu y avoir une quelconque inquiétude à ce sujet. Il vérifia ensuite les verrous extérieurs et bondit au bas du perron, atterrissant à côté de moi. Les mèches de cheveux au-dessus de ses oreilles étaient plaquées à son crâne par la sueur.

Le pauvre vieux était essoufflé ; il n'était absolument pas de taille à lutter contre les démons intérieurs qui avaient pris des proportions de dragons dans sa tête. Sa poitrine se soulevait, attirant mon attention sur l'étui pour calculatrice glissé dans sa poche de poitrine, frappée du logo de la San Bernardino Electronics. La légende voulait que ce soit papa qui avait mis au point l'étui Excalibur, que possédaient tous les scientifiques binoclards du monde entier, mais il la récusait. Mon hypothèse était que ses chefs lui avaient volé la paternité de son invention.

C'est le genre de trucs qui arrive à des individus comme Jim Sturges Senior. Ça me mettait en rogne.

On traversa le gazon sous le bourdonnement de la caméra de sécurité de la porte d'entrée, qui suivit nos mouvements. Papa me marcha sur le pied et je m'aperçus que ses chaussettes étaient couvertes de taches vertes. J'avais l'habitude. Pour compenser l'absence de promotions et de primes à son travail, il tondait des pelouses le week-end. Dans les parcs municipaux, dans les cimetières, et même dans le stade de foot du lycée, déguisé en extraterrestre avec son équipement, ses lunettes spéciales et ses gants. De quoi aider un peu plus ma réputation à l'école, si vous voyez ce que je veux dire. Il me poussa en avant d'une main qui sentait l'herbe.

— Tu vas rater le bus, Jimmy. Du coup, je vais devoir faire demi-tour et t'amener à l'école en voiture, et je serai en retard pour le travail.

— Je ne pourrais pas y aller en marchant, tout simplement ?

— Tu sais combien il m'a été difficile de caler mes heures pour que nous puissions quitter la maison ensemble. Mon chef n'a pas été conciliant là-dessus, Jimmy, pas conciliant du tout.

— Tu n'étais pas obligé. Il n'y a que les bébés qui se déplacent en bus.

Il me regarda d'un air désapprobateur.

— On n'est jamais trop prudent. Prends l'exemple de mon frère Jack. Il était indépendant, ça, oui. Et toujours plein d'énergie. Il avait l'habitude de dire : « Jim, rien ne peut me blesser. » Mais des choses l'ont blessé, bien qu'il ait été...

Je poursuivis la rengaine avec lui :

— ... le garçon le plus courageux qu'on ait jamais vu.

Papa se retourna une fois parvenu devant sa camionnette, dont il disait qu'elle était « le véhicule le plus sûr de tout San Bernardino ». Elle lui servait aussi à transporter ses tondeuses. Il soupira. Je vis que sa manche de chemise dépassait de la veste et n'était pas boutonnée. Il méritait de partir au boulot comme ça, s'il persistait à refuser de me laisser grandir et faire des choses aussi simples qu'aller seul à l'école, à pied.

Il ouvrit la portière. Je tapai du pied. Il avait raison, le bus arrivait. Je l'entendais passer sur Maple Street et j'allais devoir courir si je voulais avoir une chance de l'attraper. Mais ce bouton de manche m'arrêta. Je ne parvenais pas à m'ôter de la tête l'image des jeunes employés de la boîte où travaillait mon père, se moquant de ce type hirsute à l'air inquiet, avec ses lunettes rafistolées au sparadrap et qui arborait son étui de calculatrice comme s'il s'agissait d'une médaille honorifique. Une victime dans la famille, c'était bien assez.

Je m'approchai de lui, tirai sur la manche, et en deux temps trois mouvements je la boutonnai comme il faut. J'adressai un petit sourire à mon père. Il cligna les yeux à travers les carreaux sales de ses lunettes.

— Le bus, Jimmy...

Je soupirai.

— C'est comme si j'étais dedans, papa.

2

Une rangée de potirons était alignée devant l'école. Je m'amusai à les compter et j'étais arrivé à quarante et un lorsque le bus s'immobilisa de sa façon coutumière : d'un coup sec à vous faire remonter le petit-déj. Les boîtes à repas et les livres dégringolèrent sous les fauteuils crasseux. Les enfants se mirent à quatre pattes pour récupérer leurs bouteilles thermos et leurs crayons à papier en cavale. Je me renfonçai dans mon siège et examinai le panneau à l'entrée du lycée :

102ᵉ festival annuel des Feuilles Mortes

Toute la semaine

Montrez votre implication

Allez les Fauves de San B. !

Impossible de grandir à San B. sans avoir de souvenirs du festival des Feuilles Mortes. Peut-être était-ce ce jour où vous étiez habillée en princesse ou déguisé en robot, pour la parade des enfants ? Ou alors l'année où vous et vos parents étiez volontaires pour nettoyer des tables gluantes de sirop à la « Crêpes-Party » du club Kiwanis ? Le festival avait pour origine une histoire assez sympa au sujet du bannissement légendaire de quelqu'un, mais je n'arrivais jamais à me rappeler qui bannissait qui et pour quelle raison.

Ça n'avait pas vraiment d'importance, parce qu'il avait évolué au fil du temps et que c'était devenu une façon pour la ville de se vendre elle-même. Sept jours d'affilée, on y trouvait des allées remplies de chefs-d'œuvre à prix gonflés pondus en quatrième vitesse par les artisans du coin ; des rangées d'étals où s'empilaient des tonnes de vêtements invendables à des prix ridicules ; des concerts gratuits autour des kiosques à musique des parcs municipaux ; des promotions spéciales dans les concessions automobiles, les restaurants et les officines d'assurance. Et tout cela se terminait ici même, à San B., par un grand match de football américain suivi d'une pièce de théâtre, jouée en plein milieu du stade. Le sport et la culture au même endroit, et le droit de manger son hot-dog pendant la représentation, par-dessus le marché.

Cette année promettait d'attirer les foules, et pas seulement parce que l'équipe était encore invaincue. Le stade Harry G. Bleeker était typique des terrains de lycée : des poteaux, des rampes de lumière pour les matches nocturnes, et des recoins partout pour que les adolescents puissent y consommer de la bière en douce et se rouler des pelles à l'abri des regards. Vendredi prochain était le jour de l'inauguration de notre Jumbotron, un écran géant d'une taille délirante, qui était pour l'heure caché sous une bâche, le temps que les ouvriers finissent de l'installer.

Tout ce festival franchement crétin, dont je n'avais rien, mais alors rien à carrer, commencerait samedi

— c'est-à-dire demain. Cela signifiait que les heures qui arrivaient étaient précieuses, précédant celles où tout le monde devenait taré à recouvrir la ville de rouge et de blanc, les couleurs officielles de San B. C'était le pire moment de l'année pour les ados dans mon genre, ceux qui n'étaient pas bons en sport, en théâtre, ou en quoi que ce soit, d'ailleurs.

Je sortis le dernier du bus, et avais à peine mis le pied sur le trottoir qu'un élève que je connaissais de vue – il siégeait lui aussi à la table des moins populaires du bahut – déboula par la grande porte. Il s'accrocha à moi et tendit un doigt vers l'école.

— Toby..., haleta-t-il. La caverne aux Trophées...

C'était tout ce qu'il avait besoin de dire. S'il y avait un coin du lycée réservé aux actes de martyrisation, c'était bien la caverne aux Trophées. Ce surnom désignait un couloir du deuxième étage où étaient exposées les coupes et récompenses gagnées par l'école. C'était là qu'avaient lieu les cours de français et d'allemand naguère, mais ces matières optionnelles avaient disparu des enseignements. Depuis, les néons avaient grillé, ou alors quelqu'un les avait trafiqués, transformant ainsi l'endroit en un obscur passage maléfique qu'il fallait éviter à tout prix, même si cela signifiait arriver en retard à un cours ou se retenir d'aller aux toilettes. On y entendait régulièrement chialer les élèves de première année, quand les durs du bahut leur faisaient subir leur premier « wedgie », ce qui consiste à se placer dans le dos de la victime et à lui tirer brutalement le slip pour le coincer dans la raie des fesses.

Certains avaient la malchance incroyable d'avoir leurs casiers dans cette salle de torture. Tobias « Toby » D., mon meilleur ami, en faisait partie.

Je connaissais déjà l'identité de l'agresseur avant d'arriver à la caverne. Des séries de *smack*, *smack* cadencés résonnaient depuis l'autre bout du couloir, signature de Steve Jorgensen-Warner. Steve s'amusait toujours à faire rebondir son ballon, où qu'il se trouve. En classe, à la cafétéria, aux toilettes, sur le parking. Certains professeurs, de sport pour la plupart, le laissaient parfois faire pour l'aider à se concentrer, tandis que les élèves grinçaient des dents en silence, irrités.

Steve, de toute évidence, n'était pas un lycéen comme les autres. Oui, il était le capitaine de l'équipe de basket, et le *running back* — le milieu défensif — de celle de foot américain. Mais ce n'est pas suffisant pour le résumer. Il était beau, mais d'une façon très étonnante. Ses yeux étaient petits et ronds, et son nez, porcin. Il avait trop, mais alors vraiment trop, de cheveux, et quelques-unes de ses dents faisaient penser à des crocs. Pourtant, l'ensemble était assez fascinant. Sa puissance musculaire peu commune et sa façon bizarre de s'exprimer, un ton poli, avec chaque syllabe bien détachée, tel celui d'un étudiant étranger qui a appris la langue à l'école, complétaient cet assemblage peu courant. Il n'y en avait pas deux comme lui. Ce que les profs ne savaient pas, en revanche, c'est que personne n'était plus cruel.

Une foule était rassemblée. J'avançai sur la pointe des pieds et aperçus Toby, à genoux, son visage criblé de taches de rousseur à présent aussi violacé qu'une betterave, qui cherchait son souffle tandis que Steve l'immobilisait par une clé de bras. De l'autre main, il continuait à faire rebondir son ballon de basket, poursuivant l'air de rien une conversation avec un de ses coéquipiers. Je me frayai un chemin vers le premier rang de l'assemblée. Un filet de bave pendait de la lèvre inférieure de Toby, et il griffait le biceps de Steve.

— De l'air, haletait-il. Respirer… j'ai besoin… de… respirer.

Steve s'excusa auprès de son ami et tourna la tête vers le lycéen obèse qui se tortillait sous son bras. Des reflets déformés du visage de Toby semblaient danser sur les coupes de championnat en bronze et sur les photos encadrées de jeunes hommes en tee-shirt, éclatants de santé, et arborant un bien plus large sourire que mon meilleur ami qui couinait lamentablement.

Smack, smack, smack, smack.

Les yeux de Steve ne souriaient jamais.

— Tu sais comment ça marche, Toby. Cinq dollars par jour. Désolé si ce n'était pas clair.

— Tu as été… incroyablement… clair.

— Cinq dollars, c'est une super affaire. Je te défie de trouver meilleur marché.

— Je… t'ai donné… tout ce que… j'avais… hier.

— Eh bien, si c'est vrai, pourquoi tu ne t'excuses pas ?

— Trachée… Enfoncée… Parler… difficile…

— « Désolé », c'est court comme mot. Pourquoi ne le dis-tu donc pas ?

— Désolé…

— Ça semblait à moitié sincère, Toby. Excuses acceptées. Débrouille-toi juste pour me trouver ces cinq dollars avant la fin de la journée et nous oublierons tout ça. Jusqu'à la prochaine fois, je veux dire.

J'aurais tout donné pour être le genre de gamin capable de fendre la foule, pousser Steve et l'écarter de mon ami. Mais ça ne servirait qu'à nous faire tuer tous les deux. En fait, je voulus partir dans la direction opposée, mais il y avait tellement de monde que je trébuchai, basculai en arrière et, à ma grande horreur, m'étalai en plein sur la scène de torture.

Steve cligna ses petits yeux porcins en m'apercevant. Il relâcha Toby, qui se laissa tomber au sol dans une mare de sa propre salive. Steve se tourna et les rebonds de son ballon de basket ralentirent, et devinrent presque aussi espacés que les battements de cœur de cette baleine sur la vidéo qu'on avait regardée un jour, en cours de biologie. Le temps s'arrêta.

— Ah, Sturges, lança Steve. Tu veux ta ration, toi aussi ? Super nouvelle.

Au fil des ans, j'avais eu droit à ma dose de harcèlement de la part de Steve Jorgensen-Warner. Ça avait commencé par une légendaire brûlure indienne au CE1. Vous savez, quand on vous prend le bras à deux mains et qu'on tourne brutalement dans les deux sens, en même temps. La peau rougit et ça fait un mal de chien. Et ça avait fini par un poignet foulé en troisième, quand j'avais malencontreusement « glissé » dans l'escalier. Pourtant je n'avais jamais cherché Steve. Même Toby, recroquevillé en position fœtale, avait l'air médusé.

— Oh ben ça alors, dis-je, par terre. Il faut que j'aille en cours. On devrait tous aller en cours, n'est-ce pas ? Je veux dire, c'est l'heure, non ? Oui ?

La caverne aux Trophées faisait comme une chambre d'écho à mes bavardages.

Smack, smack !

Le ballon semblait avoir retrouvé toute son énergie. C'était un indicateur d'humeur tout aussi fiable que la queue d'un chien. Un sourire resplendissant fendit le visage de Steve tandis qu'il se rapprochait de moi, en dribblant. Le type était dans son élément. S'il y avait eu un panier, il aurait marqué le point à l'aise.

3

Tout compte fait, Toby et moi, on s'en est bien tirés. On écopa du «broyeur à ordures», cet ingénieux procédé où on enferme un adolescent dans un casier bien trop petit pour lui, dont on pousse la porte sans ménagement jusqu'à l'y faire loger entièrement. C'est plus douloureux que ça en a l'air, dit comme ça. Les crochets à vêtements vous écorchent le cuir chevelu, les angles droits vous éraflent les épaules, et si vous êtes assez stupide pour tenter d'empêcher la porte de claquer, vous pouvez vous casser un doigt. J'en ai déjà été témoin.

Par chance pour moi, j'avais été broyé assez souvent pour savoir ouvrir un vestiaire de l'intérieur. Je restai immobile jusqu'à ce que les rebonds s'éloignent, et je sortis. Toby gémissait dans le casier d'à côté, et je ne peux pas dire que je lui en tenais rigueur. Il était corpulent et les lois de la physique sont sans appel : son extraction n'allait pas être facile. Je lui expliquai ce qu'il devait faire pour déclencher l'ouverture. Ça prit un peu de temps en raison des jurons qu'il ne cessait de proférer. La cloche sonna. Je soupirai. On allait être à la bourre.

Dix minutes plus tard, on reprenait notre souffle dans les toilettes des garçons. Ni lui ni moi n'avions l'intention d'entrer dans la salle de classe avec des lèvres et des coudes ensanglantés. On prit donc notre temps, pour rincer nos plaies à l'eau froide et les sécher avec l'essuie-mains de l'école, brun et rêche.

— Ces feuilles sont faites pour les animaux, commenta Toby.

Il entra dans un des WC et en ressortit avec une poignée de papier toilette. Il colla une feuille sur un de ses coudes écorchés.

Mon sourire forcé se transforma en grimace de douleur. Ma joue commençait à faire un bleu. Je passai en revue les moyens de cacher la vérité à papa. Des lunettes de soleil géantes ? Une écharpe fantaisie ? Du maquillage de fête ? Mon père ne réagissait pas de façon rationnelle quand ma sécurité était en jeu.

Toby se pencha devant le miroir et fronça les sourcils. J'aimerais pouvoir vous dire que la véritable beauté est intérieure. Si c'était le cas, les tripes de Toby provoqueraient l'admiration des chirurgiens. En étant gentil, on pourrait dire que Tobias Dershowitz était du genre potelé ; costaud, si on est diplomate. En réalité, il était obèse, et ça n'était que le premier de ses problèmes. Ses cheveux formaient une sorte de haie sauvage, drue, épaisse, couleur carotte. Son visage était criblé de taches de rousseur. Le pire, c'était son appareil dentaire, incomparable instrument de torture moderne : des entrelacs de fils d'acier inoxydable reliaient des fixations collées sur chacune de ses dents. Les bagues cliquetaient tellement quand il parlait qu'on s'attendait à ce qu'elles fassent des étincelles.

En revanche, il était grand, contrairement à moi. Il resta devant la glace, droit comme un militaire ajustant ses décorations, puis il fouilla la pièce du regard afin de s'assurer que nous étions bien seuls.

— Mate ça.

Joignant le geste à la parole, il glissa une main sous son tee-shirt et sortit de sous son aisselle le billet de cinq dollars le plus dégoulinant de sueur que j'aie jamais vu. Il le tendit comme s'il pensait que ça me plairait de le caresser.

— Je l'avais sur moi depuis le départ. Ce trou de balle à rebond ne savait pas où chercher !

— Tu l'as bien eu sur ce coup.

— Tu trouves aussi, hein ?

Il gloussa, replia le billet et le replaça sous son aisselle.

Au moment où il redescendit son tee-shirt sur sa panse rebondie, son sourire disparut. Toby était le roi quand il s'agissait de masquer ses blessures sous une avalanche de blagues. Mais il lui arrivait aussi de se retrouver à court de vannes, et dans ces cas-là il semblait percevoir l'amère vérité.

J'appuyai sur le bouton du sèche-mains de façon à noyer ma question suivante.

— Tu as pleuré ?

— Pas cette fois, fit-il, avant de s'interrompre et de hausser les épaules. Pas beaucoup.

Notre silence s'éternisa. Ce bon vieux Toby savait comment remédier à ce genre de situation. Il racla loin au fond de sa gorge pour y décrocher un mollard et cracha dans l'urinoir. Puis il me donna une petite tape dans le dos et partit vers la porte. Je restai en retrait pendant une seconde, à regarder le crachat ensanglanté se dissoudre dans la pisse d'un inconnu. « Voilà qui en dit long sur nos vies », remarquai-je intérieurement. Quand je le rejoignis à l'extérieur, je résistai à l'envie de revenir sur mes pas. J'aurais juré avoir entendu un grondement sourd provenant du tuyau d'évacuation, quelque part très loin au-dessous du carrelage.

4

Les maths étaient bien décidées à avoir ma peau. Je l'avais toujours su. J'étais un élève moyen dans l'ensemble, mais les signes de multiplication et de division étaient comme des baïonnettes qui appuyaient contre mon cerveau. Et, ce vendredi-là, la mauvaise humeur de Mme Pinkton ne faisait rien pour arranger les choses. Les nouvelles du jour furent annoncées par le président de notre conseil lycéen, bien incapable de cacher toute l'excitation que lui procuraient le festival des Feuilles Mortes, la pièce de théâtre, le match et l'inauguration tant attendue de l'écran géant. Tout cela mettait Pinkton sur les nerfs.

— Un tableau d'affichage pour les scores, marmonnat-elle. Et pourquoi pas des becs Bunsen plutôt, pour remplacer les vieux modèles du labo qui peuvent prendre feu à tout moment ? De nouvelles calculatrices ? Un signal wi-fi digne de ce nom ? Et vous avez vu ces grenouilles qu'ils dissèquent en cours d'anatomie ? La moitié sont difformes et les autres se sont éternisés dans les congélateurs. C'est une véritable honte !

Elle avait raison, évidemment. Les priorités du lycée pouvaient se résumer à ce bruit qu'on entendait deux étages en dessous : *smack, smack*. Les opinions de Pinkton auraient logiquement dû attirer les sympathies d'un loser dans mon genre, sauf qu'elle avait pour habitude de se décharger de ses frustrations sur ses élèves. Mon seul espoir pour le semestre était de limiter la casse et d'espérer le passage avec ma moyenne faiblarde. Pinkton n'avait cessé de me rappeler toute la semaine que je devais obtenir pour cela au moins quatre-vingt-huit sur cent au contrôle de vendredi.

L'humiliation en public était une des composantes majeures de l'enseignement de Mme Pinkton. Elle ne ratait jamais une occasion de faire passer ses victimes au tableau et de les attaquer avec un bataillon d'équations du second degré. Je masquai ma peur derrière un livre, feignant d'être absorbé par la lecture d'un passage particulièrement captivant. Cela marcha pendant trente-cinq minutes, mais je ne pus m'empêcher de regarder par-dessus l'ouvrage. Car Claire Fontaine était au tableau, et ça, je ne pouvais pas le rater.

Tout ce que faisait Claire était digne d'être revu au ralenti, les maths comme le reste. Entre ses doigts, la craie monta puis redescendit gracieusement. Son sweat bouloché s'étira dans un sens puis dans l'autre. Elle fit passer ses longs cheveux noirs derrière son oreille et n'enleva pas l'adorable trace de craie collée dessus. Je la trouvais très belle, même si elle ne l'était pas au sens classique du terme. Les filles populaires auraient dit qu'elle n'était pas assez mince. Elles auraient aussi fait remarquer qu'elle ne se maquillait pas et qu'elle ne faisait rien pour discipliner sa chevelure. Et sa façon de s'habiller… Que dire ? Ses bottes n'étaient pas du genre montantes et sexy. Elles s'arrêtaient à hauteur de cheville et, avec leurs semelles en caoutchouc, elles semblaient idéales pour la randonnée. Ses vêtements étaient au-delà du vintage ; on avait l'impression qu'elle les avait choisis dans les surplus de l'armée : toute une série de manteaux kaki, de jupes couleur sable et de pantalons amples truffés de poches, tous portés, semblait-il, lors de la Seconde Guerre mondiale. Et son béret n'avait rien du genre mate-mon-style-à-la-mode-frenchie. Il faisait plutôt je-vais-envahir-ton-pays-et-devenir-ton-nouveau-dictateur.

Il n'y avait qu'un truc qui détonnait : ce sac à dos d'un rose totalement *flashy-girly*, sur lequel on n'apercevait pas un seul patch contre l'ordre établi, ni même la moindre trace écrite ou dessinée au gros marqueur. Pour la plupart des élèves, ce sac à dos immaculé la faisait paraître encore plus barrée. Pour moi, elle s'en moquait. Un bon sac à dos est un bon sac à dos, point.

Tout ça ne veut pas dire qu'elle n'était pas féminine. Croyez-moi, elle l'était. Mais ça ne suffisait pas à la résumer. Même si elle n'était arrivée au lycée que cette année, il était évident qu'il y avait autre chose dans sa vie. Ce qui était considéré comme une infraction par le groupe officiel des élèves « cools » de l'école, mais elle semblait tout ignorer de ce genre de règles tacites, sans doute parce qu'elle n'était pas originaire de Californie.

Elle venait de l'autre côté de la grande mare. Ah, oui, j'ai oublié de le dire ! Claire Fontaine arrivait d'Angleterre. Eh oui, vous avez compris : elle avait un accent. Je crois que vous commencez à saisir, là.

Tout ce que je peux dire, c'est que les Européens doivent être sacrément en avance sur nous, question mathématiques. C'est la seule façon d'expliquer comment Claire déchirait en équations. Quand elle concluait, elle donnait systématiquement un grand coup de craie sur le tableau, comme pour inscrire bruyamment une sorte de point final.

— La ponctuation reste superflue, déclara Pinkton, mais c'est du bon travail, Claire.

Celle-ci soupira comme si elle venait de clouer un adversaire au mur, puis elle prit la brosse et effaça le tableau. Pinkton écrivit alors une nouvelle ligne de charabia et scruta la classe à la recherche de la proie suivante.

— Il nous reste encore assez de temps pour faire passer quelqu'un. Un volontaire, je vous prie. Allez, c'est comme ça que ça marche en Amérique. Un volontaire.

Je penchai la tête pour me donner un peu plus l'allure d'un type concentré sur son livre de cours. Le regard de Pinkton passa au-dessus de moi et je fus gagné par une bouffée de fierté d'avoir si bien tenu mon rôle. Puis la catastrophe eut lieu. Claire regagnait sa place, tapant dans ses mains pour en chasser la craie. J'avais l'impression de contempler une rock-star qui sortait d'un nuage de fumée, et voilà qu'elle regarda dans ma direction. Évidemment, j'avais les yeux rivés sur elle. Ses lèvres s'incurvèrent en un sourire narquois.

— Bien le bonjour, monsieur Sturges, fit-elle.

Son accent et ses drôles d'expressions ne manquaient jamais de provoquer une trahison générale de tous les membres de mon corps. Cette fois, ce fut Mme Main Droite qui joua les fourbes. Elle se redressa d'un coup pour saluer Claire ostensiblement, comme si elle se trouvait à un kilomètre de là, et Señora Bouche Stupide se mit de la partie :

— Bien le bonjour aussi, Claire !

— C'est vous, Jim ? demanda Pinkton. Quelle heureuse surprise ! Voyons si vous êtes à même de résoudre cette équation-ci.

Mon sourire se flétrit et je me retrouvai face au problème. On aurait dit que l'alphabet et le système numérique avaient vomi sur tout le tableau. Je fis la grimace ; l'ecchymose sur ma joue me fit mal. J'envisageai un instant de montrer mes blessures et d'expliquer qu'il m'était rigoureusement impossible de marcher aussi loin sans gémir de douleur. Au lieu de cela, je regardai Pinkton de l'air le plus implorant que je pus.

Elle me fit une craie, comme on disait dans la classe, c'est-à-dire qu'elle brandit son poing, la craie dépassant de sa main, comme s'il s'agissait de son majeur.

Je m'armai de courage, me levai, pris la craie, et avançai jusqu'à ce que mon nez se retrouve pratiquement collé au tableau. Sans avoir la moindre idée de ce que j'allais bien pouvoir faire, je tendis le bras avant de comprendre que Pinkton avait écrit son équation à la hauteur de Claire, qui faisait bien dix centimètres de plus que moi. J'étais incapable d'atteindre le problème, alors le résoudre… J'endurai autant que possible les éclats de rire qui montaient dans mon dos et je laissai ma vue devenir floue de sorte que les traces de brosse se transformèrent en nappes de brouillard. Un brouillard londonien, où des filles comme Claire Fontaine se baladaient, assurant grave avec leurs bérets, résolvant de dangereuses équations entre deux baisers enflammés échangés avec des hommes courageux, quoique de petite taille.

5

Il est avéré que rien ne terrorise autant les enfants qui manquent de coordination que la vue d'une corde qui pend depuis le plafond du gymnase de l'école. Toby était allé jusqu'à protester officiellement auprès de l'administration l'année précédente, réclamant une entrevue avec le proviseur Cole. « Grimper à la corde est barbare, avait-il avancé. Et c'est également un danger potentiel : imaginez qu'un enfant tombe d'une hauteur de six mètres et soit paralysé à vie ? Le baseball, ça va. Le volley, ça va. On peut se dire qu'on sera amené à pratiquer un de ces sports plus tard dans la vie. Mais, merde ! une fois adulte, quelles sont les chances de devoir un jour monter à la corde ? » Selon Toby, Cole était presque convaincu jusqu'au moment où il avait laissé échapper ce malencontreux « merde ». Cole appliquait la tolérance zéro en ce qui concernait les jurons et les gros mots. Toby dut quitter la réunion. Les cordes, elles, ne bougèrent pas du gymnase.

Toby et moi, on était les deux seuls à ne pas avoir encore réussi à grimper jusqu'à mi-hauteur, le minimum imposé. Tandis que le reste des garçons sautaient dans des cerceaux, je m'agitai à un mètre vingt du sol, essayant de comprendre comment les Steve Jorgensen-Warner de ce monde s'y prenaient pour faire fonctionner leurs membres séparément. Je retins mon souffle et parvins à monter un peu plus haut. Les paumes me brûlaient. Je me concentrai sur les façons de protéger mes parties sensibles si je tombais.

— Allons, allons, Sturges ! s'écria Lawrence, le prof de sport. L'élan est la clé du succès !

J'entendis un grognement sourd et jetai un coup d'œil vers la corde sur ma droite. Contrairement à moi et mes mouvements spasmodiques, Toby se hissait régulièrement, mais à un rythme de tortue blessée. La sueur perlait par tous les pores de sa peau et il retroussait les lèvres, découvrant ses dents d'acier en plein effort. Tout son corps était parcouru de tremblements, comme s'il allait exploser.

— C'est ça, Toby !

Dans son excitation, Lawrence avait oublié de l'appeler par son vrai nom.

— Tu vas lui botter les fesses, à cette corde ! poursuivit-il. Ne t'avise pas d'abandonner ! Les vrais hommes n'abandonnent pas !

— Seigneur, soutenez-moi, gémit Toby. Ou Satan. N'importe qui !

— Un peu plus d'un mètre et tu y es, grognai-je. Fais marcher tes épaules.

— Ça veut dire quoi, ça, merde ?

— Pas la moindre idée.

— Alors, arrête avec tes phrases de motivation à la noix !

— OK, grinçai-je. Si tu savais combien j'aimerais que cette corde ait un nœud coulant.

— Ah oui, carrément, ça serait génial. Une mort rapide, facile et sans douleur.

Au-dessous de nous, on entendait les autres scander : « To-by ! To-by ! » Je baissai la tête et vis Lawrence grimacer. C'était lui le responsable. Je reportai mon attention sur la corde. Le point de mi-parcours était indiqué par un bandana rouge noué à une vingtaine de centimètres de ma main. Je n'avais plus qu'à le toucher et je pourrais me traîner vers les gradins et pleurer la disparition tragique de mes muscles. Je pris une inspiration hésitante et tendis une main ruisselante de sueur vers le bandana. Les brins de la corde étaient des câbles chauffés à blanc.

— Sturges ! cria Lawrence. C'est l'or que tu dois viser !

J'étais assez ivre de fatigue pour penser que je pouvais y arriver. C'est alors que Toby glapit. Je le regardai et vis qu'il agitait la tête dans tous les sens, comme s'il essayait d'échapper à une abeille. C'était difficile d'y voir clair avec nos deux cordes en mouvement, mais je repérai le problème : un bout de chanvre s'était pris dans son appareil dentaire. Je compris à son air affolé à quoi il pensait : quand il allait tomber, sa bague resterait collée à la corde et toute sa mâchoire se décrocherait du bas de son visage.

Sa corde commença à tourner sur elle-même. Je tendis le bras vers lui pour tenter de le calmer, mais n'eus que le temps de sentir ses doigts frôler les miens avant que son poids l'entraîne au sol. Le fil cassa sur l'instant et Toby atterrit sur les fesses, devant tout le monde.

Le bras que j'avais tendu à sa rescousse ne revint jamais vers moi. Il moulina l'air, mes pieds dérapèrent et je me retrouvai suspendu par un bras. À la différence de Toby, je tentai de me retenir, en vain. Je glissai le long de la corde, me brûlai la paume et heurtai le sol avec les genoux. La douleur irradia jusqu'à l'intérieur de mon crâne.

Le prof nous tendit la main à chacun. Je fus tiré vers le haut sans effort, mais la masse de Toby résista. Lawrence se pencha en arrière pour mettre la gravité de son côté. Toby avait l'air misérable, blessé, résigné d'être aussi gras. La répétition de son nom, qu'on aurait pu penser amicale pendant un temps, s'était transformée en séries de cris moqueurs et de rigolades. On entendit un ballon de basket rebondir. *Smack, smack.* Finalement, Toby parvint à se remettre sur ses pieds. Alors qu'il frottait ses fesses endolories, le ballon loba la foule et vint heurter sa joue. On ne pouvait pas nier que c'était un sacré lancer.

6

Pour la seconde fois ce vendredi, Toby et moi on se retrouva à panser nos plaies. Il n'y avait pas grand-chose à faire cette fois pour détendre l'atmosphère. On s'était tous les deux traînés sous la douche, où notre sang avait coulé jusqu'à la bonde. Et on était à présent les deux derniers dans le vestiaire. J'étais presque habillé, mais Toby était encore assis, immobile et ruisselant, sur le banc opposé au mien, simplement vêtu de sa serviette.

— Ne les laisse pas t'atteindre.

C'était une phrase qu'un prof aurait pu lui sortir, mais je ne trouvais pas mieux à lui offrir.

— Alors, là, mille mercis pour cette suggestion avisée et totalement inutile, monsieur le conseiller d'éducation !

— Ce ne sont pas nos amis. On se fout de ce qu'ils pensent.

— Mais qui sont donc nos amis, Jim ? Allez, fais-m'en une liste. Je suis sûr que je peux bien te laisser les zéro seconde que cela va te prendre pour la dresser.

— Ne sois pas stupide. Nous avons des amis.

— Je ne parle pas d'amis qui n'existent que sur les chat rooms, ou ceux qui appartiennent à l'espèce féline. Je parle d'amis humains, bien réels, qui font des choses humaines... discuter, sortir ou manger avec des couteaux. Ça ne serait pas génial, Jim ? D'avoir des amis qui savent se servir de leurs couverts ? Ça serait un vrai progrès pour nous. Tu ne fais qu'aggraver les choses en voulant me remonter le moral. On doit accepter qui on est. Et, avant que tu poses la question, je vais y répondre. On n'est personne. On n'a pas de vie. On n'a rien à espérer. On n'a absolument rien de spécial. Je veux juste que ça se termine. Tout ça. Deux crétins qui ont les jetons. T'as pas l'impression qu'on a passé notre vie à avoir la trouille ?

— Tu te souviens de l'époque où j'avais peur des monstres dans mon placard ? lui demandai-je.

— Ah oui, *ça*, c'était vraiment crétin. Tout le monde sait que les monstres vivent sous les lits.

— Oui, eh bien, moi, j'étais absolument certain que c'était dans le placard. Et puis, je n'ai pas pu le supporter plus longtemps, d'avoir la frousse sans arrêt comme mon père. Une nuit je me suis levé, j'ai ouvert le placard et j'ai fini par m'endormir dedans. Après, c'était fini. Je veux dire que ça se termine un jour, Toby.

Il ne répondit pas. Je finis de lacer mes chaussures. Mes pieds étaient trop serrés. J'avais également l'impression d'être à l'étroit dans la pièce, que mes épaules touchaient le mur, comme dans le casier quelques heures auparavant.

— Au moins, on est là l'un pour l'autre, suggérai-je.

— Trop vrai, répondit-il. À ton avis, où tu crois qu'on devrait déposer notre liste de mariage ?

Même avec ce ton sarcastique, sa phrase ressemblait à des excuses. Je poussai un soupir de soulagement et jetai un coup d'œil sur l'horloge. La cloche n'allait pas tarder à sonner. La journée avait été longue pour moi, et encore plus pour Toby.

— Je suis sûr que quelqu'un va nous acheter un service en porcelaine, dis-je. Et aussi une machine à faire le pain.

— Trop génial. Le jour de l'invasion des zombies, cette machine à pain nous sauvera les miches, répondit-il, en inspirant d'une façon hésitante et en raclant sa gorge enrhumée. Faut que tu me laisses une minute, sinon je vais jamais arriver à m'habiller. T'as même pas idée de la difficulté que c'est pour moi de mettre des chaussettes.

Toby détestait se changer en présence de quelqu'un. Il allait devoir accepter son poids un jour, mais je savais que ce n'était pas le moment opportun pour lui parler de ça. Je m'éloignai et remontai la rangée sur sa gauche.

Le bureau du prof se trouvait dans un coin, au fond du vestiaire. Lawrence devait avoir éteint la plus grande partie des lumières en partant. Les ténèbres enveloppaient le vestiaire comme si on l'avait recouvert d'une bâche, transformant des objets et des décors familiers en silhouettes inattendues. J'hésitai avant de m'approcher. Les vestiaires étaient entachés de mauvais souvenirs : des serviettes qui claquent sur la peau nue, des sous-vêtements jetés dans la cuvette des toilettes, des baskets grillées au briquet. Pas étonnant que les ombres semblent plus impressionnantes ici.

Je me souvins du monstre du placard de mon enfance et continuai à avancer. Je fis peut-être trois pas avant de voir la chose.

Elle était tapie dans l'angle opposé de la pièce. Je pris une profonde inspiration, me penchai, mais elle ne disparut pas pour autant. Elle était vraiment difforme et plus grande que moi, mais elle ne bougea pas, n'émit pas un son. Au loin, j'entendais les soupirs de Toby qui s'habillait et je me sentis gagné par une envie de le protéger. Je ne pouvais pas laisser cette chose s'en prendre à mon ami encore nu dans les vestiaires. Ce serait l'humiliation de trop.

Il y avait un interrupteur quelques mètres devant moi. Je fis un pas et faillis glisser sur une flaque de quelque liquide immonde. Atteindre cet interrupteur serait aussi difficile que grimper à la corde mais je ne pouvais pas me permettre d'échouer. Une fois près du bouton, je marquai une pause, effrayé à l'idée de ce que j'allais découvrir.

J'appuyai sur le bouton. Une unique lumière s'alluma, faiblarde.

Une montagne de serviettes encore humides était entassée dans un coin. Certes elles sentaient le chacal, mais n'allaient pas pour autant me sauter dessus pour me tuer. Je rougis et faillis donner des coups de pied dans la pile, sauf que, avec ma chance habituelle, je provoquerais une avalanche et finirais ma journée à puer autant qu'une assemblée d'aisselles.

C'est alors que depuis la salle de douche retentit un grand bruit métallique.

Je jetai un coup d'œil, m'attendant à une autre fausse alerte, mais je remarquai que la grille qui recouvrait le conduit d'évacuation central avait été écartée. Les rigoles avaient éclaboussé les dalles voisines, comme si quelqu'un avait marché dessus à grands pas. On devinait aussi des taches de sang, à moitié effacées ; le mien et celui de Toby. Je reculai pour essayer d'avoir une meilleure vue du spectacle qui s'offrait à moi, et ma vision périphérique distingua une forme sombre qui se mouvait vers le côté opposé de la pièce.

C'était Steve, ce ne pouvait être que Steve, venu chercher les cinq dollars qui auraient dû être en sa possession depuis longtemps. Cette fois, je l'en empêcherais. Je m'élançai dans l'allée parallèle et aperçus ce qui devait être l'arrière d'un pied, mais il semblait trop grand pour appartenir à Steve. C'est à ce moment que retentit un son rauque, un souffle si puissant qu'il ne pouvait sortir que d'une poitrine colossale.

Je piquai un sprint et mes baskets claquèrent sur le sol du vestiaire. Au loin je distinguais des épaules géantes, des bras immenses. Mais ne venais-je pas de prendre des serviettes pour un monstre ? Je fonçai jusqu'à l'allée suivante et poussai un « Aha ! » à la fois courageux et terrifié.

Toby passa ses bras autour de son torse nu. Il essayait toujours de mettre ces foutues chaussettes.

— Quoi ? Bon sang ! Allons ! Laisse-moi un peu d'intimité, Jim ! De l'intimité !

Des bruits de pas retentirent dans mon dos, si fort que le carrelage vibra. Je me retournai, fis trois pas, et entendis un claquement métallique provenant de la douche. Je me précipitai. La grille avait retrouvé sa place. M'étais-je donc trompé la première fois ? Je posai une main sur le mur pour éviter de tomber à la renverse. Il me sembla que la grille bougeait encore, presque imperceptiblement.

7

J'avais rarement connu des vendredis aussi longs. Mais ça ne faisait que commencer.

Je sortis du lycée avec Toby. Comme on pouvait s'y attendre, plusieurs citrouilles avaient été éventrées et il nous fallut faire un petit détour pour éviter les bouts de chair. Toby fit une blague, mais cette purée orange me filait la nausée. J'étais toujours sous le choc de ce qui s'était passé dans les vestiaires. Naturellement, je n'en avais pas soufflé mot à Toby. Soit je devenais barge, soit les athlètes du lycée avaient pris vraiment trop de stéroïdes. Aucune de ces deux éventualités n'était de nature à réjouir mon camarade.

Des filles nous accostèrent dès qu'on eut posé le pied sur le trottoir. La chose étant hautement suspecte en elle-même, on chercha instinctivement le seau de tripes et de sang que quelqu'un n'allait pas manquer de nous déverser sur la tête, mais à la place elles nous tendirent des dépliants aux couleurs criardes. Trois avaient la dégaine de membres du club théâtre, vêtues de façon si peu coordonnée qu'elles devaient l'avoir fait exprès. Les vêtements de la quatrième étaient uniformément kaki. Il s'agissait de Claire Fontaine.

— Répétition générale de la pièce demain, annonça cette dernière en croquant un bout de réglisse. Êtes-vous intéressés, *gentlemen* ?

Gentlemen... Le mot avait une sonorité si musicale que j'aurais aimé porter à cet instant un smoking orné d'une rose rouge à la boutonnière. Je jetai un coup d'œil sur le dépliant. *Roméo et Juliette.*

— Des donuts gratuits ? s'exclama Toby en lisant les petits caractères. C'est écrit, là : « Donuts gratuits. » Comment cela est-il possible, vu la situation économique actuelle ?

Claire réprima un gloussement. Ses joues étaient rouges et la brise d'automne laissait échapper des mèches de sous son béret. Elle fouilla son sac à dos d'un rose immaculé et en extirpa un nouveau bout de réglisse. Il était de notoriété publique qu'elle était adepte de *junk food*. C'était probablement cela qui l'empêchait d'avoir la même silhouette d'affamée que la plupart des filles populaires de l'école. Perso, je me moquais bien de savoir quelles graisses saturées et quels sucres rapides étaient responsables de ce corps splendide.

Toby la désigna du doigt en me regardant d'un air victorieux.

— Tu vois ! C'est un piège !

— C'est le mot qui me fait rire, monsieur Dershowitz, expliqua Claire. On appelle ça des beignets dans mon pays.

— Oh, fit Toby. Dans ce cas, revoyons la question. J'ai déjà un rendez-vous samedi. Chez le dentiste. Il va me poser de nouvelles bagues. Tu as probablement remarqué que je porte un appareil dentaire. J'espère qu'elles seront un peu plus classe. Mais peut-être pourrai-je venir après. Je suis toujours partant pour des beignets. Qu'ils se coincent ou pas dans mon appareil. Je crois bien que tout cela ne constitue pas vraiment une information capitale. Je ne sais pas pourquoi je parle encore, là, pour être honnête. Mais bon, c'est ce que je fais. Parler, je veux dire. Encore.

La lèvre de Claire se retroussa en un rictus qui me donnait l'impression de partager un secret avec elle. Elle commença à expliquer qu'il n'y avait jamais assez de mecs aux essais, et que le club théâtre avait besoin de sang neuf, comme son *daddy* aurait dit. Je hochai la tête tout du long, mais mon attention n'était pas totale. Il n'y avait pas grand-chose qui pouvait me distraire d'une rencontre avec Claire Fontaine. En fait, je n'en voyais qu'une seule.

Smack, smack.

Je saisis l'affiche que me tendait Claire, et mon sourire idiot se fit encore plus idiot.

— Je serai là, lui dis-je.

Toby haussa les épaules et prit aussi une affiche.

— Je viendrai pour les beignets, soupira-t-il. Enfin, à supposer que j'aie encore des dents d'ici là.

— Formidable ! s'écria Claire en se hissant quelques secondes sur la pointe de ses pieds toujours chaussés de ses bottes de randonnée. Midi, ici même à San B. Et n'oubliez pas de réviser vos sonnets et de bien travailler votre accent insulaire !

— Tu peux y compter ! lança Toby.

D'autres garçons descendirent les marches et les jeunes filles se jetèrent sur eux.

— Je n'ai rien compris à ce qu'elle vient de dire, remarqua Toby.

Je le pris par l'épaule et l'entraînai avec moi sur le trottoir. Il protesta, mais je tins bon et parvins à mettre mon plan à exécution : nous faire sortir du parking. Des grappes d'élèves gênaient notre progression, mais je continuai. Le bruit se rapprochait, de plus en plus vite, mais je n'arrivais pas à savoir d'où il provenait.

Smack, smack !

Les récriminations de Toby cessèrent net.

— Oh, merdum de merdum.

Toby tendit le doigt. Steve Jorgensen-Warner se frayait un chemin à travers le parking et son ballon rebondissait méthodiquement sur le trottoir. Des voitures faisaient demi-tour, démarraient en trombe, accéléraient bruyamment et pourtant Steve ne modifia pas une seule fois son allure. Il nous vit, et un sourire glaçant et tranquille vint se dessiner sur ses traits.

— Dis-moi que tu as toujours ce billet de cinq, sifflai-je.

Tub secoua la tête.

— Englouti par le distributeur automatique. C'était la troisième mi-temps.

Je le regardai d'un air déconfit.

— Le corps humain a besoin de nourriture, Jim ! s'excusa-t-il.

Je cherchai une issue. Une série de bus scolaires avançait doucement le long de la route. D'habitude, je rentrais chez moi à pied, un secret que je n'avais pas révélé à papa. Il serait facile de faire monter Toby à ma place : le chauffeur était connu pour avoir une sacrée cataracte ; de plus, il ne détournait jamais son attention de sa station de radio. Le seul problème était que Steve et son ballon de la mort étaient en plein sur notre chemin.

Je me mis à plat ventre et roulai sous un pick-up garé juste à côté de nous.

— Jim ? On n'est pas en travaux pratiques, là ! Pas question de changer l'huile !

— Couche-toi !

Il hésita un instant mais le son du ballon qui rebondissait acheva de le convaincre.

Smack, smack ! Le bruit se rapprochait.

— Bouge ! sifflai-je. On passe à la bagnole suivante. Vite !

Je disparus sous la carcasse d'une camionnette crasseuse, Toby sur mes talons.

Steve était sur le trottoir à notre droite. On pouvait voir ses chaussures de prix immaculées et les revers de son pantalon taillé sur mesure. Il s'arrêta, comme s'il avait détecté notre présence. Sur ma gauche, la route était encombrée de véhicules quittant leur place de parking. C'était un labyrinthe dangereux, sans cesse en mouvement. Soudain, une voiture s'immobilisa, le temps d'en laisser sortir une autre.

— Maintenant ! sifflai-je. Maintenant, Toby !

Je rampai et me retrouvai en une seconde sous la voiture à l'arrêt. Tub me suivit en haletant. Les bus étaient proches. Un petit sprint et on y serait. La voiture au-dessus de nous klaxonna. On sursauta et nos deux têtes heurtèrent l'essieu avant. On entendit le chauffeur s'apprêter à démarrer. Le bruit est bien plus fort quand on est en dessous, et bien plus menaçant.

On se plaqua l'un contre l'autre et on le laissa s'éloigner. Steve avait dû nous apercevoir à un moment ou à un autre, parce que les rebonds du ballon de basket se firent plus rapides, toujours avec ce bruit ignoble évoquant un poing qui s'écrase sur de la chair.

Smack, smack.

Je me glissai sous une voiture, Toby sous celle d'à côté. Pour me calmer, je refermai les doigts sur les trous d'une bouche d'égout. Les bus étaient là. À notre portée. Je repérai les baskets de Steve. Il était juste assez loin pour que je songe à attirer l'attention de Toby en toussant et lui suggérer de piquer un sprint. Mais mon copain me regardait avec un air terrifié. « Je suis coincé, gémissait-il en silence. Je suis coincé. »

Le véhicule sous lequel j'étais allongé s'affaissa brutalement. Quelqu'un venait de s'installer au volant. Mon corps s'engourdit et j'oubliai comment on fait pour respirer. Le moteur se mit en marche ; dans quelques secondes, il allait démarrer et donc révéler ma position. Le ballon heurtait le trottoir. Steve était à deux mètres, un mètre cinquante, un mètre, cinquante centimètres.

Je plaquai une main contre mes lèvres pour réfréner le gémissement qui menaçait d'en sortir.

Du métal racla le ciment et je sentis la plaque de la bouche d'égout se soulever sous mon coude. Je tournai la tête. La plaque était de côté, révélant une ouverture noire et béante. Je clignai des yeux, perplexe.

Une énorme patte noueuse jaillit des profondeurs.

J'aurais hurlé si j'avais pu, mais j'étais pétrifié. Cette patte était aussi large que mon torse, et sa paume grisâtre était zébrée par les cicatrices d'innombrables batailles. Son pelage était noir et durci par la boue brunâtre des égouts qui avait séché dessus. La main oscilla tel un périscope, s'immobilisa en face de moi, puis s'abattit violemment. Je me recroquevillai et la main gratta le sol devant moi. Des griffes jaunes et acérées de la taille de mon avant-bras pulvérisèrent le béton du parking comme si elles s'enfonçaient dans du beurre.

Au loin, j'entendis un premier bus démarrer.

Le souffle court, j'essayai de m'éloigner de la bouche d'égout, mais me retrouvai coincé par l'essieu arrière. La patte se tendit vers moi, révélant peu à peu un bras qui ne finissait pas de s'allonger et des muscles de plus en plus puissants. Le bras était strié de cicatrices blanches qui dessinaient des inscriptions hideuses sur la peau. Je cherchai Toby du regard pour qu'il vienne à mon aide, mais il avait plaqué les mains devant ses yeux. Je compris vaguement que le ballon de basket rebondissait entre nos deux voitures avec un rythme de métronome à faire chavirer la raison. Mais j'avais un plus gros problème : la patte géante qui se rapprochait de moi comme une araignée. Je me pelotonnai entre les roues arrière.

Dans une journée où la chance n'avait cessé de nous faire défaut, le plus heureux des hasards vint à notre rescousse. L'homme ouvrit sa portière, heurtant le ballon, qui alla rouler à l'autre bout du parking.

— Désolé, l'ami, je ne vous avais pas vu, s'excusa le conducteur. Je vais le chercher. Ne bougez pas.

— Ce n'est pas grave, répondit Steve d'un ton fielleux. Je m'en occupe.

J'imaginai bien le sourire glacé qui devait fendre son visage.

Les coûteuses chaussures pivotèrent et s'éloignèrent en direction du ballon. Je roulai de côté, me dégageant de la voiture, et rampai de toutes mes forces jusque vers le pare-chocs arrière d'un quatre-quatre, à plusieurs emplacements de là. Mon samaritain malgré lui démarra. Juste après, j'entendis les halètements laborieux de Toby qui bougeait à son tour.

Il s'avança d'un pas traînant, le visage barbouillé de cambouis et le jean déchiré. Pourtant, il était hilare.

— Il y a pas à dire, Jim Sturges Junior, tu sais y faire pour les fiestas.

— Est-ce que... Peut-on... On ne risque plus rien ?

Toby inspecta le parking, mais il ne semblait pas perturbé.

— Lawrence lui est tombé dessus, et lui a ordonné de partir à l'entraînement. Nous avons survécu à une journée de plus, soldat.

— Non, je veux dire… La chose… Est-elle… ?

Toby fronça les sourcils.

— La chose. Hummm… Tu pourrais être un peu plus précis ?

Je me redressai en prenant appui sur le pare-chocs. Tenant à peine debout, je tapotai la remorque du pick-up, réconforté par la couche de crasse qui y était incrustée. Elle était bien réelle ; je n'étais pas prisonnier d'un cauchemar. Je fis courir mes doigts sur la poussière et la reniflai.

— Si tu lèches ça, tu peux dire adieu à notre amitié, m'avertit Tub.

Avec la plus grande prudence, je m'avançai vers l'endroit du parking où je m'étais retrouvé coincé. Je ne voulais cependant pas m'approcher de trop près. La plaque d'égout à l'air tout à fait innocent était exactement là où elle était censée se trouver.

— Ça, fis-je en pointant le doigt. Regarde-moi ça.

Toby se pencha au-dessus du disque de métal.

— Ah, tu veux parler de ça ?

Il s'agenouilla et colla son œil aussi près que sa panse rebondie voulut bien le laisser faire. Les muscles de mon ventre se nouèrent et je me préparai au pire.

— Je le vois, dit-il.

Le sang reflua de mon visage.

— Vraiment ?

— Je t'assure. Tu veux que je l'attrape ?

— Hein ? Non ! Éloigne-toi !

Il tendit le doigt vers un point orangé sur la plaque.

– Je dirais que ça ressemble à un vieux chewing-gum écrasé, si tu veux mon avis. Faut que je t'avoue un truc : j'en ai un dans ma poche *qui n'a jamais été mâché*. En fait, c'est un facteur primordial dans le choix d'un chewing-gum, en ce qui me concerne, mais loin de moi l'idée de te juger.

8

Je ne dis pas un mot à Toby de ce que j'avais vu. Ne pas avoir la moindre preuve à lui montrer me gênait moins que ne pas en avoir moi-même. Aucune trace de griffure sur ma peau, pas de touffe de poils accrochée à la fermeture éclair de ma veste. Pendant très longtemps, je m'étais inquiété de l'équilibre mental de mon père. C'était à cause de ça que maman était partie, à cause de ça qu'on vivait dans une prison « faite maison », si je puis dire. Et si le même genre de folie était inscrit dans mon code génétique ? Toby me lâcherait exactement comme ma mère avait lâché mon père.

Je regardai de l'autre côté du terrain de foot, où les ouvriers du Jumbotron rangeaient leurs outils après leur journée de travail. À l'est, les pitons déchiquetés du mont Sloughnisse étaient baignés d'une lumière couleur pêche. À l'ouest, un autre type de montagne venait d'être absorbé par les ombres : les tours de carcasses de voitures empilées dans l'enceinte de la casse de Keavy, le Paradis de la Ferraille. L'endroit était légendaire chez les adolescents, le cadre idéal de toutes les sorties nocturnes interdites. Je scrutai le ciel qui s'assombrissait.

Pour papa, rentrer à la maison après la tombée de la nuit était la transgression ultime.

— Hé, Pocahontas, lança Toby, en mâchonnant le chewing-gum qu'il m'avait proposé quelques minutes auparavant. Tu n'as pas six ans. Ton vieux survivra si tu rentres avec un peu de retard.

— Tu ne comprends toujours pas.

— Je comprends qu'il doit desserrer ta laisse d'un ou deux crans.

— Il s'inquiète, c'est tout. Au sujet de pas mal de choses.

— Félicitations, tu viens de remporter le prix de l'euphémisme du jour ! Sérieux, je ne vois pas comment il arrive à dormir la nuit.

La vérité était que mon père ne trouvait jamais le sommeil. Toby le savait pertinemment, et il grimaça en comprenant la gaffe qu'il venait de commettre. Je m'apprêtais à lui dire de ne pas s'en faire lorsqu'il me fit un signe de la tête et me donna une tape sur l'épaule.

— Le moment de prendre un raccourci ?

Ses bagues dentaires étincelèrent quand il me décocha un sourire malicieux.

Le bâtiment le plus proche du lycée était le musée d'histoire de San Bernardino, un édifice que la plupart des gens du coin évitaient, mais que, à en croire les rumeurs, les amateurs invétérés d'objets rares de toute la Californie appréciaient fort. C'était grâce à ces richissimes donateurs que le musée pouvait faire tous les ans de nouvelles acquisitions. Plus populaire encore, il y avait ce très grand jardin qui faisait le tour du musée. Il ne se passait presque jamais un week-end sans qu'on y voie une femme en robe blanche se faire photographier tandis que les invités du mariage bâillaient et trépignaient à quelques mètres de là. Le jardin était cependant ceinturé par une clôture surélevée qui réduisait à néant les espoirs des lycéens de gagner le nord de la ville plus rapidement.

Sauf que Toby et moi, on connaissait un raccourci.

— Je sais pas. Un de ces quatre, la chance va forcément nous lâcher, fis-je, roulant de grands yeux.

Il ne m'avait même pas écouté et marchait à reculons vers le musée, haussant des sourcils sardoniques et m'aveuglant de l'éclat insoutenable de la grille d'acier qui barrait l'accès de ses dents. Même dans l'humeur qui était la mienne à cet instant-là, je ne pus m'empêcher d'éclater de rire. Il savait qu'il avait gagné la partie et fila vers l'entrée du musée. Je ramassai mon sac à dos et m'élançai après lui. Nos chaussures résonnèrent en heurtant le trottoir bordé de haies puis claquèrent sur les marches de marbre. On dépassa le hibou de jade qui nous toisait depuis la frise gravée au-dessus de la porte d'entrée.

Les après-midi en semaine, le musée était désert. On remonta la file de la queue en lacet, où il n'y avait pas un chat, et on se retrouva devant Carol, notre guichetière préférée. Elle était plus âgée que nous, sans doute à la fac, et tenait toujours un surligneur décapuchonné à la main. Elle nous observa par-dessus les montures de ses lunettes.

— C'est pas le bon jour, les gars.

— Bonjour, ma jolie, lança Toby.

— Lempke rôde dans les parages. Il n'arrête pas de râler à cause d'une livraison en retard. Je vous suggère fortement de faire demi-tour.

— Pas le temps, ma belle, pas le temps.

— C'est vous qui voyez, lâcha Carol. C'est vos fesses.

Toby tendit la main alors qu'il passait devant la fenêtre du guichet. Sans même relever la tête, Carol lui en tapa cinq.

— Merci, dis-je, emboîtant le pas à mon ami.

— De rien, beau gosse.

Une fois le tourniquet franchi, on courut sur la droite en direction d'un escalier que les visiteurs ne remarquaient pas souvent. On dépassa des tableaux vus tant de fois que nous n'y faisions même plus attention : une sorte de roi en costume bleu et chapeau emplumé, entouré de chiens de chasse ; deux lignes de soldats qui avançaient l'une sur l'autre en se tirant dessus ; un de ces inévitables paniers de fruits que les artistes de jadis aimaient tellement peindre. En haut des marches, il y avait une gigantesque tête de bison empaillée. Tub ne manquait jamais de faire un bond pour lui gratter les poils sous la mâchoire. Je n'osai pas le faire… Ça ressemblait trop à la masse velue que j'avais vue sortir de la bouche d'égout.

Notre chemin était invariablement le même. Tout d'abord, on traversait l'atrium Sal K. Silverman, une salle qui restait vide sauf lors de galas de charité. Le sol était toujours impeccablement ciré et on profita tous les deux de cette piste de glisse. Écartant les bras pour assurer notre équilibre, on s'élança vers l'autre bout de la salle, dépassant dans notre course des trucs qui autrefois nous pétrifiaient de stupéfaction : des vitrines remplies de tridents datant de l'Antiquité ; des masques effrayants retrouvés lors de fouilles en Mésopotamie ; le squelette reconstitué d'un allosaure.

On en gloussait de joie ; le danger inhérent à ce parcours ne manquait jamais de nous faire frissonner d'excitation. Face à nous se trouvait une porte marquée : *Réservé au personnel*, mais nous savions qu'elle n'était reliée à aucun système d'alarme. Toby tourna la poignée et on se retrouva devant le vieil escalier bien moche que nous connaissions si bien, avec ses hideuses marches en béton. Mais aujourd'hui le professeur Lempke se trouvait à l'entresol, un carnet de notes à la main, et il nous regardait d'un air abasourdi.

Des élèves parlaient à longueur de journée de l'intraitable Mme Pinkton ou de Lawrence, notre inflexible professeur de sport. Mais ceux-là ne connaissaient pas Lempke. Il s'agissait peut-être de l'individu le plus arrogant de toute la Californie. Il se croyait tout naturellement destiné au poste de conservateur du Smithsonian, la plus prestigieuse institution de recherche scientifique des États-Unis, et il ne faisait donc que fignoler son CV en attendant qu'on l'appelle. Il régnait sur le musée de la Société d'histoire de San Bernardino avec une poigne de fer, et cela expliquait probablement pourquoi cette institution était tenue en si haute estime, mais aussi pourquoi les enfants l'évitaient. Le type s'attendait à ce que tout le monde se tienne devant une œuvre d'art comme face à Dieu : humble et silencieux. Si vous étiez petit et que vous couiniez de bonheur en examinant un chef-d'œuvre, il vous demandait de partir. Si vous étiez âgé et toussiez un peu trop, c'était la même chose.

Il était notre ennemi juré et on le lui rendait bien.

Lempke arracha ses lunettes à monture d'écaille.

— Je vous le dis pour la dernière fois, garnements, ceci n'est pas votre aire de jeu ! Ni le raccourci qui vous conduit à votre cour de récréation !

Il enfonça ses lunettes dans la poche de sa veste en tweed et entreprit de descendre vers nous. Chacun de ses pas lourds nous découvrait ses chaussettes à losanges, si impeccablement enfilées que les diamants de laine qui saillaient de ses chevilles étaient parfaitement alignés.

Toby mima un geste de contrition. Je l'imitai, baissant la tête.

— Ceci est une institution prestigieuse, poursuivit Lempke. Les œuvres qu'on y trouve sont au-delà de votre conception de la valeur. À supposer que vous renversiez un buste de son piédestal ou que vous endommagiez une toile avec vos singeries, vos parents se retrouveraient tellement endettés que vous finiriez à la soupe populaire avant de…

La soupe populaire, c'était notre signal. Toby abandonna d'un coup sa posture de pénitent et détala au bas des marches. En une seconde, j'étais sur ses talons. Lempke savait que jamais il ne pourrait nous rattraper avec sa veste épaisse et ses chaussettes à losanges, mais il se pencha par-dessus la rampe et brandit son calepin comme s'il s'agissait d'un javelot.

— D'après mes calculs, vous avez chacun plus de neuf cents dollars d'arriérés d'entrées non acquittées ! N'allez pas croire que je vais l'oublier ! Vous allez payer ! Dès que j'ai une minute, j'appelle vos parents, croyez-moi !

Il ignorait que Toby vivait avec sa grand-mère et que je n'avais plus que mon père. Le genre de pensée plutôt déprimante d'ordinaire, mais, là, c'était Lempke que ça pouvait démoraliser. Après avoir poussé une porte de service, on déboucha à l'arrière du musée, en riant comme des fous, et on ne cessa pas de rire avant d'avoir atteint la route.

On reprit notre souffle en se regardant, radieux. Nos blessures de cette longue journée ne nous paraissaient plus si pathétiques. Elles ressemblaient à présent à des tatouages arborés par des guerriers appartenant à la même tribu. Je me sentis ragaillardi. Puis je vis le ciel. Il était sombre, presque noir. On avait dû passer dans ce parking plus de temps que je ne l'avais cru.

Toby posa ses mains sur mes épaules et poussa un soupir plein d'affection.

— Je sais que ton vieux est strict, mais, sérieux, qu'est-ce qui pourrait lui donner matière à s'inquiéter ?

Une sirène de police retentit soudain et on se retrouva pris dans un carrousel de lumières bleues et rouges.

9

Le sergent Ben Gulager avait la réputation d'être venu au monde avec une moustache luxuriante, et dans les cours de récréation beaucoup auraient donné cher pour en avoir la preuve photographique. Cette moustache n'était pourtant que la troisième particularité notable de Gulager. Sa perruque était également propre à vous clouer le bec, par son côté ridicule, sorte de bol qu'il semblait s'évertuer à poser de travers sur sa tête.

Pourtant, personne n'osait se moquer du sergent Gulager. Le postiche si distinctif avait pour fonction de dissimuler sa caractéristique la plus remarquable : une repoussante cicatrice qui barrait sa tempe droite. Dix ans auparavant, il avait été le premier agent présent sur les lieux d'une altercation domestique dans les quartiers sud de la ville, un énième échange de vaisselle entre mari et femme. Mais, après l'arrivée de Gulager, les choses avaient pris une sale tournure. Le père avait sorti une arme à feu et commencé à agiter le canon devant ses filles, recroquevillées derrière le canapé. Gulager n'avait pas hésité à s'interposer et il avait pris une balle dans le crâne quasiment à bout portant.

Qu'il n'ait pas perdu la vie était l'un de ces miracles de la physique face auxquels les médecins se contentent de hausser les épaules. Les chirurgiens avaient estimé qu'il était par trop risqué d'ôter la balle de calibre neuf millimètres de l'endroit où elle s'était logée entre la calotte crânienne et le cerveau. Six mois plus tard, Gulager était de retour à son poste, comme avant, excepté un bégaiement qui ne devait plus le quitter. Les cheveux autour de sa blessure ne repousseraient plus jamais.

Il y a pire que se faire ramener chez son père par un flic, c'est de se faire ramener par un flic doublé d'un héros local.

— Vous comprenez, monsieur St-St-Sturges, que ceci ne peut pas d-d-durer plus l-l-l-longtemps.

Libéré de la poigne de Gulager, je me faufilai dans la cuisine et pris appui contre le réfrigérateur. À travers la porte ouverte, je vis Toby avachi sur la banquette arrière de la voiture de police, l'air dépité derrière la vitre de sécurité.

Papa me fusilla du regard avant de faire face à Gulager avec l'air le plus contrit qui soit.

— Vous avez ma parole, sergent. Jim Junior est un brave garçon, mais, là, je suis tout aussi désemparé que vous. Je lui ai répété à maintes reprises, j'ai insisté, rabâché l'importance de rentrer à la maison à l'heure. La nuit, c'est dangereux pour tout le monde, mais tout particulièrement pour les garçons de l'âge de Jim...

Gulager se racla la gorge.

— Monsieur, ce n'est p-p-pas de J-j-jim que je p-p-parle.

Papa ajusta ses lunettes et plissa les yeux.

Gulager sortit un carnet de notes de sa poche arrière et l'ouvrit.

— 26 mai, dix-neuf heures cinq. Nous l'avons t-t-trouvé à un c-c-croisement d-d-de votre...

— C'est en fait à deux croisements d'ici, si on compte Oak Street...

— 5 juin, dix-neuf heures dix, à cinquante mètres de là...

— Mais il pleuvait cette nuit-là. Il peut se produire n'importe quoi quand il pleut...

— 9 juillet. 10 août. 3 septembre.

— Sergent, j'aimerais arrêter de vous appeler. Vraiment. Mais nous vivons dans un monde dangereux. Assurément, vous, plus que tout autre...

Gulager arqua un sourcil et une partie de sa cicatrice disparut sous le bord de sa tignasse artificielle. Pendant quelques secondes, papa eut un air buté et j'en ressentis de la fierté, avant que ses épaules s'affaissent.

— Je sais, murmura-t-il. Je m'excuse.

Gulager jeta un coup d'œil furtif dans la pièce, repéra les volets d'acier, les lumières clignotantes des trois panneaux de contrôle, la caméra de surveillance du perron qui bourdonnait au-dessus de sa tête. Et enfin ses yeux se posèrent sur moi, et j'y lus de la compassion. Je me sentis à la fois reconnaissant et offensé. Je tendis le menton en avant avec arrogance. Gulager poussa un soupir.

— Écoutez, monsieur St-st-sturges, fit-il en désignant sa voiture. Il faut q-q-que je dépose l'autre garçon. Je ne vais p-p-pas c-c-consigner cette affaire, ni l'ébruiter. Mais je vais vous expliquer quelque chose et je veux q-q-que vous m'écoutiez attentivement. Il y a des créatures dangereuses à l'extérieur. Et ces créatures dangereuses méritent notre attention. C'est pour cela que vous ne devez pas nous appeler. P-p-pas pour q-q-quelque chose de ce genre. Nous sommes en sous-effectif et chaque homme c-c-compte. Est-ce q-q-que je me suis bien fait c-c-comprendre ?

— Bien sûr, répondit papa d'une voix douce. Merci beaucoup.

Gulager resta quelques secondes de plus à nous regarder, comme s'il voulait nous montrer qu'il était prêt à nous écouter au besoin. Mais, s'il y a bien une chose pour laquelle nous autres Sturges sommes doués, c'est de nous taire. Gulager hocha la tête assez fort pour ébranler sa perruque, referma son carnet de notes, coiffa son chapeau et fit demi-tour. La caméra de surveillance le suivit jusqu'à la voiture.

Papa ferma la porte et entonna le concerto pour dix verrous : *Clic. Cricccc. Zink. Crriiicccc. Clac-clac-clac. Tonk ! Swisssshhhhhh ! Cric-cric.*

Lorsqu'il me fit face, ses lèvres frémissaient.

— J'ai mes raisons, Jimmy. Je sais que ça paraît injuste. Je te demande simplement de m'obéir. Sois de retour à la maison avant la tombée de la nuit. Fiston, je t'en prie. Tu me le promets ?

J'étais envahi par la rage. Par la frustration. Par la pitié. Autant d'émotions que je n'aimais pas ressentir au sujet de mon père. Il perdait la boule. Année après année, jour après jour, il était de pire en pire, et ça me faisait terriblement penser à ce que j'avais vécu cet après-midi sur le parking de l'école, effrayé par des ombres et imaginant voir des monstres.

— Je ne comprends pas, dis-je. Je ne comprends juste pas.

Il se pencha, si près de moi que je pouvais sentir le sel des larmes qui allaient bientôt couler sur ses joues.

— *Parce que ce n'est pas sûr*, murmura-t-il, la mâchoire tremblante. J'ai déjà trop perdu et je me suis promis que cela ne se produira plus. Pas tant que je peux y veiller.

Je ne sais pas ce qu'il voyait quand il me regardait. Certainement pas l'éraflure à la joue que je m'étais faite dans le « broyeur à ordures », ou les cloques sur mes mains à cause de la corde du gymnase, ni même les égratignures aux coudes suite à la course sur le parking. Comme d'habitude, il était distrait par le souvenir de son frère aîné, qui l'appelait autrefois « Jimbo ». Il se retourna, entra trois codes particulièrement compliqués dans chacun des panneaux de contrôle et attendit les diverses réponses automatiques : « Résidence sécurisée ». « Fermeture complète effectuée ». « Mode Sûreté 3A enclenché ». Il appuya sur un interrupteur et des projecteurs baignèrent de lumière les cours avant et arrière. Les chiens de nos voisins de gauche et de droite aboyèrent leur désapprobation nocturne.

Papa s'enfonça dans le couloir sans faire le moindre bruit. Il entra dans sa chambre, referma la porte derrière lui et environ trente secondes plus tard j'entendis les notes douces d'une mélodie bien connue sortir de ses vieilles enceintes, une chanson sirupeuse que je connaissais depuis toujours, interprétée par un vieux duo appelé Don & Juan.

« Debout à l'angle de la rue
Attendant de te voir arriver
Et de sentir mon cœur
S'envoo-o-oler de joie… »

10

Minuit venait de sonner et je ne dormais toujours pas. En fait, je n'allais plus dormir avant longtemps.

Au lieu d'apprendre mes leçons de maths, j'avais passé mon temps sur Internet, à la recherche de quelqu'un qui avait vu la même chose que moi. Mes premières investigations, limitées à des mots-clés comme « tuyaux d'évacuation » et « vestiaires », n'avaient rien donné, mais, après quatre-vingt-dix minutes de bidouille, j'avais trouvé toute une série de documents, si mal indexés et peu populaires qu'il fallait apprendre une langue étrangère faite de fautes d'orthographe pour avoir une chance de tomber dessus. La plupart des vidéos étaient courtes, floues et on n'y voyait rien. On entendait des voix d'ivrognes beugler hors champ des phrases du genre : « Regarde ça ! Mais regarde ce truc, juste là ! »

C'est quand je commençai à lire les commentaires et les légendes sous les films que je me mis à angoisser. Six vidéos postées dans les six dernières années, toutes mises en ligne depuis San B., sur lesquelles on voyait bien quelque chose se déplacer dans des allées sombres ou derrière des bennes à ordures, au loin. Les vidéos ne comportaient le plus souvent qu'un ou deux « like » et les commentaires se limitaient habituellement à des « Complètement ouf ! » ou « Ça pue le fake », mais, pour qui avait eu l'occasion de voir des mains, des pieds et des épaules d'une taille inimaginable, les silhouettes entraperçues étaient malheureusement très crédibles.

Je finis par en avoir assez. J'arrachai les écouteurs de mes oreilles, et regrettai aussitôt mon geste. Le silence dans la maison était surnaturel. Impossible de définir autrement la sensation que j'éprouvais. C'était comme s'il y avait eu de nouvelles bouches dans la maison et qu'elles avaient aspiré toute notre réserve d'air. J'entendais des choses que j'étais incapable de distinguer d'ordinaire : le bourdonnement de la caméra de sécurité du perron, la respiration de mon père dans sa chambre.

L'idée que quelqu'un puisse avoir pénétré chez nous était totalement folle. Nous vivions dans une authentique forteresse. Impossible de franchir nos portes par la force si ce n'était à la scie et au chalumeau, sans parler des alarmes qui se déclencheraient, rapidement suivies de l'arrivée des vans de trois compagnies de sécurité privée. À travers ma porte entrebâillée, je vis de l'autre côté du salon deux lumières rouges qui m'assuraient que les alarmes étaient opérationnelles.

Mais alors pourquoi me semblait-il que quelque chose clochait ?

Elles clignotaient.

Oui, c'était ça qui me gênait.

Ce n'était pas des diodes rouges. C'étaient des yeux.

Je restai immobile, incapable de respirer, tandis que les yeux changeaient de place. Le parquet grinça comme sous un grand poids. J'entendis souffler comme un cheval qui renâcle. Puis les yeux rouges s'éloignèrent du fond de la pièce, découvrant les lumières de l'alarme, bien plus petites. La créature s'approchait des chambres. On ne peut pas imaginer pire, non ? Eh bien, si.

D'autres yeux s'ouvrirent — trois, quatre, cinq, six, sept, huit. Ils flottaient dans l'air, très proches les uns des autres, comme reliés à la même tête, mais indépendants. Certains penchaient vers la gauche, d'autres vers la droite, certains semblaient regarder en arrière, et les autres étaient rivés sur moi. Quelle que soit cette chose, elle remplissait le hall d'entrée. Je jetai un coup d'œil derrière mon lit, à la recherche d'une arme, mais tout ce que j'aperçus était bien dérisoire : des maquettes à moitié finies, des devoirs non terminés. Rien de tout cela ne m'avait aidé avant, et ça n'allait pas commencer.

La créature atteignit la porte de la chambre de papa. Il la laissait toujours légèrement entrouverte et j'espérai qu'il était prêt à riposter. Quelques-uns des yeux rouges disparurent en entrant dans sa chambre. J'entendis un cliquetis, comme si le monstre cherchait de la monnaie au fond de ses poches. Puis un bruit humide, déplaisant, qui dura une bonne minute : *sluuurp, sluurrrrrp, sluuurrrrp, slurrrrrpppppp.*

Mes épaules frémirent si violemment que je saisis mon ordinateur portable à deux mains pour faire cesser les tremblements. Mais oui… le portable ! L'écran s'était mis en veille, mais tout ce que j'avais à faire était de poser un doigt sur le *touch pad*, et la pièce serait baignée d'une lumière blanche. Je tendis la main. Quelque chose m'avertit que ce que j'allais voir risquait bien de me hanter jusqu'à la fin de mes jours. Je pourrais finir comme mon père.

Une ombre m'enveloppa. Je sais que ça a l'air étrange de dire ça, vu que la maison était totalement plongée dans le noir, mais ce noir-là avait du poids : je sentis sa substance recouvrir mon corps telle une couche de boue. Elle avait également une texture bien particulière : squameuse, froide, lisse. Et elle empestait : une odeur saumâtre, évoquant un cadavre d'animal pourrissant au fond d'un puits. Je relevai la tête. Même si le bruit de succion se faisait toujours entendre depuis la chambre de mon père, plusieurs yeux s'étaient glissés dans la fente entrouverte de ma porte et contournaient le pied de mon lit, tels des insectes radioactifs se déplaçant très lentement.

Des visages défilèrent devant mes yeux : Toby, Claire Fontaine, papa. Je soulevai le portable, écran devant, et passai la main sur le *touch pad*.

La lumière jaillit brusquement. Mes yeux écarquillés de peur se refermèrent instinctivement, et il me fallut cligner les paupières encore et encore avant que les points multicolores disparaissent et que je puisse voir au-delà du pied de mon lit… Le placard à l'autre bout de ma chambre, la porte, le couloir, le salon…

Il n'y avait rien.

La vérité, c'était que je ne me sentais pas soulagé. Je n'éprouvai pas la moindre joie. Je jetai mon portable au loin d'un geste rageur et enfouis la tête entre mes mains. On y était, donc. Ma santé mentale m'abandonnait. Je rejetai impulsivement les draps en arrière. J'allais sortir de mon lit, allumer toutes les lumières et explorer le reste de la maison. Il fallait que je le fasse. Je trouverais peut-être une preuve qui viendrait dissiper tout doute au sujet de mon état psychique. Je m'apprêtais à passer les jambes par-dessus le lit et à me lever lorsque mon regard se posa sur le placard.

Comme je l'avais raconté à Toby, c'était cet endroit qui m'effrayait le plus quand j'étais petit. Toby disait que les monstres se cachaient toujours sous les lits et il ne voulait pas en démordre. Je n'avais jamais été d'accord avec lui.

Mon cœur tambourinait dans ma poitrine quand je posai un pied par terre. Le plancher crissait. Je grimaçai en entendant ce boucan infernal, mais je ne quittai pas le placard des yeux. Puis je posai avec précaution l'autre pied. De nouveau le sol grinça. Toujours aucun mouvement depuis le placard. Je fus assailli par toutes les peurs de mon enfance mais je continuai. J'ouvris la porte, prêt à l'affrontement. Debout sur la pointe des pieds, je tendis le cou.

Le placard était vide.

Soudain, deux énormes pattes velues jaillirent de sous mon lit et se refermèrent autour de mes chevilles. Avant que ma tête heurte le plancher, j'eus juste le temps de penser : « Toby avait raison. Sous le lit. C'est là que vivent les monstres. »

Killaheed

II

Un liquide acide coula dans mon œil. Je le frottai et pris conscience des brins de paille qui picotaient ma peau. D'autres gouttes tombèrent, je m'assis et m'essuyai le visage. Je portais toujours mon pantalon de pyjama et mon tee-shirt. Mon lit avait cédé la place à une paillasse crasseuse, et ma chambre, à une caverne.

Je me redressai sur des jambes flageolantes, brossant les brins qui s'accrochaient à moi. L'endroit semblait avoir été creusé à même la roche, et le plafond était tapissé de vieilles canalisations rouillées, de tuyaux d'évacuation mangés par la mousse, et de tableaux électriques noircis. Une eau rougeâtre s'égouttait continuellement d'une dizaine de joints rongés par les ans. L'unique ouverture de la caverne donnait sur un passage.

Ma vue s'éclaircit au fur et à mesure que je commençai à distinguer des montagnes d'ordures. S'il s'était agi de déchets entassés en vrac, j'aurais été moins effrayé. Mais tout était soigneusement rangé. Sur ma gauche, il y avait un monticule de machines à écrire, depuis les vieux modèles à chariot à retour jusqu'aux versions des années quatre-vingt avec écran miniature. Le tout puait l'encre. Sur ma droite, c'était un mur de fours à micro-ondes qu'on avait empilés en fonction des couleurs : noirs, blancs, marron, rouges. Certains étaient vieux et recouverts de poussière, d'autres, neufs et encore éclaboussés des restes de leurs derniers repas. Tous étaient visiblement cassés.

À mon grand étonnement, le passage était illuminé par des lampes à huile.

Le conduit ouvrait sur une série de petites salles, toutes remplies de détritus. L'une était un véritable mausolée de montres : digitales, analogiques, avec fonction calculatrice, pour hommes, femmes ou enfants. Il y en avait tellement qu'on n'aurait pu traverser la pièce sans en avoir jusqu'à la taille. Une autre salle était remplie de ventilateurs. Des fils électriques se perdaient dans l'entrelacs de tuyaux et de câbles, et certains appareils étaient en marche, leurs pales grésillant. Dans la dernière salle où j'osai regarder, une cinquantaine de réfrigérateurs, dans tous les états imaginables, étaient plantés comme autant de pierres tombales dans un cimetière.

Le passage donnait sur une grotte spacieuse éclairée par un grand feu que j'eus bien du mal à distinguer à travers le rideau d'eau fétide qui s'écoulait depuis l'arcade de pierre colossale qui marquait l'entrée et semblait avoir été arrachée à une église du xvie siècle. Je fis un pas en avant et m'immobilisai, saisi d'étonnement, l'eau grasse venant poisser mes cheveux.

La caverne était une cathédrale de jouets qui tapissaient les parois noircies par le temps. Et une gigantesque pyramide de vélos d'enfants dominait la pièce.

Des guirlandes de lampes fluorescentes aux ampoules vacillantes étaient branchées à une source d'alimentation électrique. Mais ces lueurs d'un bleu maladif n'étaient rien comparées à l'éclat blanc et intense qui brûlait dans ce qui ressemblait à un four, près du coin opposé de la salle. Je ne pus résister à l'envie de m'approcher du feu.

Un monticule de poupées désarticulées m'empêchait de voir la gueule béante du fourneau. Je contournai cet obstacle et les flammes révélèrent un bas-relief sculpté à même la roche. Il était splendide. La partie droite montrait des bêtes sauvages sortant de sous une série de ponts pour embarquer à bord d'un grand voilier. À gauche, les mêmes créatures débarquaient du navire pour se dissimuler sous d'autres ponts.

Le plus grand pont de tous les temps enjambait l'océan. Des mains, des pattes, des tentacules et des griffes se tendaient vers la pierre centrale de l'édifice, où était représentée une silhouette imposante et particulièrement repoussante, dotée de six bras. Ses yeux n'étaient pas identiques : l'un était un rubis étincelant encastré dans la roche, l'autre, une crevasse noire et béante.

Ces détails étaient saisissants, mais ce qui était gravé dessous était pire. La scène ressemblait à une guerre entre monstres et humains. La confrontation était d'une rare violence. Au bas de la sculpture figuraient les portraits de ceux qui devaient être les personnages importants de ce monde étrange. Tous étaient hideux. L'un avait le museau et les crocs d'un chien. L'autre n'avait pratiquement pas de tête et ses yeux ronds étaient placés sur sa poitrine lisse. Le troisième avait huit yeux écarlates, suspendus au bout de longues tiges.

Des yeux qui oscillaient.

Qui ne faisaient pas partie de la sculpture.

La créature que j'avais aperçue chez moi glissa vers moi avec une grâce surprenante étant donné son grand nombre de jambes, cachées sous un kilt décoré de médailles, de trophées, de coupes et de rubans. Lorsque le monstre passa devant le four, les flammes découvrirent la teinte vert olive de sa peau reptilienne, et le vernis brillant qui faisait luire ses tentacules. Sa bouche se réduisait à une mince balafre. Elle s'ouvrit pour laisser échapper un bêlement étranglé :

— *Grrruuuuglemmmurrrrrph.*

Je trébuchai sur une poupée et tombai en avant.

La créature se rapprocha, en poussant des grognements. J'étais allongé sur le dos. Je sentais la chaleur du four et je me demandai si je ne pourrais pas y trouver un tisonnier. Mais il était trop tard. Le monstre se pencha au-dessus de moi, en fouillant l'air de ses tentacules. Huit yeux flottèrent près de moi. Je me préparai à mourir.

J'avais cependant l'impression qu'il ne me voyait pas. Crétin que j'étais, j'agitai une main devant l'un des yeux. Aucune réaction. J'envisageai de partir en courant. Pourrais-je le faire ? Serais-je assez rapide pour détaler d'un bond avant que l'un des tentacules se resserre autour de mon cou ?

— Il ne peut pas te voir, s'éleva une voix. Il est pratiquement aveugle.

L'épouvantable créature se raidit et se tourna vers le four. Elle baragouina quelques mots incompréhensibles. Je regardai dans la même direction. Un homme de métal se dressait près de la porte du four, deux longues épées aux lames étincelantes et maculées de sang dans ses mains. Puis il rengaina les armes dans les fourreaux jumeaux sanglés à son dos.

— Son nom est Blinky[1], déclara-t-il. Les trolls sont du genre facétieux quand il s'agit de leur nom.

Il marqua une pause, puis conclut :

— Ils n'ont qu'assez peu d'humour à part ça.

La voix de l'homme semblait grésiller à travers les enceintes d'une chaîne stéréo délabrée. En fait, sa bouche était recouverte de la grille d'un vieux lecteur de cassettes. Ce n'était pas un robot, mais un être de chair et d'os. Comme tout ce qui m'entourait ici, son armure n'était constituée que de matériaux de récupération. Au-dessus de son masque, il portait des lunettes d'aviateur trop grandes pour lui, des cache-oreilles et un vieux casque de football américain.

Tous ces éléments avaient autrefois appartenu à des enfants.

Aux enfants disparus.

L'épidémie des briques de lait.

Je me rendis compte que j'étais incapable de bouger.

---

1. *To blink* : cligner les yeux, en anglais (NDT).

Son armure, si tant est qu'on pût l'appeler ainsi, était tout aussi incroyable. Ses doigts se pliaient et se dépliaient dans ses gants recouverts de clous aiguisés. Ses avant-bras étaient hérissés de capsules de bouteilles de soda. Ses biceps étaient protégés par les spirales arrachées à une centaine de cahiers d'écoliers. Ses plates d'armure étaient en fait les restes de la dînette d'une petite fille : des assiettes en plastique en forme de cœur, d'étoiles et de chevaux. Des voitures et des camions miniatures pendaient sur son estomac, étincelant à la lueur des flammes. Ses jambes étaient bardées de chaînes de vélos, certaines rougies par la rouille, mais quelques-unes encore luisantes d'huile de graissage.

Quand il marchait, on avait l'impression d'entendre quelqu'un qui fouillait dans un bol rempli de clous.

Je me laissai rouler au sol pour m'éloigner de lui comme du troll — Blinky, si je devais croire à un nom pareil — et bondis sur mes pieds. L'homme s'arrêta. Les poignées de ses deux épées saillaient dans son dos comme deux cornes. Je n'avais pas oublié qu'elles dégouttaient de sang.

Il me tendit une main. Les clous étincelèrent à la lueur des flammes.

— Tu dois m'écouter.
— Qui êtes-vous ? demandai-je. Où suis-je ?
— Nous n'avons pas beaucoup de temps.
— Pourquoi ça ? Qu'allez-vous me faire ?
— Tu as trop dormi. C'est presque l'aube.
— Et il se passe quoi à l'aube ?
— Tu rentres chez toi.

— Je ne vous crois pas.
— Il n'y a pas le temps pour expliquer.
— Parlez vite, alors.

Sa main fendit l'air rageusement.

— Nous n'avons PAS le temps !

Le grognement sourd d'une bête qui s'éveille nous parvint de loin.

— Voilà, tu as gagné, dit-il. Tu as réveillé ARRRGH!!!.

Il avait hurlé ce dernier mot. Je plaquai les mains sur mes oreilles.

Des bruits de pas titanesques retentirent depuis un tunnel non loin du bas-relief. Tout dans la caverne se mit à vibrer : des roller-skates se détachèrent, des armes en plastique dégringolèrent en émettant d'étranges rafales électroniques, les roues crevées des vélos tournèrent sur elles-mêmes.

Je reculai.

— *Arrrgh ?*

— Tu n'écoutes pas, alors que je t'ai dit d'écouter, fit l'homme de fer en inspirant profondément. ARRRGH!!!.

Je reculai encore un peu.

— Trois R, trois points d'exclamation. Suis mes conseils et ne fais pas d'erreur de prononciation.

— Je n'en ferai pas, promis, juré.

Le Goliath émergea aussi tranquillement qu'un chien sort de sa niche et se redressa de toute sa hauteur après avoir franchi le passage voûté. Je vis ses énormes muscles saillir et jouer sous sa fourrure noire et drue. Je reconnus les pattes griffues : c'était celles de la bouche d'égout et de ma chambre.

ARRRGH !!! était bâti comme un gorille, en trois fois plus grand : deux bras, deux jambes et, par bonheur, deux yeux seulement. Deux cornes, recourbées comme celles d'un bélier, éraflèrent des canalisations suspendues et en percèrent une. L'eau grisâtre se déversa sur sa toison graisseuse. Ses yeux orange fouillèrent la pièce avec une attention tout animale ; il leva le museau et renifla. Sa bouche s'ouvrit, révélant une gueule écumante de bave armée de crocs qui étaient autant de poignards acérés. Il m'avait flairé.

Je battis en retraite et m'adossai à une pile de ressorts à matelas. ARRRGH !!! traversa la salle en quatre enjambées, faisant tomber des éclats de rouille des canalisations, qui flottèrent comme des flocons de neige. Parvenue face à moi, la créature se pencha et son museau humide se retrouva à quelques centimètres de mon visage. Elle renifla une fois, puis expira. La force de ce souffle repoussa mes cheveux en arrière. Des gouttes de salive visqueuse s'écoulèrent d'une de ses dents cassées, dessinant une mare sur mon estomac. Ses yeux avides, de la taille d'une balle de baseball, me scrutèrent en détail.

La créature grogna et les ressorts de matelas couinèrent.

L'homme de fer glissa une main gantée entre deux moules à cake de son armure, farfouilla un instant, puis en retira un médaillon en bronze suspendu à une chaîne crasseuse. Les symboles gravés dessus représentaient une grande épée, avec un texte dans une langue inconnue, et la trogne hurlante d'un troll.

— Passe ceci, ordonna-t-il.

ARRRGH!!! jeta un coup d'œil au médaillon, tourna son affreuse tête vers la voûte, et lâcha un rugissement de tyrannosaure. Ses cornes heurtèrent des ampoules fluorescentes, faisant s'abattre une pluie d'étincelles sur l'homme de fer. Que le hurlement d'ARRRGH!!! soit de fureur ou d'exultation, il m'était impossible de le dire. Ce que je savais, en revanche, c'est qu'ils ne faisaient plus attention à moi.

Je bondis en direction du couloir le plus proche, passant si près de l'homme de fer que j'aurais pu lui prendre son médaillon si je l'avais voulu. Tout le monde s'aperçut de ma fuite : j'entendis un cliquetis de chaînes de vélos, un grognement simiesque, et une multitude de pas derrière moi.

— *Prrrruuummffffflllarrrrggg !*

Le cri de Blinky me secoua jusqu'aux os alors que je me faufilais dans le passage et heurtais de plein fouet un mur glacé. Il n'y avait pas de lumière. Je plaquai une main contre la paroi et repris ma course. Le tunnel tournait vers la gauche ; je parvins à ne pas m'aplatir le nez. Il bifurqua vers la droite ; pendant quelques secondes je naviguai à l'aveuglette. Derrière moi, j'entendais les pas lourds des monstres, le sifflement de tentacules, le cliquetis de métal.

J'étais perdu et n'avais d'autre choix que de continuer.

— Stop ! Ne va pas plus loin !

L'homme de fer se rapprochait de moi. Je m'enfonçai dans les ténèbres. Puis je repérai une lueur. Je forçai l'allure et me retrouvai dans un couloir si étroit que je sentis les parois frotter contre mes épaules, mais c'était un cul-de-sac. Quel endroit triste et sombre pour mourir.

Je levai la tête et vis que la lumière provenait d'une canalisation juste assez large pour que je puisse y ramper. Me traîner dans un passage aussi étriqué était sans doute la pire chose que j'aie jamais envisagé de faire, mais au moins ARRRGH!!! et Blinky, qui se rapprochaient tous les deux, étaient trop gros pour me suivre. Je saisis l'extrémité du tuyau et me hissai à l'intérieur.

Des eaux usées s'accumulaient au fond. J'essayai de ne pas respirer, mais l'odeur infecte me souleva le cœur. L'homme de fer allait m'entendre ; ma seule option était d'avancer. À l'aide de mes coudes et de mes genoux, j'entamai ma progression. Je me cognai la tête et l'eau eut tôt fait de tremper mes vêtements, mais je ne m'arrêtai pas pour autant : la lumière était de plus en plus vive.

La canalisation penchait de plus en plus. Parvenu au bout du conduit, je jetai un coup d'œil, et vis des sources de lumière au-dessous, des centaines de points lumineux vacillants qui semblaient s'agiter sur des montagnes de boue. On entendait aussi des voix, des cris, des éclats de rire, des craquements de bois, des cliquètements de métal et un tintement qui ressemblait à celui de pièces de monnaie.

Je me tortillai. L'espace d'un moment terrifiant, je crus que j'étais coincé. J'imaginai que j'allais me noyer et que mon cadavre allait pourrir là pendant des semaines. Je finis par pousser sur mes pieds et me propulsai hors de la canalisation.

J'atterris dans une grande flaque de boue. Je m'assis et passai énergiquement les mains sur mon visage pour tenter d'ôter ce qui y était collé. Je finis par lâcher l'affaire et restai là, pantelant et puant. Il me fallut une minute pour apprécier les sons variés d'une place de marché animée. Je n'avais pas encore regardé. Je me demandai si je devais le faire. Les lumières et les sons paraissaient si familiers, si *ordinaires*. Jusqu'à ce que je me rappelle que j'étais sous terre.

Je levai la tête.

12

J'avais sous les yeux une ville de trolls. Le paysage fait de voies étroites et d'édifices aux formes irrégulières s'étendait sur plus d'un kilomètre avant de se perdre dans les ténèbres. On apercevait un peu partout des demeures grossières en boue séchée, mais la plupart étaient vides, les trolls ayant quitté leurs habitations pour la nuit afin de prendre part aux activités du bazar. De la fumée montait des étals de nourriture, où les carcasses de petits animaux que j'espérais être des écureuils et des lapins rôtissaient sur des broches. D'autres échoppes proposaient d'étranges œuvres d'art : des emblèmes gravés sur du cuir vert, des pierres polies, des périscopes bizarres, ainsi que d'autres engins métalliques. De la vapeur montait en volutes de la devanture de certaines boutiques, où des tiges de métal incandescentes prenaient forme à coups de marteau. Des trolls remuaient dans des chaudrons une substance aussi visqueuse que mystérieuse, qu'ils versaient dans des bols en bois grossiers. Et partout on faisait du troc : des pièces de métal cabossées passaient de tentacules en pattes, un sachet de crapauds coassants était échangé contre une jarre de lucioles, et des cailloux étaient soigneusement examinés à la loupe puis posés sur des balances avant de faire l'objet d'échanges précautionneux.

Rampant, bondissant, sinuant à travers cette métropole délirante, des créatures des plus variées offraient un spectacle sans pareil. Les premiers à me remarquer furent un trio de monstres de trois mètres de haut, tirant les restes d'une carcasse de voiture dont chaque centimètre carré était orné de guirlandes de loupiotes de Noël. Les trois trolls avaient le teint cireux, arboraient de longues barbes grises qui leur arrivaient aux genoux, et étaient identiques à l'exception des zébrures de leurs cicatrices. En fait, il y avait une différence supplémentaire : un seul des trois avait un œil, qui évoquait celui d'un oiseau. Le cyclope m'aperçut et il leva un bras pour arrêter ses compagnons, qui n'avaient qu'une orbite vide. Lorsque les deux aveugles se mirent à baragouiner de mécontentement, le premier ôta son œil, et le tendit à son voisin de gauche, qui le glissa dans son orbite. À tour de rôle, ils purent ainsi regarder ce qui s'offrait à leur vue.

Je me redressai, ruisselant. J'aurais pu les dépasser à la course, mais étais-je en sécurité là où je me trouvais ? La réponse à déchirer les oreilles me parvint, toute proche. C'était ARRRGH !!!.

Je courus vers le troll de gauche, pour l'instant aveugle, et il eut beau fendre l'air de son bras, je me courbai, l'évitai et, l'instant d'après, je courais sur une grande avenue. Soudain, il y eut des trolls tout autour de moi, et ma peau entra en contact avec leurs étranges anatomies. Certains étaient gargantuesques et je pus les dépasser en filant entre leurs jambes. D'autres faisaient moins de trente centimètres et se déplaçaient comme des rongeurs, se grimpaient les uns sur les autres en agitant des boucliers et des sabres minuscules. Quelques-uns avaient des capes élimées, des uniformes en lambeaux avec des insignes usés. D'autres portaient des tuniques de fortune faites de duvet de chardon et de feuilles d'épineux. La plupart cependant étaient nus, et je ne les vis que sous la forme de couleurs qui se mélangeaient : noir de jais, bronze poli, rose langue, rouge sang.

M'extrayant de la foule, je me retrouvai soudain devant un présentoir de boucher, que je n'eus pas le temps d'éviter. Je heurtai l'étal, envoyant voler les carcasses dans tous les sens. Un troll sans nez, loucheur, vêtu d'un tablier crasseux, un couteau rouillé à la main, beugla, outré. Je battis en retraite et me fondis dans une masse de clients affamés, qui se rendirent finalement compte de la présence d'un humain dans leurs rangs. Des rugissements aussi assourdissants que des cornes de brume se mêlèrent à des couinements suraigus et des grondements sourds. À deux allées de là, ARRRGH !!! répondit à leur appel.

Des bras velus, des mains écailleuses et des tentacules glacés tentèrent de m'immobiliser, mais je me débattis et parvins à me dégager avant de rouler par-dessous l'étal du boucher, puis de détaler dans une allée transversale, passant au milieu d'une famille de trolls bleus et grassouillets, dont les ailes atrophiées s'agitèrent d'affolement. Une créature velue de plus de deux mètres de haut — je ne voyais que ses poils — s'avança dans l'allée, tenant un bâton au bout duquel était fiché une tête de porc. Je crus tout d'abord qu'il s'agissait d'une sorte de sceptre avant de la voir croquer dedans : c'était son casse-croûte. Je bifurquai et tombai sur un alignement de brouettes remplies de marchandises. En le longeant, je butai sur un troll si flétri que ses côtes saillaient littéralement de sa chair. Glissées dessus, des séries de bagues ornées de joyaux s'entrechoquaient joyeusement, tandis qu'il discutait avec un troll sans bras qui faisait penser à un gigantesque ver de terre. Une plaie lui fendait le ventre et je crus tout d'abord qu'il s'agissait d'un coup de poignard avant d'apercevoir quatre vers plus petits passer la tête hors de la poche marsupiale. Ils étaient tout blancs et dépourvus d'yeux.

Les deux trolls cessèrent leur conversation et me dévisagèrent.

La brouette à côté d'eux contenait des casse-croûte qui ressemblaient à des barres de céréales, sauf qu'au lieu d'avoine, de noisettes et de raisins, on y trouvait des cafards, des cheveux et des dents. Je me retournai afin de revenir sur mes pas lorsque j'aperçus un géant à la fourrure noire passer son groin dans l'allée. Ses yeux orange se braquèrent sur moi.

ARRRGH !!! souffla si fort que deux trolls plus petits furent engloutis par la bave qui coula de sa gueule.

Je sautai par-dessus la brouette. Mon pied se prit dans une jarre, qui se brisa en heurtant le sol. Des dents blanches rebondirent dans tous les sens et des cafards détalèrent pour se réfugier dans des fissures. J'entendis le tonnerre des pieds de mon assaillant dans mon dos. Devant moi, un troll au visage poupon et parcheminé s'amusait à nouer les queues de cheval de deux trolls tachetés, absorbés par leur dispute. Je passai par-dessous la tresse, et hurlai des excuses, tandis que les deux petits gremlins tentaient de me mordre les talons.

Des bribes de musique montaient d'un accordéon cassé et d'un phonographe cabossé. Des néons de marques de bières, des feux tricolores et des pièces détachées de manèges, volés au monde des humains, conféraient une atmosphère hallucinatoire, stroboscopique à ce quartier louche. Je titubai tel un clochard et rebondis contre un troll à l'imposante poitrine, qui avait fièrement modifié son corps avec les restes d'un kit de couture. Elle avait remplacé ses orteils par des dés à coudre, plusieurs de ses doigts par des ciseaux à denteler, ses mamelons par des boutons dépareillés, et ses cheveux par des pelotes de laine. Elle me décocha un sourire coquin. Ses gencives sans dents étaient percées de centaines d'aiguilles.

Je titubai vers le bas d'une allée. Des groupes de trolls étaient penchés au-dessus de plateaux en pierre, disputant d'étranges parties. Tous trichaient ; je voyais clairement des figurines dissimulées dans leur fourrure. Des trolls jetaient des enjoliveurs en direction d'un vieux poteau usé par les intempéries tandis qu'un autre comptabilisait le score en donnant des coups de griffe sur un tableau. Où que je regarde, des combats éclataient. Ils étaient soudains, violents et généralement brefs. Après quelques coups, les créatures dépitées retournaient à leurs jeux et à leurs chopes de pierre remplies d'un liquide jaunâtre et mousseux.

Le plus étrange de tout était les postes de télévision. Dans le coin où je me trouvais, il y en avait partout. Des modèles géants datant des années soixante-dix, des appareils portables en noir et blanc des années quatre-vingt, des moniteurs aux lignes effilées des années quatre-vingt-dix, et quelques rares écrans haute définition tels qu'on en trouve de nos jours. Certains étaient empilés sur le sol et d'autres, attachés à des poteaux en bois au moyen de fil de fer barbelé, mais tous étaient reliés à des antennes de fortune. On n'y voyait cependant aucune émission, aucun programme. Les postes ne faisaient guère qu'émettre différents grésillements. Les trolls donnaient de l'argent (ou de petits rongeurs), en échange du médiocre privilège de se tenir juste devant la bouillie sonore et visuelle qui sortait de ces écrans, les yeux vitreux et la mâchoire pendante.

ARRRGH!!! fut moins impressionné. Il bondit, détruisant des téléviseurs sur son passage. Des trolls beuglèrent leur contrariété. Le cœur battant la chamade, je me frayai un chemin jusqu'à l'allée la plus étroite que je pus trouver, entre des cabanes assez rapprochées pour empêcher le troll de me suivre.

Mon plan échoua. ARRRGH!!! entreprit de réduire ces bicoques en pièces. Autant vouloir distancer une tornade.

Je continuai à courir, le souffle brûlant d'ARRRGH!!! sur ma nuque. Les bâtiments se firent plus rares. Je reconnus l'éclat scintillant d'un cours d'eau devant moi. Ça n'avait rien à voir avec la rivière aux eaux fraîches et agréables que je m'étais imaginée. C'était en fait une fosse d'une chaleur étouffante et remplie d'excréments, qui serpentait à travers ce monde souterrain. Près de la berge, quatre ou cinq trolls aux défenses décorées maniaient des filets avec lesquels ils essayaient de capturer des déchets charriés par le courant. L'endroit avait l'air d'être le point d'arrivée d'un des plus gros égouts de la ville.

Je bondis sur l'autre rive, là où le cours d'eau était le plus resserré. La rivière marquait les limites de la ville. Des feux de camp épars allumés par des trolls solitaires me révélèrent les antiques poutres de soutènement qui empêchaient les parois de la caverne de s'effondrer. Il y avait peu de luminosité mais les corps que je parvenais à distinguer dans ma course étaient hideux. Des êtres dont le calme suggérait qu'ils n'aspiraient qu'à mourir en paix. Leur chair était largement recouverte de lichen et d'excroissances fongueuses, suite à des dizaines d'années d'inactivité. Des gremlins somnolaient entre ces parcelles de flore et de champignons.

Une silhouette se laissa descendre depuis une canalisation au-dessus de moi avant d'atterrir sur ses deux jambes. La lumière des flammes se reflétait sur ses lunettes d'aviateur et ses avant-bras recouverts de capsules de bouteilles de soda. Pendant un instant, je frôlai les spirales de cahiers qui entouraient ses biceps, mais, comme je tentais de m'éloigner, je vis derrière moi les huit yeux rouges de Blinky. Je pivotai sur mes talons, mais n'eus pas le temps de détaler car ARRRGH !!! était déjà sur moi, ses dents blanches étincelant dans les ténèbres.

— Tu as perdu tellement de temps.

La voix de l'homme de fer me parvenait entre deux grésillements de la grille masquant sa bouche. Il leva un gant hérissé d'acier au bout duquel pendait le médaillon de bronze.

— Ne me force pas à le répéter, Jim Sturges. Mets ceci avant qu'il soit trop tard.

Il me fallut quelques secondes avant de reconnaître mon nom. L'enlèvement ne devait rien au hasard. Papa avait donc raison : il y avait bien des créatures de la nuit qui essayaient de s'emparer de moi. Je songeai aux dix verrous sur la porte d'entrée de ma maison et, pour la première fois, regrettai de ne pas pouvoir entendre leur chant protecteur.

L'homme de fer lut dans mes pensées.

— Ton père l'a refusé un jour, expliqua-t-il. Ne commets pas la même erreur.

Mes muscles tremblaient de fatigue. Je voulais pleurer, mais je n'en avais pas la force. Mes épaules s'affaissèrent et je penchai la tête en avant, vaincu par la puanteur de l'haleine du troll et par la peur. Je cachai mon visage entre mes mains.

— C'est vous qui avez kidnappé l'oncle Jack.

— Oui.

— Qui avez ruiné la vie de papa.

— Oui.

— Et à présent vous voulez ruiner la mienne.

— Prends ceci, répéta-t-il, en agitant le médaillon sous mes yeux. Prends-le et tu verras.

Un long cri perçant déchira l'air. Des cloches sonnèrent à travers toute la ville. Je me retournai et vis qu'on éteignait une centaine de feux, que les drapeaux étaient baissés et les échafaudages, démontés. Le sol se mit à trembler alors que tous les trolls, jusqu'au dernier, évacuaient les rues. Nombre d'entre eux accouraient dans notre direction, comme un troupeau affolé.

C'est à ce moment que j'aperçus le soleil.

Il s'infiltra par une fissure, quelque part au-dessus de moi. Le rayon de lumière se fit plus large et j'entendis le glapissement étranglé d'un des pêcheurs, qui s'écroulait. Puis ce fut la panique. Des cris montèrent, les uns après les autres, suivis par des beuglements de peur. Un second rayon de lumière s'abattit sur une des tours inclinées du centre de la ville.

— Prends ceci ! me hurla l'homme de fer en me jetant le médaillon. Tout de suite !

— Mais ils arrivent...

— Comme tous les matins, aboya-t-il. Mets-le !

Le soleil, s'immisçant par des dizaines de fissures à présent, transformait la caverne en un patchwork d'ombre et de lumière où les formes dispersées d'un millier d'ogres improbables couraient en tous sens. La poussière flottait dans les rayons dorés et les trolls qui accouraient se mirent à tousser et à éternuer. Je ne pus m'empêcher de faire un pas en avant pour profiter de la chaleur du soleil.

ARRRGH !!! et Blinky reculèrent craintivement.

N'étais-je pas censé rentrer à la maison à l'aube ? J'arrachai mes yeux de la horde de monstres pour regarder l'homme de fer. Il serrait le pendentif sans craindre le soleil que ses deux compagnons fuyaient si ostensiblement. Des hordes de trolls nous dépassaient en hurlant et se précipitaient dans les tunnels.

Je fis un pas de plus vers la lumière.

— Si tu ne le prends pas maintenant, s'emporta-t-il, nous reviendrons te chercher demain dans la nuit. Et la nuit d'après. Et celle d'après encore. Et ce sera tout ce à quoi se résumera ta vie, Jim Sturges, jusqu'à ce que tu nous obéisses.

C'était une excellente menace. Je ne savais quelle option choisir.

L'homme de fer perdit patience. Il dégaina ses deux épées d'une étrange façon, comme s'il s'agissait d'un signal. ARRRGH!!! chargea, et une de ses grandes pattes s'abattit sur moi avec la force d'une pelleteuse. Blinky se mit de la partie, tendant ses tentacules, les tiges de ses yeux rouges s'entortillant en une unique tresse. Je sentis la fourrure drue et les puissantes ventouses d'un poulpe, mais je courais déjà vers la lumière du soleil. Mes mains devinrent soudain blanches lorsque je parvins enfin sous son éclat, puis je fus aveuglé. Ma peau me faisait mal, mes narines empestaient la cendre, ma gorge était pleine du goût de ma propre peur, puis je me retrouvai sur le dos. Tous mes os me faisaient mal comme si on m'avait tordu en arrière jusqu'à me briser la colonne vertébrale. Ma tête reposait sur un coussin moelleux qui sentait la transpiration.

Papa s'immobilisa devant la porte entrouverte de ma chambre. Il portait la combinaison qu'il enfilait le week-end lorsqu'il devait passer la tondeuse, et il essayait de fermer le bouton de sa manche gauche.

— Bonjour, fiston, dit-il avant de poursuivre son chemin dans le couloir.

Quelque chose tomba sur le matelas, juste à côté de moi. Je réprimai un cri.

C'était le médaillon.

13

Je fourrai le médaillon sous mon oreiller pour ne plus l'avoir sous les yeux. Quelques secondes plus tard, je retrouvai mon calme en me persuadant que tout cela n'avait été qu'un cauchemar consécutif à une journée monstrueusement merdique. Soulagé, j'écartai les draps et découvris mes jambes maculées de taches brunâtres et mes pieds noirs de boue.

Je frottai toute cette crasse sous la douche comme si j'avais été contaminé par un germe mangeur de chair. L'eau grisâtre tourbillonna à mes pieds avant d'être engloutie dans le trou d'évacuation, et je la regardai disparaître jusqu'à ce que je me souvienne de la destination de ces canalisations. Je sortis en hâte de la salle de bain, m'habillai et, après une hésitation, pris le médaillon. Aussi menaçant fût-il, il ne présentait aucune différence avec un bijou fabriqué sur cette Terre. Il n'y avait pas plus de magie dans ce truc que dans n'importe quel foulard de scout, et il n'y avait qu'une seule façon de me le prouver.

Je le passai autour de mon cou.

Il ne se passa rien, mais alors rien de rien.

Je poussai un soupir de soulagement… Une petite victoire pour le bon sens. Je glissai le pendentif sous ma chemise. Après que je l'aurais porté une journée entière, peut-être le reste de la peur qui me faisait suffoquer s'évanouirait-il aussi.

Mon plan était de foncer dans la cuisine, de récupérer mon sweat et d'avoir mis les voiles en quelques secondes. Mais, tandis que j'enfilais ledit vêtement, je sentis une drôle d'odeur. Je vis alors mon père mettre des lamelles de bacon sur un plat et le plat sur la table, où nous attendait une pile de pancakes. Je n'en croyais pas mes yeux. Je n'avais pas contemplé un tel festin depuis l'époque où maman vivait encore avec nous. Papa s'assit et but une gorgée de café, hochant la tête de satisfaction.

— Excellent timing, Jimmy. Prends une chaise.

Papa sifflota. Oui, d'accord, c'était *What's your Name ?* de Don & Juan, mais quand même… Papa qui sifflait ? C'était tellement du jamais vu que pendant un instant j'oubliai tout le reste.

— Ça va, papa ?

— Mieux que ça. Je n'avais encore jamais passé une aussi bonne nuit. Jimmy, je te le dis, la dernière fois que j'ai aussi bien dormi date de l'époque où je partageais ma chambre avec mon frère Jack. Je ne pensais pas qu'un jour je puisse redormir aussi bien.

Il toucha machinalement son étui à calculette Excalibur, comme s'il espérait trouver le courage de s'affirmer face aux autres au travail. Ses doigts remontèrent jusqu'au pansement sur ses lunettes, il hocha la tête et on aurait dit qu'il avait décidé de les réparer une bonne fois pour toutes. Je ne l'avais jamais vu aussi heureux. Je ne pus m'empêcher de lui renvoyer son grand sourire. Il tendit la main pour prendre du sirop d'érable.

C'est alors que j'aperçus la série de petites plaies à la commissure de ses lèvres, en travers de sa mâchoire, le long de son cou… et soudain je me rappelai le bruit terrifiant qui était parvenu de sa chambre la nuit précédente : *Sluuuurp. Sluuuurp. Sluuuurp.*

Il me décocha un sourire radieux et une petite croûte se détacha pour tomber dans son assiette.

— Allez, assieds-toi. Je pense que les choses sont enfin en train de changer pour les Sturges.

Je laissai la table garnie de victuailles derrière moi. En quelques secondes, j'avais franchi la porte d'entrée et étais sur mon vélo. C'était le premier jour du festival des Feuilles Mortes et plein de rues avaient été bloquées. Je commis l'erreur de foncer tout droit vers le Jubilé des Enfants sur la rue principale, mais je parvins à traverser la place avant de devoir éviter trois cents gamins qui défilaient dans leurs déguisements. Ignorant les klaxons et les injures des automobilistes, je pédalai comme s'il en allait de ma vie, ce qui était sans doute la vérité.

J'atteignis enfin le cabinet dentaire Papadopoulos, jetai mon vélo dans les buissons, franchis la porte d'entrée en trombe et m'écrasai sur le bureau de l'accueil. La secrétaire blêmit. Je tentai de reprendre mon souffle. La musique d'ambiance qui montait des haut-parleurs se moquait de mon état frénétique.

— Jecherchetoby.
— Ralentis, petit. Tu disais ?

J'avalai rapidement une goulée d'air.

— Je cherche Toby.
— Je ne comprends toujours pas.
— Toby D.
— Je ne sais pas de qui il…
— Tobias F. Dershowitz.

La secrétaire chaussa ses lunettes et consulta son classeur, son regard survolant la liste de noms de haut en bas.

— Dershowitz… Dershowitz… Oh ! fit-elle, et son sourire disparut bien vite quand elle examina ses notes de plus près. Oh…

Le bruit d'une roulette transperça les murs.

Quelques secondes plus tard, je me faufilai à l'intérieur de la pièce où se trouvait Toby, réservée aux patients en état grave. Il était seul et attaché à son fauteuil, la bouche maintenue grande ouverte à l'aide d'une sorte d'araignée de métal. Ses nouvelles bagues dentaires conféraient aux anciennes, a posteriori, un charme évident. De gros nodules chromés étaient fixés à chacune de ses dents, tandis que des fils d'acier dessinaient entre eux des schémas si complexes qu'on en avait le vertige. Un nuage de fumée âcre flottait au-dessus de sa tête, manifestation tangible de son humeur.

Toby ne pouvait pas remuer la tête, mais il parvint à hausser un sourcil.

Je me précipitai à côté de lui.

— Elle est revenue, fis-je. La créature du parking.

Il leva l'autre sourcil.

— Ils m'ont capturé ! La bête du parking – je ne te l'avais pas dit, mais il y avait un monstre... quand j'étais dessous... avec des griffes... Toby, personne ne va jamais me croire ! Je me suis retrouvé dans cet endroit... et il y avait tous ces trucs, et je pense qu'ils dataient de l'époque où ces gamins... il y en avait trois, dont un qui avait un paquet d'yeux... Toby, c'était dingue, tous ces yeux qui flottaient dans l'air ! Un truc de malade, et un type qui était habillé de toute cette ferraille, il était plus petit, mais il foutait vraiment les boules, mais le pire, c'était celui avec les griffes... Toby, c'était un géant ! Ses bras faisaient genre un kilomètre de long ! Et ses dents... il y en avait un million ! Aussi grandes que... que des cônes de signalisation...

— J'aimerais bien voir des dents comme celles-là !

Le docteur Papadopoulos entrait, une poignée de radios à la main. Je m'écartai de la chaise. Toby avait toujours affirmé que Papadopoulos était du genre velu. Quand il s'amusait à être gore, il faisait semblant de trouver des poils de bras de Papadopoulos enroulés dans son appareil dentaire. En fait, il n'exagérait pas. La tignasse noire et épaisse du dentiste commençait un peu moins de trois centimètres au-dessus de son monosourcil et les quatre anneaux gigantesques passés à ses doigts étaient perdus dans la jungle des poils de ses phalanges. Il me décocha un grand sourire. Ses dents étaient parfaites, évidemment.

— De quoi parlons-nous ? D'un film que vous venez de voir ?

Je hochai la tête malgré moi.

— Pas beaucoup le temps d'en voir moi-même. Que dire ? Les dents, c'est toute ma vie. Je libère Tobias dans quelques minutes. Il faut juste resserrer très légèrement deux ou trois bagues.

Il jeta les radios sur la table, plongea son regard dans la bouche ouverte de Toby, hocha la tête pour lui-même et ressortit de la salle.

Je revins à côté de Toby.

— Toby ! Qu'est-ce que je vais dire à papa ? Je ne peux quand même pas lui raconter, hein ? Il va péter un câble si je le fais. Il va m'enchaîner à la maison. Il faut qu'on fasse quelque chose. Toi et moi. Peut-être tendre un piège. Oh, Toby… Ils ont dit qu'ils reviendraient. Cette nuit. Cette nuit ! On n'a pas le temps…

— On a toujours le temps pour des soins dentaires appropriés, intervint Papadopoulos, de retour dans la pièce.

Il tenait les plus horribles engins médicaux qu'il m'ait été donné de voir : des pinces courbes si acérées qu'elles en étincelaient, un bistouri au manche en plastique ergonomique ; un truc qui ressemblait à des tenailles, sauf qu'il se terminait par des crochets, et une roulette high-tech. Tous ces instruments étaient brillants et argentés. Je les aurais trouvés carrément géniaux s'ils n'avaient pas eu pour fonction de torturer Toby.

Papadopoulos lorgna sur ses instruments, en agitant les doigts.

— Le cas de Tobias m'a beaucoup inspiré. J'ai mis au point ces outils ici même dans mon laboratoire. Je les ai conçus et fabriqués moi-même. Je ne serais pas surpris qu'on me décerne un prix lors de la conférence de l'Association Dentaire de cette année, à Anaheim. Non, ça ne m'étonnerait pas le moins du monde.

Papadopoulos prit une des clés et se pencha sur Toby avec une mine gourmande.

Le métal couina et des séries de petits clics secs retentirent à mesure qu'il resserrait fermement les bagues. Par bonheur le corps du dentiste occultait les détails de cette offensive, même si je voyais les bras de Toby mouliner violemment en l'air. Papadopoulos ne s'interrompait pas pour autant.

— Ah-ha… Oui, oui… Tiens donc…

Cinq insupportables minutes plus tard, le dentiste fou se redressa et poussa un soupir de grande fierté. Il ôta les pinces qui immobilisaient les lèvres de Toby et entreprit d'enlever ses gants de caoutchouc.

— Rince et crache. On se voit la semaine prochaine.

Les yeux de Papadopoulos croisèrent les miens. Plus exactement, c'est ma bouche ouverte, molle et pendante qui retint son attention. Il fronça les sourcils et, s'approchant, inspecta mes deux rangées de dents que je n'avais pas brossées.

— Mmmmhhhhh. Je pourrais t'aider sur deux ou trois choses. Prends rendez-vous. Cela te changera la vie, mon garçon.

Il cligna les yeux. Je frissonnai. Il sortit de la pièce, un calepin à la main, sur lequel étaient consignés les détails concernant sa victime suivante. Il s'arrêta un instant dans le couloir et huma l'air. Il fit la moue et renifla un peu plus. Il pressa alors le bouton d'un interphone mural.

— Betty, je sens très clairement une odeur d'égout. Pourriez-vous vérifier les toilettes et faire venir un plombier aussi rapidement que possible ?

Plusieurs poils frisés flottaient encore dans l'air après son départ. Je saisis le bras du fauteuil du dentiste.

— C'est pas des blagues, Toby ! J'ai un gros problème. Ça nous concerne tous, toute la ville, le monde entier ! Tu n'as pas idée ! Tu n'imagines même pas à quel genre de chose on a affaire là. Il y a un pays de…

Toby tendit un doigt. Il se redressa dans son fauteuil, leva le gobelet d'eau, aspira avec grand soin une petite gorgée, fit passer l'eau d'une joue à l'autre, puis cracha dans la cuvette. Il répéta l'opération avec un soin exagéré : aspiration, rinçage, crachage. Puis il prit son bavoir en papier et l'apposa délicatement sur ses lèvres jusqu'à être parfaitement propre. Alors il se cala de nouveau dans son fauteuil, poussa un long soupir et se tourna vers moi. Il entrouvrit les lèvres pour dire quelque chose et je dus plisser les yeux, ébloui par les reflets des néons sur la grille de métal flambant neuve qui barrait l'entrée de sa bouche.

— T'es pas taré ?

14

Toby ouvrit la porte d'un coup d'épaule. Un chat en porcelaine au-dessus du judas fit tinter sa queue en forme de cloche.
– Mamie, je suis là !
Entre quinze et vingt chats à l'affût coordonnèrent l'assaut depuis leurs positions. Comme d'habitude, je frémis de crainte devant leurs griffes super enthousiastes et leurs miaulements désespérés. Toby, en revanche, maîtrisait l'art d'écarter délicatement les félins sans même y prêter attention. Ils feulèrent de mécontentement et bondirent sur le canapé – toujours recouvert de son film plastique – et la table basse sur laquelle il était strictement interdit de poser quoi que ce soit. La maison était un véritable catalogue de bibelots de l'Amérique traditionnelle : tapisseries au point de croix demandant à Dieu de bénir la demeure, étagères garnies de céramiques de chérubins et de chats, innombrables babioles en osier et en cristal qu'il n'était pas question une seconde d'envisager de toucher. Pour conférer une certaine unité à cet assemblage hétéroclite, une fine couche de poils de chat recouvrait l'ensemble, accompagnée du doux fumet de leur urine.

— Toby, le pressai-je. On fait quoi ?

— « Faire » ? « On » ? Eh bien, pour ma part, je vais m'enfermer dans ma chambre jusqu'à ce que je trouve une façon de dissimuler ces empêcheurs d'emballer les filles qui décorent mes dents. Je pense que mamie a du fil. Je pourrais me contenter de me coudre les lèvres ? En laissant un petit trou pour y faire passer une paille. Vivre de repas liquides. Enfin, quelle fille va vouloir être vue à moins de trois mètres de moi, à présent ? Ces trucs sur mes dents ressemblent à des balles de révolver. Des balles, Jim. Les filles détestent ça !

— Tobias, as-tu ôté tes chaussures ? s'enquit une voix depuis la cuisine.

— Oui, mamie ! cria Toby en retour.

D'un geste familier, il jeta un pied en l'air, puis l'autre, envoyant voler ses baskets à l'autre bout du couloir. Je me penchai pour défaire mes lacets. C'était le moment que je détestais. Ôter ses chaussures était obligatoire dans la maison Dershowitz, c'était une épreuve particulièrement pénible, car le tapis était miné de granules de litière, de boules de poils et aussi, peut-être, de déjections.

— Hé, fit Toby. Tu te mets au rap, Bro ?

— Quoi ?

Il désigna ma poitrine.

Je baissai la tête. Alors que je défaisais le lacet de ma seconde chaussure, le médaillon était sorti de sous mon tee-shirt. Je le pris dans ma main.

— Mais oui ! Regarde ! C'est la preuve ! C'est l'un d'eux qui me l'a donné.

— Lequel des trois ? King Kong ? Le Poulpe Vengeur ? Ou Iron Man ?

— Iron Man, répondis-je, avant de secouer la tête, énervé. Il faut que tu m'écoutes !

Je le suivis dans la cuisine, et fis mine de ne pas remarquer les surprises félines collées sous mes chaussettes.

Mamie Dershowitz était une petite femme voûtée dont les lunettes à verres épais pendaient au bout d'un collier de perles, et dont les cheveux avaient une coloration magenta assez improbable. Je ne l'avais jamais vue sans son tablier à pois et à froufrous, et ce jour-là ne faisait pas exception à la règle. Elle préparait des cookies, ce qui semblait être son occupation perpétuelle. Elle en faisait des saladiers entiers que Toby dévorait sans autre objectif que d'accueillir la fournée suivante. Il tendit la main vers une boule de pâte et sa mamie lui administra une claque sur la main.

— Tu vas attraper des vers.

— Mais non, mamie.

— Si tu veux m'aider, lave donc quelques-unes de ces assiettes.

Tub me regarda et haussa les épaules.

— J'ai fait la vaisselle la dernière fois, protesta-t-il en prenant le torchon.

Je roulai les yeux et m'approchai.

— Oh, Jim Sturges ! s'écria-t-elle. Bienvenue, bienvenue. Il y aura des cookies pour tout le monde.

— Merci, madame Dershowitz.

— C'est tellement agréable d'avoir un homme à la maison.

— Mamie ! s'écria Tub en levant les mains en l'air, incrédule. Qu'est-ce que tu dis ? Je suis un homme.

— Oui, mais Jim est plus âgé.

— Il a trois semaines de plus que moi, mamie !

Ce n'était pas la première fois que nous avions cette conversation, loin de là. Je plongeai les mains dans l'eau savonneuse. Je sortis un verre doseur. Et aussi, une petite tête aux oreilles pointues et munie de crocs. Elle me feula après et je faillis hurler.

— Même dans l'évier, Toby ?

Le chat bondit hors de l'eau et atterrit sur le plan de travail, se secouant pour chasser l'eau de son pelage avant de lécher les bulles de savon. C'était Numéro 23. Ça faisait bien longtemps que Toby avait renoncé à se souvenir des noms de la cinquantaine de félidés qui s'étaient succédé en ces lieux. Il avait donc instauré un système de numérotation des plus basiques. Il avait, quelque part dans sa chambre, une feuille plastifiée, sur laquelle on trouvait le véritable nom des fauves et leur numéro correspondant, mais cela faisait un petit bout de temps qu'on ne l'avait pas revue.

— Les chats ne sont pas censés se cacher au fond des éviers, dis-je. Ils détestent l'eau.

— Il y en a un sur un million qui fait exception à la règle, fit Tub en haussant les épaules. Et, ici, on a un million de chats.

Il chassa Numéro 37, qui était roulé en boule sur l'égouttoir.

Je saisis l'éponge posée sur le robinet et commençai à frotter le verre doseur.

— Si tu ne m'aides pas, je vais devoir tout raconter à mon père.

Toby jeta un coup d'œil à sa grand-mère qui nous tournait le dos. Avec toute la discrétion d'un agent secret, il avança sur la pointe des pieds et tendit le bras vers l'oreille de mamie. Elle disposait la pâte à cookie sur la plaque. Toby réussit à baisser le volume de son appareil auditif. Puis il poussa un soupir, et revint vers l'évier avec une lenteur exaspérante.

— Parfait, dis-le à ton père. Vous pourrez créer des liens avec cette histoire. J'ai bien dit des liens, pas des câlins. Ça ne serait pas possible, avec vos camisoles de force.

J'ôtai le médaillon de mon torse. Tub le prit et l'inclina afin de l'examiner en détail.

— On dirait du toc. Même la langue a l'air fausse. C'est censé être quoi ? Du chinois ?

— Non, rectifiai-je, en me préparant au sarcasme qu'allait m'attirer ma réponse. C'est du troll.

Toby relâcha le médaillon, qui revint se balancer contre mon torse.

— C'est sympa de t'avoir connu, mec.

— Toby !

Il jeta sa serviette.

— Je suis sérieux, Jim. Tu dois oublier tout ce délire. Tu te pointes à l'école lundi et tu te mets à me parler, à moi ou à n'importe qui, du foutu danger troll qui menace cette ville, et tu vas voir que tu ne te retrouveras pas exactement avec un paquet de gens qui te diront : « Ah, dingue ! Merci de nous avoir prévenus. »

Ça va se répandre encore plus vite que la mononucléose. Tu penses que c'est dur pour nous deux en ce moment ? Là, Jim, ça sera la fin des haricots. Je suis désolé que tu aies fait un cauchemar délirant. Vraiment. Mais je ne peux pas te laisser ruiner nos vies.

Numéro 31 vint se frotter contre sa jambe. Toby le chassa sans ménagement.

— Les pépites de caramel font des miracles dans les cookies, énonça mamie Dershowitz depuis une autre sphère spatio-temporelle.

De rage, je tirai sur la bonde de l'évier. L'eau gargouilla et disparut lentement dans un grand bruit de succion.

— Bon, fis-je. J'ai une proposition à te faire. Fais-moi confiance pour une nuit. Juste une nuit. Tu as toujours ce kit de tir à l'arc, hein ?

— Oui, je l'ai, mais...

— Et aussi la nounou cam, c'est ça ?

— Ben oui. Ce truc était tout sauf bon marché. Mamie était convaincue qu'elle allait surprendre la baby-sitter en plein vol de cookies. J'avais pas le cœur de lui avouer que c'était moi.

— OK, tu me trouves cet engin et tu l'amènes avec toi aux essais de la pièce à midi.

— Aux auditions ? Attends, Jim, non. Je ne fais rien de tout ça.

— Je te donnerai Dino-Mountain.

Cet argument lui cloua le bec. Tous les enfants de la Terre rêvent de cadeaux impossibles à avoir : des circuits automobiles hors de prix, des maisons de poupées grandes comme un château... Une fois, j'avais reçu ce genre de cadeau, un authentique Graal : un Dino-Mountain. C'était un décor en plastique aussi haut que mon placard, creusé de cavernes et de tunnels depuis lesquels les dino-soldats — il y en avait dix modèles différents — pouvaient attaquer.

— Je..., balbutia-t-il, visiblement pris de court par mon offre. Allons, je suis trop vieux pour jouer à Dino-Mountain.

Le ton de sa voix était tout sauf convaincu.

— Et je rajoute un paquet de chips, parfum au choix. Non, un carton, un carton entier ! Toby, ça va chercher dans les huit sachets. Tous les arômes...

— Jim...

— Tout ce que tu veux. Tu n'as qu'à demander et c'est à toi. Je veux juste que tu m'aides cette nuit. Et je te fais le serment que dès demain je n'en parlerai plus jamais.

Toby regarda le plancher, où Numéro 40 tentait d'attraper la queue de Numéro 17. Il les écarta d'un geste, mais le cœur n'y était pas. Ses joues étaient roses sous ses taches de rousseur. Mon offre l'avait embarrassé.

— Un billet de cinq, murmura-t-il. Rien que ça. Tu sais, pour Steve...

Je posai une main sur son épaule.

— C'est juré, Toby. Demain midi à l'école, ça ira ?

— Comme tu veux.

Je jetai l'éponge sur le plan de travail et m'essuyai les mains sur mon jean.

— Il faut que j'aille me trouver une tenue de sport dans le grenier.

— De sport ? Personne ne m'avait parlé de sport. Cette affaire sent un peu plus le roussi à chaque seconde qui passe.

— Je t'expliquerai.

Je m'approchai de mamie Dershowitz pour remonter le volume de son sonotone et je lui dis au revoir, distrait par les bruits de succion montant de l'évier tandis que les dernières gouttes d'eau savonneuses disparaissaient dans la bonde. Je plaquai mes mains contre mon torse. Comment avais-je pu être assez stupide pour les plonger là-dedans alors que le trou était d'une taille idéale pour qu'un tentacule en jaillisse ?

15

Les auditions pour *Roméo et Juliette* avaient lieu tout près du stade Harry G. Bleeker, où les joueurs de foot s'entraînaient sous le Jumbotron, l'écran géant. Deux rangées de têtes d'affiche potentielles, garçons et filles, formaient des équipes de deux pour lire les rôles-titres de « *RoJu* » tandis que Mme Leach, le professeur de théâtre aux cheveux raplapla, au serre-tête élimé et aux sweats informes, prenait des notes.

À l'opposé de l'endroit où les joueurs de foot étaient en pleine mêlée, tout au nord du terrain, papa était aux commandes de sa tondeuse industrielle. L'engin lui avait coûté un max, cinq ans auparavant, mais je devais au moins reconnaître ça : il avait déjà rentabilisé son investissement. Avec ses huit roues, le monstre en question, peint dans un jaune doré criard, était deux fois plus gros qu'une tondeuse classique. Le train arrière avait été emprunté à un *monster truck*, et la gigantesque lame de coupe était aussi large que les ailes d'un 747. Papa adorait me répéter que le plateau était en acier calibre 7 et que les lames rotatives forgées à froid pouvaient couper jusqu'à quinze centimètres d'herbe. Rasoir, hein ? Le tube de quarante centimètres – encore plus rasoir, hein ? – éjectait l'herbe coupée avec la puissance d'une mitrailleuse. Non, sérieux, il m'était arrivé de me retrouver trop près et j'avais eu la peau éraflée par les brins d'herbe.

Par bonheur, papa ne m'avait pas vu arriver pour les auditions. Avec ses lunettes de protection, ses gants de travail, ses bottes de sécurité aux embouts renforcés, son masque anti-allergie et son filet à cheveux, il ressemblait à un extraterrestre aux commandes d'un vaisseau spatial, bien décidé à détruire notre planète en éliminant les brins d'herbe les uns après les autres.

J'étais le dernier de la liste, mais à présent il était treize heures et il n'y avait plus qu'un acteur devant moi. Il était difficile de relire mes répliques avec les mains moites ; Toby n'était pas encore arrivé et je l'imaginais déboulant avec le sergent Gulager, qui m'embarquerait aussi sec pour l'asile afin de me protéger de moi-même. J'étais aussi distrait par le Roméo d'opérette qui massacrait allègrement Shakespeare sur scène.

— « Est-ce mon âme qui appelle ainsi mon nom ? »

Les rythmes étranges des vers élisabéthains décontenançaient l'acteur. « Quel son argentin » ? « A dans la nuit la voix du bien-aimé » ? « La plus douce musique » ? « Pour l'oreille attentive » ?

— « Roméo ! » répondit sa Juliette.

Une réplique facile à retenir, celle-là.

— « Mamie... » Hein ? Mamie ?

— « Ma mie », répéta Mme Leach pour la trentième fois de la journée. Cela veut dire ma bien-aimée.

Le bruit sec et puissant de plusieurs ballons de foot convergeant vers la même cible attira mon attention sur une silhouette rondouillarde qui arrivait depuis le bout du terrain. C'était Toby, à pied, puisque ses neuf dernières bicyclettes avaient été volées sur le parking de l'école au cours des neuf années précédentes. Il portait un sac de marin et il grimaçait en raison de la demi-douzaine de ballons qui sifflaient vers lui, lancés par les gros durs en tenue de sport. Seul le dernier l'atteignit, à l'épaule.

— Assez de singeries, les gars ! beugla Lawrence, le prof de sport. Cela dit, tu as tapé dans le mille, Jorgensen-Warner !

Toby jeta son sac près d'une table sur laquelle se trouvaient quelques miettes, ultimes reliques des beignets promis sur les dépliants, puis il se laissa tomber mollement sur l'herbe en se tordant la mâchoire comme il le faisait chaque fois qu'on lui avait resserré son appareil. Enfin, il me lança un hochement de tête guère enthousiaste.

— « Que le sommeil se fixe sur tes yeux » ? poursuivit l'acteur. Je peux vraiment dire ça ?

Mme Leach se frotta les yeux et le gamin s'éloigna, penaud et visiblement dépité. Elle consulta sa feuille d'appel. On entendait le bourdonnement sourd de la tondeuse de mon père, au loin.

— Jim Sturges Junior, appela-t-elle, en regardant la scène de fortune à travers ses lunettes. Nous sommes à court de Juliette. Claire, peux-tu donner la réplique à Jim ?

Mon cœur tomba dans ma poitrine. Bien sûr, Claire Fontaine serait au premier rang pour assister à ma déchéance. J'inspirai profondément tandis qu'elle posait son sac à dos rose, décroisait ses jambes et se redressait. Tout le monde savait qu'elle était super au point pour son rôle. Bien sûr, elle lisait avec un aplomb impressionnant et elle passait de la mélancolie à la joie avec assez de conviction pour que tous les garçons observant son jeu soient prêts à dégainer leurs épées imaginaires pour voler à son secours. Mais c'était son accent authentique le plus époustouflant. À côté, tous les autres ressemblaient à ce qu'il y a de pire : un élève de lycée qui fait du théâtre.

Claire se plaça à côté de moi, chassa la boue qui collait à ses bottes et me gratifia d'un sourire bref, mais gentil. Le vent faisait des choses dingues, splendides, aux mèches de ses cheveux qui dépassaient de son béret, et elle ne se préoccupait pas de les dompter.

— Acte II, scène 2, annonça Mme Leach. On y va.

Toby me dévisagea, bouche bée. Je me raclai la gorge, regardai les lettres qui tournoyaient sous mes yeux et me lançai :

— « Oh ! Vas-tu donc me laisser si peu satisfait ? »

Voilà : une ligne, et j'étais déjà rouge tomate.

— « Quelle satisfaction pouvez-vous obtenir cette nuit ? » demanda Claire.

— « Le solennel échange de votre amour contre le mien ! » répondis-je.

Sans doute cette réplique est-elle un chef-d'œuvre de poésie, mais, de la façon dont elle sortit de ma bouche, elle aurait tout aussi bien pu être la liste d'ingrédients sur une boîte de céréales. Claire, comme il fallait s'y attendre, avait transformé les dialogues de Juliette en phrases aussi naturelles que la respiration.

Je la regardai, émerveillé, et me rendis soudain compte qu'elle récitait par cœur et que ses yeux étaient rivés sur le terrain de football. Là, au coin, Steve Jorgensen-Warner s'entraînait, sans casque. Ce n'étaient que des exercices, mais il les exécutait avec une grâce surnaturelle, bondissant par-dessus des humains en tous points inférieurs. Claire était hypnotisée et je ne pouvais pas lui en vouloir. Ce genre de mouvements est aussi une forme d'art, à sa façon.

— « Oh, céleste, céleste nuit, récitai-je, à mon tour. J'ai peur, comme il fait nuit, que tout ceci ne soit qu'un rêve. »

Était-ce, de fait, un rêve ? Je baissai les yeux et regardai les ongles sales et rongés de ma main, les chaussures râpées à mes pieds, symboles de ma pitoyable et insignifiante existence. Je touchai le médaillon sous mon tee-shirt, promesse d'une tout autre vie, et je songeai à ce monde souterrain. Quel rêve était meilleur ? Le danger sous la terre ou la mort lente par asphyxie qui était mon lot ici ?

Mme Leach attrapa ses lunettes, et ouvrit la bouche pour demander que l'on mette un terme à cette farce navrante. Mais ma voix poursuivit, plus forte à présent, avec le même désespoir que Roméo.

— « La nuit ne peut qu'empirer mille fois, dès que ta lumière lui manque !

L'amour court vers l'amour comme l'écolier loin de ses livres

Mais il s'en éloigne avec l'air accablé de l'enfant qui part à l'école. »

Mme Leach lâcha ses lunettes.

Claire se détourna du terrain de foot et me considéra d'un air curieux.

— « C'est mon âme qui me rappelle par mon nom », continuai-je.

Jusque-là, je n'avais ressenti l'angoisse que dans ma tête. À présent, elle avait gagné mon cœur.

— « Quels sons argentins ont dans la nuit la voix des amoureux,

Quelle douce musique pour l'oreille attentive. »

Claire sourit, non pas du coin des lèvres, mais de toutes ses dents.

— « Je l'oublierai, murmura-t-elle, pour que tu restes là toujours.

Me rappelant seulement combien j'aime ta compagnie, Roméo ! »

— Roméo, en effet, intervint Mme Leach.

Elle était immobile, les mains jointes. Comme n'importe quel professeur, elle savait que garder les apparences était la première de ses priorités. Mais ses yeux étincelants révélaient qu'elle était en pleine extase. J'observai l'assemblée. Tous étaient assis, ahuris. Même le visage de Toby était dépourvu de toute ironie. Deux garçons en route pour le terrain de foot s'étaient arrêtés, les yeux rivés sur nous, comme fascinés. Mme Leach se retourna vers un des parents en charge de la garde-robe, qui applaudissait, les larmes aux yeux.

— Madame Dunton, prenez ses mesures. Je pense que notre Roméo est à même de toucher cette ville de fans de football.

— Oui, je le pense aussi, répondit la dame, en inclinant légèrement la tête. Du moins, si nous arrivons à lui faire gagner quelques centimètres.

Elle s'approcha, déroula son mètre, qu'elle tendit devant moi du pied à l'entrejambe, puis de la taille aux aisselles, émettant chaque fois de petits bruits déçus. Claire était vraiment plus grande que moi, mais elle paraissait s'en moquer. Elle croisa les bras sur sa veste froissée et une dizaine de bracelets tintèrent à ses poignets. Ses cheveux sombres volaient au vent et des mèches se plaquèrent sur ses lèvres. Elle parla juste assez fort pour couvrir le bruit de la tondeuse de mon père et des guerriers du stade à l'entraînement.

— Très intéressant, monsieur Sturges.

16

— Je comprendrai jamais comment ce taré a réussi à gagner sa vie en écrivant, lança Tub.

— Des flammes, gémis-je. Je vais me crasher dans un gigantesque brasier.

— Je vais lui en montrer, moi, de la Renaissance, à Shakespeare. Une renaissance de mon poing.

— C'est impossible de dire ce genre de phrases sans avoir l'air d'un crétin, t'es pas d'accord ?

— Théoriquement oui, répondit Toby. C'est vraiment un club de stars très fermé, ceux qui arrivent à baragouiner ce truc sans avoir l'air de demeurés. Sir Laurence Olivier, Kenneth Branagh, et nous aurions tort de ne pas mentionner cette légende de la scène et de l'écran, cette idole adulée par les femmes, je veux bien sûr parler de Jim Sturges Junior.

Toby me donna une tape dans le dos. Vu la taille de sa main, je titubai en avant. J'entendis des gloussements amusés en provenance du terrain de football. Les yeux rivés sur mes chaussures, je forçai l'allure. On se dirigeait vers la maison, et je n'arrêtais pas de repenser à l'audition. Je regardai le script de *RoJu* entre mes mains. Il ne faisait que quarante-cinq pages, mais me donnait l'impression d'être bien plus lourd.

— Comment vais-je mémoriser tout ça ? gémis-je.

— Je te file un tuyau, proposa Toby. Si tu oublies un vers, contente-toi de beugler « Allez les Fauves de San B. ! », et tous ces crétins sur les gradins deviendront cinglés.

Nous étions arrivés à la hauteur du musée de la Société d'histoire de San Bernardino, et impossible pour Toby de ne pas mordre à l'hameçon. Il me décocha son sourire carnassier et machiavélique coutumier.

— Pas aujourd'hui, l'implorai-je. Je ne peux pas aller vite.

— Vite ? Toi ? C'est pas toi qui te trimbales ce sac, Sir Jim.

Que répondre à cela ? Il me faisait une faveur. On s'engagea donc dans l'allée, en passant sous une nouvelle bannière, qui ne voulait pas dire grand-chose, mais dont les lettres noires avaient cependant quelque chose d'imposant.

LE KILLAHEED AU COMPLET
INAUGURATION EN HÉMISPHÈRE NORD

Carol n'était pas au guichet. Personne au vestiaire non plus. On tendit l'oreille. On entendait des bruits, le murmure sourd de voix, mais il était impossible de savoir d'où elles venaient. Toby haussa les épaules, brandit le sac devant lui et poussa le tourniquet. Je lui emboîtai le pas et on avança, plus prudemment qu'à l'accoutumée, en haut des marches puis sous le bison. Cette fois, Tub ne lui toucha pas les poils du menton.

Lorsqu'on franchit les portes de l'atrium Sal K. Silverman, on se retrouva face à une véritable ruche. Tout le personnel du musée, de Carol au comité de direction en passant par les guides, discutait dans un grand brouhaha, tandis que des individus équipés de casques de chantier et de gants de protection s'agitaient derrière des cartons d'emballage et sur leurs tractopelles. Personne ne nous prêtait la moindre attention.

Sur toute la longueur de la salle s'étendait un pont de pierre d'une taille imposante. Le monument était ancien et la moindre de ses fissures portait la trace du passage des siècles. La toile qui le recouvrait le dissimulait en grande partie, mais une dizaine d'ouvriers s'apprêtaient à l'enlever. Le pont avait de toute évidence été livré en pièces détachées. Les deux extrémités avaient été reconstituées, mais la partie centrale manquait.

Toby et moi, on s'approcha un peu plus. On aurait pu passer sous le pont sans nous baisser. Des toiles d'araignées pendaient des tourelles latérales de l'ouvrage et de la mousse avait poussé sur les gargouilles.

Le professeur Lempke semblait avoir flairé notre présence. Il se précipita vers nous et nous attrapa par le col.

— Ha, ha ! s'écria-t-il. Mes sempiternels resquilleurs ! Mes rôdeurs de l'ombre. Les jeunes messieurs Sturges et Dershowitz !

On eut beau se débattre, il avait une poigne de fer.

Le sourire de hyène de Lempke s'élargit. L'effet produit était pour le moins troublant. Ses dents étaient sales et son haleine aigre. Tout en lui suggérait le manque de sommeil, à moins qu'il ne soit atteint d'une maladie grave. Enfoncés sous ses paupières mauves, ses yeux injectés de sang roulèrent dans leurs orbites. Ses joues jaunies étaient recouvertes d'une barbe grisonnante de quelques jours. Une série de boutons hérissait la ligne de ses cheveux et on voyait comme une sorte d'irritation à la lisière de son col de chemise.

— Interdiction de bondir comme des gnous, pas aujourd'hui, pas alors que vous vous trouvez si près d'un édifice aussi fragile. Faire irruption en plein milieu de cet après-midi de bon augure ! Ce que vous avez sous les yeux est le couronnement de ma carrière. J'ai consacré dix-huit ans de ma vie à travailler avec des historiens écossais pour sauver ce monument de la destruction à laquelle il était voué, à cause des superstitions archaïques et primitives de ces benêts des Highlands. Croyez-vous cela, mes chers fouineurs ? Ces ignorants souhaitaient détruire ce qui est sans doute la pièce d'architecture la plus importante de toute l'Europe. Je l'ai sauvée ! Et à présent elle est ici, en Californie.

Ses yeux fiévreux furent soudain embués de larmes. Toby et moi on recula aussi loin que possible, espérant éviter ses miasmes.

— Avez-vous la moindre idée de ce que vous avez sous les yeux, chenapans incultes ?

Tub osa hausser les épaules.

— Un pont ?

Les joues de Lempke s'affaissèrent de consternation. Deux larmes visqueuses dévalèrent le long de son visage, mais il ne parut même pas le remarquer. Ses traits se déformèrent lentement et il arbora une expression d'amusement cynique.

— Un pont, répéta-t-il. Amusant. Pas encore, mes chers intrus boutonneux. Vous voyez, la pierre maîtresse, celle qui relie les deux moitiés... ah, hélas, elle n'est toujours pas arrivée.

Son adjoint se racla la gorge. Les doigts de Lempke se relâchèrent suffisamment pour que Toby et moi on puisse se dégager de son étreinte. On se frictionna la gorge. Des gouttes de sueur tombèrent du visage de l'assistant sur un gros tas de papiers. Il triturait nerveusement un stylo.

— Le bloc central, commença-t-il. J'ai des nouvelles.

— Qu'attends-tu ? aboya Lempke.

Son collaborateur relut une note hâtivement griffonnée.

— La cargaison a été expédiée à San Sebastian par erreur, lâcha-t-il.

— San Sebastian... à Porto Rico ? s'enflamma Lempke.

L'assistant déglutit difficilement.

— San Sebastian en Espagne.

La mâchoire de Lempke s'effondra. L'assistant se hâta de poursuivre.

— Elle devrait arriver dans la journée et la Société d'histoire de là-bas a reçu pour instructions de la réexpédier ici immédiatement.

Le visage de Lempke avait pris une teinte écrevisse. Il fit courir ses ongles mal coupés sur les boutons à pointe blanche qui constellaient son crâne.

— Des instructions *explicites* ? s'emporta-t-il. Avez-vous donné des instructions explicites ? Je connais ces crétins de San Sebastian. Ils vont vouloir jeter un coup d'œil. Ils vont ouvrir la caisse et dire que ça s'est produit au cours du transport, tout cela juste pour jeter un coup d'œil, sans songer aux conditions d'éclairage auxquelles ils exposeront la pierre, l'humidité de l'air, sans penser à rien ! Ils vont prendre des photos ! Et *au flash* !

— Oui, se justifia l'assistant. J'ai été très explicite…

— Rappelle-les ! Ces imbéciles à la cervelle pâteuse doivent impérativement attendre dehors en picorant leurs tapas jusqu'à ce que la caisse arrive. Et je me moque de savoir s'ils vont rester debout toute la nuit. C'est ce que j'ai fait, et j'étais fier de le faire. On ne peut pas se fier à un Espagnol qui a arrêté ses études pour prendre le premier emploi venu, payé au lance-pierre par-dessus le marché, pour un chargement de cette nature.

— Oui, monsieur. Nuit et jour. Monsieur, vous… euh… vous saignez. Vous allez bien ?

Lempke grattait le dos de sa main droite. Il avait creusé des sillons si profonds que le sang avait coulé.

— Ce manteau en laine, marmonna-t-il. Il m'incommode.

Pendant quelques secondes, il remonta sa manche pour se gratter. L'irritation avait gagné tout son bras droit. On vit tous une croûte jaunâtre à la lumière du soleil qui filtrait depuis la lucarne. L'assistant se força à se concentrer sur ses notes.

— Ah, le… hum… le bloc central devrait arriver vendredi. Juste à temps pour le dernier jour du festival…

Lempke agita sa main droite en charpie. Des gouttes de sang flottèrent dans l'air.

— Des broutilles ! Ce qui se passe dans ce musée dépasse, et de loin, n'importe quelle misérable foire ! Entendez-moi bien, les demeurés qui habitent cette ville vont regretter d'avoir gaspillé tant de leur énergie dans des processions de rue, des évènements sportifs et des démonstrations théâtrales d'adolescents, alors qu'ils auraient pu approfondir leurs connaissances de l'histoire de l'Écosse. Ils seront l'instrument de leur propre châtiment. Vous verrez. J'exigerai qu'on me fasse des excuses publiques.

Un contremaître cria :

— Messieurs, reculez ! Allez, les gars, à trois !

La tête de Lempke se redressa d'un coup et il poussa un sanglot étouffé, comme un homme qui vient d'apercevoir sa bien-aimée perdue depuis longtemps. Une seconde plus tard, ses mains se refermèrent sur nos cous. Il nous fit passer devant son adjoint, qui s'écarta en toute hâte, de sorte qu'on se retrouva devant la grande pierre juste au moment où ils allaient dévoiler la structure.

— Un ! hurla le contremaître.

Les lèvres gercées de Lempke bougèrent en une récitation silencieuse.

— Deux…

Les ongles coupants comme un rasoir s'enfoncèrent dans ma chair.

— Trois !

À ce signal, les ouvriers poussèrent sur les panneaux qui protégeaient les côtés et la partie inférieure du pont. D'autres ouvriers étaient disposés non loin de là pour tenter de contrôler la chute. En dessous, avait été placé un tapis en mousse, lui-même posé sur une couche de paille. Les panneaux heurtèrent le sol dans un boucan infernal. Un nuage de poussière s'éleva et un millier de brins de paille furent dispersés dans tous les sens. Les ouvriers clignèrent des yeux derrière leurs lunettes. Les employés du musée protégèrent leurs visages de leurs coudes. Seul Lempke demeura impassible, tout sourire devant l'aboutissement de dix-huit années de ses rêves les plus fous. De la poussière noire s'infiltra dans sa bouche grande ouverte. Un fétu érafla son œil, ce qui ne le fit même pas ciller.

— Le pont Killaheed, murmura-t-il.

Toby toussa et se détourna. J'en étais incapable.

J'avais déjà vu ce pont.

L'image centrale du décor mural que j'avais vu sous terre était une réplique du pont que j'avais sous les yeux, même si la reproduction n'arrivait pas à restituer la sensation de puissance invincible qui émanait de cette structure. Les tentacules tordus et les griffes rabougries étaient profondément gravés. Chaque appendice était tendu vers la pierre centrale manquante. Il m'était impossible d'oublier ce personnage, vu sur le bas-relief : un troll gigantesque à six bras, une orbite vide, l'autre habitée d'un rubis étincelant.

Des nuages passèrent devant le soleil, plongeant l'atrium dans une pénombre inattendue.

— Mais oui, oh que oui ! piailla Lempke. L'Écosse ressuscitée. Il est tellement plus impressionnant baigné de lumière grise, ne trouvez-vous pas, mes chers pitres juvéniles ?

Un hurlement de douleur rompit le silence. Lempke nous lâcha tandis qu'il cherchait la source du cri. Un ouvrier retira vivement sa main du pont. J'eus à peine le temps d'apercevoir une tache de sang avant qu'il enfouisse sa main blessée sous son bras.

— Il m'a mordu ! hurla-t-il. Cette salcté m'a mordu !

Inquiets, ses collègues se rapprochèrent pour lui venir en aide. Lempke posa ses mains rougies sur ses hanches. Toby me fit un signe de tête, indiquant notre porte de secours habituelle, et on s'éloigna de ce spectacle qui nous mettait mal à l'aise. La cage d'escalier était déserte et on s'en félicita. Mais on ne s'enfuit pas assez rapidement pour échapper aux derniers mots de Lempke.

— Cessez de geindre. Ce n'est pas si douloureux que ça. C'est un honneur, en fait. Soyez fier.

17

Cette nuit-là, à onze heures, on était tous les deux recroquevillés dans l'espace étroit de mon placard. Toby ronflait sous un masque de hockey, la crosse posée en travers de sa poitrine. Il avait passé l'heure qui venait de s'écouler à se plaindre : « T'es assis sur mes jambes » ; « Tu peux enlever ton genou de mon oreille ? » et ainsi de suite. Il avait fini par s'endormir, la corde de son arc creusant un sillon dans sa joue. Facile pour lui. Il ne croyait toujours pas un mot de ce que je lui avais dit. Quant à moi, j'allais rester éveillé toute la nuit. Je m'adossai contre une pile de vêtements et tuai le temps en passant en revue nos différents plans.

Après notre retour du musée on avait commencé par passer ma chambre au peigne fin. Pour un type qui avait du mal à ranger ses propres chaussettes, Toby n'hésita pas à se mettre à plat ventre pour aller gratter sous le lit, avec une lampe torche. Je restai aussi loin de lui que possible, mon cœur martelant ma poitrine.

Il se redressa enfin, l'air sombre. Ses cheveux frisés étaient couverts de moutons de poussière.

— Il y a un truc terrifiant là-dessous, murmura-t-il.

— Ah ! Tu me crois, enfin !

— Oui. Et c'est pire que ce que je pensais. Je n'avais encore jamais vu une chaussette qui puait autant. Nous devrions nous saisir de nos armes, preux chevalier, avant qu'il soit trop tard, et tenter de la vaincre par la force. Je crains fort que nous ne survivions point à la confrontation, mais l'Histoire saura se souvenir de nous.

Les ressorts du lit craquèrent quand Toby s'assit dessus.

— Désolé, Jim, pas de monstre. Pas de trappe. Pas même un endroit où ramper. La même construction, typique des pavillons de banlieue du milieu des années quatre-vingt, identique à la cinquantaine d'autres baraques de la rue, et à la mienne. C'est comme j'ai dit : nos maisons n'ont rien de spécial, pas plus que nous. Enfonce-toi donc ça dans la caboche.

L'heure qui suivit fut cependant passée sur la nounou cam. Il s'agissait d'un ours en peluche dont la bouche dissimulait une caméra grand angle, et les fesses, une série de câbles reliés à une télévision. La qualité du film obtenu était pire que celle des images de mon téléphone, mais l'ours en peluche avait plus d'endurance : il pouvait enregistrer pendant douze heures. Je le posai sur la commode placée en face de la porte, d'où il me dévisagea comme un imbécile. En tout cas, c'était bien l'effet que je me faisais.

Puis on fabriqua un faux moi qu'on baptisa « Jim Sturges Junior 2, alias le Leurre ». Pour faire le corps, on se servit d'un survêtement qu'on bourra de linge sale, et pour la tête, on prit un aquarium inutilisé depuis le massacre accidentel de cinq poissons rouges innocents, cinq ans auparavant. Après que Toby eut, une fois de plus, menacé de me dénoncer à la branche locale de la SPA, on couvrit le JSJ2 d'une couverture. Il ne restait plus qu'à espérer que quelqu'un mordrait à l'hameçon.

Avant que papa aille se coucher, Toby tua le temps en cherchant des photos de célébrités nues sur Internet, tandis que j'étudiais *RoJu*. Après le journal de la nuit, on entendit papa faire son triple tour nocturne des portes et des fenêtres. Les carillons des systèmes de sécurité se mirent en action et accrurent le sentiment de mon ridicule. Quelle différence y avait-il au fond entre mon père et moi ?

Papa passa la tête dans l'embrasure de la porte pour me souhaiter bonne nuit. Toby savait mieux que personne comment cacher des seins sur un écran d'ordinateur. Ensuite, on extirpa l'arc et la flèche du sac de toile. Toby revêtit la tenue de hockey, je m'emparai d'une batte de baseball. Je disséminai des billes un peu partout sur le sol. Enfin, on ouvrit le placard et on se rendit compte qu'on allait devoir se serrer tout près l'un de l'autre. On se jura de ne jamais mentionner cela à quiconque. Sous n'importe quel prétexte.

Pendant deux heures, le seul bruit fut le bourdonnement sourd de la nounou cam.

Il était minuit lorsque j'entendis un craquement provenant de l'autre côté du mur.

Je donnai un petit coup de coude à Toby.

— Je ne veux pas de prothèse dentaire, mamie, marmonna-t-il dans son sommeil.

— Toby ! chuchotai-je. Réveille-toi !

Il renifla, jeta un coup d'œil autour de lui, et repoussa le masque de hockey en arrière. Je collai un doigt sur mes lèvres et désignai mon oreille. Il hocha la tête.

Rien pendant plusieurs minutes. Toby commença à piquer du nez. Nouveau craquement, plus long.

— Toby, Toby. Ça y est !

— C'est juste ton père, Jim.

— Non, il serait en train de vérifier toutes les serrures. On l'entendrait.

Une troisième latte de plancher craqua, puis une quatrième. Quoi que ce soit, ça se rapprochait. Je jetai un coup d'œil dans l'interstice vers la porte de la chambre. Une ombre occulta le rai de lumière sous la porte. Je cessai de respirer. Je voulus dire à Toby d'encocher la flèche, mais il m'était impossible de prononcer le moindre mot.

L'ombre disparut.

Toby restait indifférent. Il porta l'extrémité de la crosse de hockey à ses narines.

— Ce truc sent bizarre.

— Chuut !

— Ça sent pas la sueur. Ça sent, je sais pas, le neuf.

— Elle n'a jamais servi. Chut !

— Oh, ne t'en fais pas pour ça. Ce n'est pas ta faute si tu manques de tonus. C'est à cause de tes glandes.

Je pressai mon front trempé de sueur contre le sien.

— Papa a confisqué ces trucs parce que le sport, c'est dangereux, sifflai-je. Trop de soirées passées à l'extérieur, trop de rentrées tardives. Donc il a tout pris et ne m'a même pas laissé essayer.

Un objet métallique s'écrasa sur le sol de la cuisine.

On sursauta.

Toby serra tant la crosse que ses articulations en blanchirent.

— Tu veux tester ça maintenant, Jim ?

Impossible de dire combien de temps on resta là à se regarder dans l'obscurité de ce placard, à nous encourager l'un l'autre en hochant la tête de façon virile et en agrippant crosse de hockey et batte de baseball. Quinze minutes s'écoulèrent, peut-être, avant que nous rassemblions assez d'audace pour nous élancer en trombe hors du placard.

Dans la seconde qui suivit, mon pied glissa sur les billes. Ma main vola vers Toby, qui avait dérapé, lui aussi. Tandis qu'il s'écrasait tête la première sur l'entrejambe artificiel de JSJ2, je m'étalai en arrière sur la commode. Une volée d'objets oubliés dégringola sur moi en cascade : un cerf-volant cassé, une bouteille d'eau de Cologne, une assiette d'œufs brouillés à moitié finie et, bien sûr, la nounou cam.

Je me relevai et me précipitai hors de ma chambre. L'ours en peluche me suivit, pris dans le fil du cerf-volant qui s'était enroulé autour de mon pied. Toby ouvrit d'abord la porte de la salle de bain, l'arc passé en travers de son dos, tenant dans ses mains la flèche et la crosse de hockey. Quelques secondes plus tard, on débouchait dans le couloir en brandissant nos armes. Je me rendis vaguement compte que papa n'allait pas se réveiller pour se joindre à nous. L'immonde bruit résonnait à nouveau depuis sa chambre : *slurrp, slurrrp, slurrp.*

On s'arrêta peu avant la cuisine. Elle était plongée dans le noir, mais on entendait un véritable tintamarre ; des boîtes de conserve qui s'entrechoquaient, du plastique qui craquait, du papier qui se froissait, de la porcelaine qui claquait sur le formica. Le tout ponctué de soupirs inhumains.

— Toby, sifflai-je. On fait quoi ?

Il découvrit la rangée d'acier étincelante de ses dents et baissa son casque de hockey.

— On. Ne. Négocie. Pas. Avec. Des. Terroristes.

Il bondit dans la cuisine, la crosse flambant neuve à la main. Je le suivis, la nounou cam toujours accrochée à ma jambe, en brandissant la batte de baseball avec toute la force dont j'étais capable.

18

La première chose que je remarquai fut le ventilateur du plafond jeté dans un coin, réduit en miettes. À bien y réfléchir, c'est bizarre que j'aie remarqué ça en premier alors que deux énormes trolls évoluaient à l'intérieur de mon humble petite cuisine. Je ne connaissais ces deux-là que trop bien. Les huit yeux de Blinky exploraient un peu tout, des placards à l'évier en passant par les recoins du lave-vaisselle. ARRRGH!!! tenait – et écrasait malencontreusement – différents objets sur le plan de travail, grondant et frottant son dos bossu contre les débris du ventilateur éventré.

Pour une raison inconnue, le micro-ondes était en marche et la plaque tournait à vide.

De ma main libre, je saisis Toby par son tee-shirt.

— Qu'est-ce… Qu'est-ce qu'ils font? demandai-je.

La voix de Toby n'était qu'un murmure horrifié.

— Des sandwiches, Jim. Ils préparent des sandwiches.

Deux des tentacules de Blinky s'enfonçaient à tour de rôle dans un pot de beurre de cacahuète, émergeant à chaque fois englués d'une masse beige qu'il tartinait sur des tranches de pain de mie posées sur le plan de travail. Il y mettait trop de force et le pain se déchirait en petits bouts qui allaient voler à l'autre bout de la cuisine. Quelques morceaux atterrissaient dans la fente qui lui servait de bouche. Je crus voir à travers sa peau écailleuse des morceaux descendre par deux gorges distinctes avant d'atterrir au fond de plusieurs estomacs frémissants.

ARRRGH !!! était encore moins délicat. Il attrapait tout ce qu'il voyait voler dans l'air et le jetait dans sa mâchoire dégoulinante de bave. Tous les projectiles ne trouvaient pas leur cible : des morceaux de pain de mie restaient collés à sa fourrure par le beurre de cacahuète. Il s'amusait beaucoup, à n'en pas douter. Ses cornes s'enfonçaient joyeusement dans le placard et il piétinait les tranches de pain et de beurre de cacahuète, transformant le tout en une pâte brunâtre.

Tout à leur tâche, ils ne se préoccupaient absolument pas de nous, éructaient des remarques incompréhensibles tout en mastiquant à pleine bouche leur nourriture écrasée.

Toby déposa sa crosse de hockey dans mes mains et prit son arc. Il semblait déterminé et je me sentis gagné par une vague de fierté. Papa était perdu dans une sorte de sommeil d'où il était impossible de le tirer. C'était à nous deux de gérer, et Toby le savait.

— Je prends le plus petit, murmura-t-il.
— C'est ça, ton plan ? sifflai-je.
— Quoi ? Il a l'air plus retors que le tien.
— Retors ? Il est presque aveugle !

— Ah ouais ? Eh bien, je suis sûr que son ouïe est au top.

Avec des mains tremblantes, il encocha la flèche et tendit la corde.

— Vise le cœur, le pressai-je.

Il y avait au moins cinq endroits sur le torse de Blinky qui battaient de façon spasmodique.

— Lequel ?

— Peu importe !

— Bien, bien ! fit Tub en grimaçant, et il banda l'arc au maximum.

Il tenta de contrôler ses tremblements. Je fis un pas en arrière, ne tenant pas particulièrement à être la victime d'un tir accidentel. Tub plissa les yeux et visa.

— Prépare-toi à te déchaîner sur le velu.

Je brandis la minuscule batte de baseball et la pitoyable crosse de hockey. Mes deux armes avaient l'air aussi redoutables que deux cotons-tiges. Le seul point positif était qu'ARRRGH !!! remplissait la pièce entière. Où que je frappe, aussi ridicule que soit mon assaut, il me serait impossible de rater ma cible.

Tobias F. Dershowitz avait passé sa jeunesse sous les quolibets. Mais cette nuit-là, dans cette cuisine, face aux plus farouches des adversaires et armé d'un arc dérisoire, Toby sut viser juste. Le trait partit en émettant un *bing* mélodique, et fendit l'air droit vers la tête du monstre aux huit yeux. Toby aurait sans doute terrassé le troll si l'homme de fer n'avait pas bondi depuis le salon et dévié la flèche avec sa jambe bardée de chaînes de vélo.

Le micro-ondes bipa, son repas inexistant ayant fini de cuire.

L'homme de fer avança sur nous.

Je m'adossai contre le mur et allumai. ARRRGH !!! eut un geste de recul, aveuglé par la brusque clarté, et les yeux de Blinky se détournèrent pour trouver un refuge plus sombre. Des reflets fluorescents étincelaient sur l'armure du nouveau venu qui avança rapidement et dégaina les deux épées sanglées dans son dos avec une telle énergie qu'une lame fendit net un sucrier. Le sucre sembla flotter un instant dans l'air avant de tomber en cascade.

Toby gémit et lui jeta l'arc à la tête. L'homme de fer intercepta le projectile. Je poussai un cri étranglé et passai à l'attaque en brandissant ma batte. Il fit un pas sur la gauche, saisit mon arme dans sa main gantée et se servit de mon élan pour m'envoyer contre la cuisinière. La crosse de hockey s'écrasa au sol dans un fracas épouvantable. Toby la ramassa et, poussant un glapissement de fille, tenta un assaut désarticulé. L'homme de fer croisa ses lames, immobilisant la crosse avant d'en sectionner l'extrémité. Tub laissa tomber le reste comme si l'arme avait été bouillante.

La cuisine était en proie à un vacarme épouvantable. Toby hurlait. Je hurlais. ARRRGH !!! et Blinky criaient aussi, mais en version troll. L'homme de fer fit tournoyer ses deux lames vers le plafond. Les capsules de bouteilles sur ses bras cliquetèrent et les roues des voitures miniatures sur son torse mirent plusieurs secondes à s'immobiliser. Il rugit.

— SILENCE !

Il sectionna la sangle qui maintenait en place le masque de Toby et la visière de mon casque de baseball en même temps. Toby porta la main à sa tempe et moi à mon front, mais on ne trouva pas la moindre trace d'une égratignure. Nous avions cependant cessé de hurler, tout comme les trolls. On se regardait, éberlués.

L'homme de fer rengaina ses épées et passa ses mains gantées derrière sa tête. Quelques secondes plus tard, il ôta les lunettes d'aviateur de son nez et fit glisser la grille de radiocassette qui masquait sa bouche. Il défit ensuite la sangle de son menton et souleva les écouteurs en même temps que son casque de footballeur. Je me préparai à affronter la face couturée qu'une vie entière passée à regarder des films de science-fiction m'avait conditionné à imaginer.

Mais le visage lisse et sain que je découvris m'était familier.

C'était mon oncle Jack.

Pas oncle Jack s'il avait vécu et vieilli jusqu'à atteindre ses cinquante-huit ans. Non, l'oncle Jack que j'avais devant moi était le même gamin qui me dévisageait tous les matins en photo sur l'étagère de notre salon : grand pour son âge, des cheveux blonds tombant sur des yeux pétillants d'intelligence et de courage. Seule différence, celui qui me faisait face paraissait sale et renfrogné. Son visage maussade était grêlé de crasse, et il n'avait pas l'air très à l'aise avec les odeurs de liquide vaisselle, de désodorisant parfumé au pin et de beurre de cacahuète.

— Oncle Jack ? balbutiai-je.

Son regard était neutre. Il hocha la tête.

— Ressaisis-toi, Jim, fit Toby d'une voix tremblante. C'est l'oncle de personne. C'est juste un gamin. Un gamin cinglé. Un taré avec des épées qui s'est introduit dans ta maison et…

Il s'interrompit, se pencha en avant et son visage se décomposa quand il le reconnut enfin.

— Oh. Wow ! C'est ouf ! C'est pas possible, Jim ? C'est l'oncle Jack !

Les trolls se placèrent derrière Jack. ARRRGH !!! baissa sa tête aussi massive qu'un rocher de sorte que le pelage broussailleux de son menton vienne chatouiller l'oreille du garçon. Les tentacules de Blinky s'enroulèrent autour de son bras et ses yeux planèrent au-dessus de sa tête, donnant l'illusion qu'oncle Jack était doté de deux paires d'yeux. Les deux trolls ne cessaient de faire de drôles de bruits et l'homme de fer hochait la tête comme s'il les comprenait. Je saisis la porte de la cuisinière et me redressai.

Jack s'avança vers moi dans un cliquetis métallique. Un de ses gants cloutés se tendit vers mon cou. Je retins ma respiration et me demandai si le moment était arrivé : la mort étrange et prématurée de Jim Sturges Junior. Au lieu de me serrer la gorge, cependant, Jack passa un doigt autour de ma chaîne et sortit le médaillon de bronze de sous mon tee-shirt. Il me lança un regard irrité, attrapa la face avant du médaillon et la tourna sur le côté.

Je sursautai car je comprenais à présent ce que disait Blinky, qui paraissait très énervé.

— ... un truc de crétin sur son visage, non ? Et cette mâchoire tombante ? Ce dos courbé ? Éducation ignominieuse, j'en ai bien peur. Ignominieuse ! Je te le demande, quelle conclusion devons-nous tirer face à cette tenue outrageante ? Où donc est cette joie de vivre malicieuse ? L'orgueilleux cimier familial ? Et pas d'écharpe de combat ? Pas d'écharpe de combat ? Cela est un affront ! Un affront direct ! Mais écoute-moi ! Je décèle une étincelle d'intelligence ! C'est assez adorable, quand même. Le petit gars est... Est-il... ? Oh, oh. Oh que oh, oh. Il peut comprendre ce que je dis désormais, n'est-ce pas ?

Bien qu'aveugle en grande partie, Blinky avait tendu l'un de ses yeux et louchait à une trentaine de centimètres de moi. Ses appendices recouverts de beurre de cacahuète hésitèrent un peu, mais bien vite les huit yeux se tournèrent vers moi, en battant des paupières. Son imposant compagnon se pourlécha soigneusement les babines avant de baisser la tête pour me regarder.

— Salut, fit ARRRGH!!!, de la bave aromatisée au beurre de cacahuète s'écoulant de ses crocs. Garçon. Humain.

— Ils parlent, marmonnai-je. Toby, ils parlent.

— Tu vas pas devenir cinglé maintenant, Jim ? s'enquit Toby.

— Bien sûr que nous parlons, intervint Blinky qui s'exprimait parfaitement. Nous ne sommes pas du bétail, mais, pour autant que les trolls les plus intelligents puissent le déterminer, la plus avancée des espèces existantes. (Son ton hautain fit soudain place à un soupir mélancolique.) Nous pouvons aussi être la plus malpolie.

Mes plus plates excuses. Nous n'avons pas de second traducteur pour l'autre noble guerrier.

— Ils regrettent que tu ne puisses pas les comprendre, Toby.

— Excuses acceptées. Non ! Dis-leur que je suis navré d'avoir essayé de leur tirer dessus. Tu leur dis ça en premier. C'est important.

— Ils te comprennent très bien, Toby.

— Ah. Désolé, fit-il, avant de poursuivre, plus fort : Je suis sincère ! S'il vous plaît, ne me tuez pas !

— Te tuer ? fit Blinky, apparemment perplexe. Une telle sauvagerie ne sied point à l'élite ! Entends mes paroles : si d'aventure tu dois me vexer, mon garçon, veille à le faire avec prudence. Heureux es-tu que ma patience soit renommée... Je peux attendre plus longtemps que quiconque, n'importe où et à n'importe quel moment. Mon défi avec Prothnurd le Persistant est entré dans la légende. Je suis resté trois ans assis en face du vieux Prothnurd, l'air aussi heureux qu'il est possible de l'être, et je serais resté là trois années supplémentaires si le vieux garçon n'était point mort. En revanche, la patience n'est pas le fort d'ARRRGH !!!. Elle...

— *Elle* ? le coupai-je, en jetant un coup d'œil circonspect vers la créature noire.

— *Elle* ? s'écria Tub en écho. C'est une... enfin... une... ?

— Mais évidemment, répondit Blinky. La plupart des guerriers trolls sont en fait des guerrières. Pour devenir digne d'être célébré dans les chants, la force brute ne saurait suffire, et loin de là ! La sagacité et la compassion sont également nécessaires, et ce ne sont pas là des qualités que possèdent les mâles. Traditionnellement, nous sommes plus à l'aise pour diffuser des odeurs pestilentielles ou pour peaufiner la chorégraphie des cérémonies d'éviscération. De plus, la couleur de son pelage ne laisse planer aucun doute. Il est d'un noir d'encre.

— D'un noir d'encre, répétai-je, en hochant la tête.

— Exactement, fit Blinky. Comment on peut confondre cette couleur avec le noir charbon des mâles me dépasse.

Jack regarda la pendule au mur. Elle était grêlée d'éclats de beurre de cacahuète. Il agrippa le masque à deux mains comme s'il mourait d'envie de le remettre. Au moins il était humain, et c'est vers lui que je me tournai, au comble du désespoir.

— Oncle Jack, me lamentai-je. Où étais-tu passé ?

— Il était avec nous, répondit Blinky. Pendant quarante-cinq ans, ton oncle a été notre égal, méritant tout le respect et les compliments dont on nous gratifie si souvent. Si tu le souhaites, je peux t'indiquer certains rituels de prosternation. Ils offrent un fort beau spectacle ! Ah, si seulement nous avions le temps. Pour l'heure, excuse le côté taciturne de ton oncle. Si tu me permets de donner mon avis, je pense qu'il est sans doute sous le coup de l'émotion de se retrouver dans la maison de son frère cadet. L'odeur de ton père est partout ici, vois-tu ?

— Tu veux que j'aille chercher papa ? demandai-je. Je peux le réveiller.

Les yeux de Jack s'illuminèrent.

— En fait, tu ne le peux pas, répondit Blinky, presque sur un ton d'excuse. Il ne se réveillera pas avant l'aube.

— Pourquoi ? Que lui avez-vous fait ?

Blinky agita plusieurs tentacules.

— Bah ! Peu importent les détails…

— Raconte-moi.

— Tu ne vas pas trouver ça appétissant, mais à ta guise. Nous avons placé un schmoof dans son tube digestif. Un schmoof, c'est… comment dire ? Bah, je ne vais pas y aller par quatre chemins : c'est un fœtus. Les Schmooffingers nous en ont généreusement prêté quelques-uns. À la recherche de la chaleur d'un ventre maternel, le jeune schmoof se glisse dans la bouche d'un corps hôte et descend par l'œsophage jusque dans la paroi stomacale, où ses enzymes relâchent un puissant sédatif. Les Schmooffingers sont renommés pour tout ce qui a trait au sommeil. Ils ont pour rôle de cataloguer toutes les formes possibles du sommeil et, à cette fin, ils passent onze heures sur douze à dormir. Quant à la douzième, eh bien… disons qu'il vaut mieux ne pas se trouver dans les parages. Je n'en dirai pas plus. Non, ne t'inquiète pas. Comme il est particulièrement sensible à la lumière du soleil, le schmoof remonte l'œsophage à l'aube et rentre chez lui en passant par les canalisations. À ce moment, ton père se réveillera frais et dispos, et il…

— Tu as mis un fœtus de troll dans la bouche de mon père ?

— Jim ! s'exclama Toby. Qu'est-ce que c'est que ce b… ?

— Schmoof, grogna ARRRGH !!!, est ami. Bon pour mal à la tête.

Elle montra du doigt ce qui ressemblait à un gros rocher à moitié encastré dans son crâne.

— C'est de l'aspirine qu'il faut prendre pour ça ! m'écriai-je. De l'aspirine ! Pas des fœtus !

— Oh, mon Dieu, soupira Blinky. Je savais bien que ce n'était pas le sujet de conversation idéal pour faire connaissance.

— Assez !

Le visage juvénile de Jack était déformé par la rage. Ce mot, le deuxième qu'il prononçait, semblait l'avoir dépossédé d'une bonne partie de son énergie. Sa poitrine se soulevait sous son armure en fer-blanc. Son regard passa de Toby à moi, puis il jeta un coup d'œil aux trolls avant de montrer ma chambre du pouce d'un geste impatient. Blinky m'expliqua au moyen de phrases remarquablement concises, du moins pour lui, que nous devions tous aller dans ma chambre, là, tout de suite, et il me dit pourquoi. Pour je ne sais quel motif, je me rendis compte que j'avais plus peur de l'oncle Jack que de ces deux cauchemars sur pattes, et me retrouvai à acquiescer à tout ce qui sortait de l'étrange bouche de Blinky.

— Qu'est-ce qu'il dit, Jim ? me pressa Toby. Que se passe-t-il ?

Je fus incapable de croire moi-même à la réponse que je lui fis :

— Nous partons à la chasse.

III

Les chasseurs
de trolls

19

Les lattes du plancher sous mon lit basculèrent à la verticale et révélèrent un escalier en colimaçon aux marches particulièrement traîtresses. La chaussette malodorante dont Toby s'était moqué un peu plus tôt fut avalée par les ténèbres. Quelques billes cascadèrent à sa suite et on ne les entendit pas heurter le fond.

Jack bondit vers les profondeurs. Il était presque hors de vue avant de se rendre compte que nous n'avions pas bougé.

– On y va ! aboya-t-il.

Tub et moi on se dévisagea, puis on regarda le lit qu'ARRRGH !!! maintenait au-dessus de nos têtes comme s'il était aussi léger qu'une plume. Elle nous fit un signe de la tête, déchirant mes posters de ses cornes au passage.

Je descendis à pas de loup. Mes yeux s'habituèrent rapidement à la faible lueur orangée que répandaient les installations électriques souterraines. L'escalier n'avait cependant pas de rampe, et je progressais donc avec une prudence qui irritait Jack. Il poussa un soupir et descendit trois ou quatre marches à la fois. Du coup, je me sentis nul. Ce gamin de treize ans me faisait passer pour un charlot. Mais que pouvais-je faire d'autre ? J'inhalai la puanteur saumâtre des trolls, tentai d'ignorer le glissement de leurs tentacules et les petits coups qu'ils donnaient avec leurs appendices bizarres, et consacrai tous mes efforts à tenter d'augmenter ma vitesse de tortue blessée. Pendant ce temps, Toby s'agrippait à moi.

On passa dix minutes à avancer dans un courant d'air glacé, puis on parvint à un niveau inférieur où la température était plus douce, puis plus chaude, avant de nous retrouver dans un véritable sauna. La lumière provenait à présent de lampes à huile, identiques à celles que j'avais aperçues lors de ma dernière aventure, et je pus enfin voir les murs qui m'entouraient. Nous descendions dans une sorte de puits abandonné aux parois en briques. J'avais à peine enregistré l'information que les marches disparurent d'un coup et que je trébuchai. Toby vint s'écraser sur moi de tout son poids et on faillit basculer tous les deux, mais des tentacules tout chauds vinrent s'enrouler autour de nous et nous aidèrent à nous remettre debout. Bien que frissonnant de dégoût, je réussis à prendre un air reconnaissant.

On arriva devant trois passages voûtés et Jack s'enfonça dans celui qui était éclairé. Je n'étais pas particulièrement emballé à l'idée de me retrouver seul avec des trolls, tout attentionnés qu'ils étaient envers moi, et je m'élançai donc à sa suite. Je dus courir au moins une angoissante minute avant de le rattraper.

— Oncle Jack, attends-moi, le hélai-je. Il faut que tu m'expliques. Au moins une partie, quand même ! Je ne sais pas pourquoi tu nous as fait venir. Tu as dit que tu voulais qu'on chasse. Bon, ça, c'est OK, c'est même bien. Une fois, je me souviens que mon grand-père m'a emmené chercher des champignons. Je me suis bien débrouillé d'ailleurs, et j'en ai trouvé genre une vingtaine. Non, ça ne me dérange pas de filer un coup de main, tu vois ? Mais Toby et moi, on a grave les boules, alors peut-être pourrais-tu… ?

Jack pivota sur ses talons. Même si j'avais deux ans de plus que lui (ou quarante-trois de moins, selon la façon dont on voyait les choses), on faisait la même taille.

— Ton grand-père ? répéta-t-il.

— Oui, mon grand-père. Un jour, nous…

Les yeux de Jack étaient brillants. Plusieurs secondes s'écoulèrent avant que j'additionne deux et deux : l'homme que j'appelais grand-père était le père de Jack. Je me sentis malheureux, parce que je compris tout de suite quelle allait être sa prochaine question.

— Est-il… ? commença-t-il, laissant sa phrase en suspens.

Je déglutis.

— Il est mort il y a cinq ans.

Jack cligna les yeux plusieurs fois avant de hocher la tête. Il resta ainsi la tête penchée. On aurait dit qu'il venait juste de se rendre compte que son bras droit était recouvert de fils de fer. Il le tourna d'un côté et de l'autre, examinant son armure de fortune, comme s'il découvrait qu'une colonie de sangsues avait élu domicile sur son bras.

— Il y a tant de choses que j'ai loupées, murmura-t-il.

— Remonte à la surface avec moi, le pressai-je. Papa sera tellement content. Il n'a jamais vraiment cessé de te chercher.

Jack me dévisagea comme s'il tentait de trouver une preuve qu'on était de la même famille.

— Tu es un Sturges, déclara-t-il.

— Ben oui.

— Tu sais ce que ce nom veut dire ? Est-ce que Jimbo… je veux dire, ton père… te l'a expliqué ?

— Non.

— Et papa, enfin ton grand-père, il ne te l'a jamais dit, non plus ?

— Désolé.

Jack se pinça les lèvres, déçu.

— Cela vient d'un mot très ancien : *styrgar*, qui signifie pointe de lance, ou lance de guerrier. C'est un nom de guerrier.

— Génial, fis-je.

Jack se pencha vers moi en grognant.

— Non, répliqua-t-il, ce n'est pas « génial ». C'est le pire des fardeaux. Très vite, tu souhaiteras être né avec un autre nom, pouvoir te réveiller quelqu'un d'autre. Parce que les guerriers se battent. Et que la guerre, c'est tout sauf génial. C'est sanglant. Ça brise des os et coupe des têtes. Des êtres vivants meurent, et parfois il te faut brûler leurs cadavres. Leurs corps calcinés ne partent pas en silence. Ils font des bruits. Et jusqu'à la fin de tes jours, quand tu essaieras d'aller dormir, ce sont ces bruits-là qui te tiendront éveillé.

— Écoute, le coupai-je. Tu m'as convaincu. Je ne veux pas faire partie de ton club.

— Pas le choix, grogna-t-il. Une fois par génération émerge du clan Sturges un guerrier remarquable, qu'on appelle un *paladin*. C'est peut-être toi, Jim. Ou pas. En tout cas, il va falloir qu'on en ait le cœur net. Je ne peux plus faire ça tout seul. Il se passe des choses. Et nous allons avoir besoin de tous les paladins que l'on pourra mobiliser.

— Il y en a d'autres ? Pourquoi ne pas les prendre à ma place ? Où sont-ils ?

— Bien sûr qu'il y en a d'autres, fit-il en haussant les épaules. Ils viennent d'autres familles. Sans doute. Ils sont quelque part. Enfin, si leur lignée n'est pas éteinte. On ne sait pas s'il en reste et, si oui, où et qui ils sont. Pour le moment, on est juste toi et moi.

Il me toisa une nouvelle fois de la tête aux pieds d'un air dubitatif, avant de conclure :

— Toi et moi, et la bataille de notre vie.

Toby apparut, arborant un sourire figé particulièrement affreux. Derrière lui s'avançaient de leur démarche chaloupée les deux trolls dépareillés, laissant dans leur sillage des touffes de poils et une traînée visqueuse. Jack reprit sa route. Toby me saisit par l'épaule et s'efforça de garder une voix la plus joyeuse possible :

— Vraiment, Jim. Trop sympa de ta part de me laisser seul avec la patrouille des trolls.

— Désolé.

Il me poussa vers Jack et poursuivit, à voix basse :

— Ils m'ont tellement soûlé avec leur charabia que j'ai cru que j'allais vomir. Je ne sais pas s'ils me proposaient un jus de fruit où s'ils envisageaient de me disséquer. Je ne comprends rien à ce qu'ils racontent, Jim. Je t'en prie, essaye de t'en souvenir.

Blinky vint nous rejoindre, avançant sur ses mystérieuses jambes, son kilt de médailles cliquetant comme un étonnant carillon.

— Ne mouille pas de larmes ton écharpe de bataille, commença-t-il. Je crains fort que ton oncle se soit montré, comment dire, quelque peu rude en répondant à tes questionnements. Comprends bien que cette entrée en matière est loin d'être optimale. À ce propos, la façon idéale de procéder, selon des coutumes que je maîtrise à la perfection, se fait par le biais d'une invitation, gravée en caractères cunéiformes, à un thé matinal, incluant par essence la dégustation concomitante d'un délicieux pudding de chèvre et la récitation en chant alterné de l'ode à l'amitié qu'est « la Saga de Greinhart le Grimaçant », au cours de laquelle toi, ton homme d'armes, ainsi que nous-mêmes évidemment, réciterions à tour de rôle les strophes, en imitant la voix des Sages de l'Ancien Monde. Ho, ho ! Comme il me plairait de clamer à tue-tête mon hommage à Sturgnarb l'Affectueux, chant auquel tu répondrais par les douces sonorités dédiées à Funkletta l'Affable. Las, nous vivons en des temps peu propices aux poèmes. Pour cette raison, et d'autres, je te demande de bien vouloir pardonner la brusquerie de ton oncle. Depuis la seconde où nous l'avons fait venir dans notre royaume, sa vie n'a été qu'une succession de moments pénibles.

— C'est vous qui l'avez kidnappé ?

— En pratique, c'est ARRRGH !!! qui s'est emparée de lui.

— Emparé garçon, confirma ARRRGH !!!. Garçon triste. Triste garçon.

Ainsi donc, toute l'histoire était vraie. La créature légendaire qui avait capturé l'oncle Jack en 1969 n'était pas le produit de l'imagination délirante de mon père. Elle était bien réelle, et elle était là, devant moi, communiquant avec moi, marchant à quatre pattes dans le tunnel, lissant de sa longue langue rouge sa fourrure pour en aspirer quelques restes de beurre de cacahuète. Soudain, je sentis que ma peur laissait place à la colère.

— Vous n'avez pas la moindre idée de ce que vous avez fait. De ce que vous avez fait à mon père. À toute sa famille. À moi, également... Ma vie, nos vies, ont été bousillées, vous savez ?

Blinky baissa plusieurs yeux, si bas que certains touchèrent le sol de pierre.

— J'ai passé de longues journées à onduler de regret plutôt que de dormir. Devrais-je t'avouer la honteuse vérité ? Oui, je vais le faire ! La nuit où nous nous sommes emparés de Jack, nous n'étions pas certains d'avoir capturé le bon enfant. En fait, nous avons essayé d'enlever les deux frères, et avons échoué de façon spectaculaire. Mais Jack, tout effrayé qu'il était d'avoir été arraché à ton monde primitif et plongé dans notre royaume avancé, s'est refusé à nous autoriser à revenir et à l'échanger avec ton père. Il a dit, et ce sont des mots que jamais je n'oublierai, car ils remplissent mes sept ventres de chaleur : « Gardez-moi. Je ferai ce que vous me direz de faire. Mais laissez mon petit frère tranquille. »

J'essayai d'imaginer mon père, inventeur oublié de l'étui à calculatrice Excalibur et tondeur de pelouses à ses heures perdues, arrivant ici, dans ce monde souterrain, parmi les trolls. Mais je ne parvins pas à le visualiser autrement que roulé en boule dans un coin. En dépit de cela, papa avait eu raison sur une chose : l'oncle Jack avait peut-être été le gamin le plus courageux qu'on ait jamais vu.

— Traduis donc, Jim, traduis ! siffla Toby.

— Pas le temps, murmurai-je. Celui-là ne s'arrête jamais.

— Oh, d'accord. Dans ce cas, je vais juste rester terrifié là où je suis.

— Rien ne me plonge dans une plus grande mélasse mélancolique que le sombre destin de Jack, poursuivit Blinky. Et pourtant je m'arrache à cette noirceur lacrymale en me souvenant des quarante-cinq années de paix qui ont suivi. Des centaines d'enfants humains qui eurent la vie sauve grâce à ton oncle. Grâce à lui, avec l'assistance de ton humble serviteur. Jack Sturges a mis un terme à ce que vous avez appelé l'épidémie des briques de lait.

— Que s'est-il passé ? Qui a kidnappé tous ces enfants ?

Les yeux de Blinky rougirent un peu plus. Ils avaient beau être à moitié aveugles, ils me trouvèrent tous.

— Gunmar le Noir.

ARRRGH!!! hurla. Des flammes vacillèrent. Des pierres glissèrent des parois du tunnel.

— Une réaction fort à propos de la part de ma collante acolyte ! Jack nous a aidés à vaincre Gunmar le Noir, alias le Vorace, alias le Taste-Sang, alias le Démêleur d'Entrailles, dépouillant par là même Gunmar de son pouvoir considérable. Or voilà que, pour des raisons que nous ne nous expliquons pas, Gunmar recouvre peu à peu sa puissance. Son objectif a toujours été d'envahir le monde humain et d'y festoyer à volonté, et c'est exactement ce qui se produira si nous ne le retrouvons pas vite.

Le tunnel s'assombrit alors que nous franchissions un portique de pierre qui donnait sur une immense caverne. Une fois mes yeux accoutumés à la lumière, je reconnus l'endroit. Je vis le four fumant et la montagne de vieilles bicyclettes dominant les monticules de déchets. Surmontant tout cela, les rampes de néon attachées les unes aux autres crépitaient et crachotaient, comme irritées, baignant les lieux de leur lueur maladive.

— Oh, chouette, fit Toby. Je peux avoir une de ces bécanes ?

Il tendit la main et je lui donnai une tape sur le poignet.

— Ce sont les vélos d'enfants morts ! sifflai-je.

Toby se frotta la main comme s'il venait de la plonger dans un bol d'araignées. De l'autre côté de la caverne, Jack se tenait devant une grande pierre plate, les mains enfouies dans une pile de métal acéré qui étincelait à la lueur des flammes. Je ne voulais pas vraiment savoir ce qu'il fabriquait, et me retournai donc vers les trolls.

— Ce Gunmar, fis-je. Comment savez-vous qu'il redevient de plus en plus fort ?

Quatre des yeux de Blinky s'inclinèrent vers ARRRGH!!!. L'immense créature velue passa une énorme patte dans son épaisse fourrure, fouilla un peu, puis en sortit un vieux carton qui avait connu des jours meilleurs. Elle le posa délicatement près de nous. Le carton en lui-même ne semblait présenter aucun intérêt particulier. On y voyait les timbres et les autocollants apposés par une société de livraison, et on y lisait que le colis était à destination d'une adresse de San Bernardino. Le rabat supérieur n'était pas fixé, comme si quelque chose à l'intérieur empêchait de fermer le paquet correctement. J'avais l'impression que mes pieds étaient rivés au sol.

— OK, soupira Toby. Tu diras à mamie que je l'aimais.

Il prit quelques rapides inspirations comme pour se donner du courage, puis souleva le rabat et regarda à l'intérieur.

— Oh, Jim, fit-il d'une voix plaintive. Jim. Oh. Oh, oh, oh. Jim, Jim.

Je serrai les dents et me penchai à mon tour.

La boîte contenait un globe oculaire géant. L'iris avait une couleur qui oscillait entre un vert petit pois et un orange melon, l'humeur vitreuse était d'un jaune vomitif, et toute la surface était striée de vaisseaux sanguins d'un rouge sang éclatant. Cet œil était aussi gros que le ballon de basket de Steve Jorgensen-Warner.

— L'Œil de la Vilénie, expliqua Blinky. ARRRGH!!! l'a arraché de Gunmar au moment de leur dernière confrontation, en 1969. Je m'empresse d'ajouter que l'Œil doit être détruit, au cas où cela ne serait pas évident. Mais je te conjure de réfréner tes ardeurs à vouloir le réduire en bouillie ! L'Œil sert un noir dessein. En sa qualité de propriétaire actuel du globe oculaire maléfique, ARRRGH !!! a la capacité de voir ce que Gunmar voit. Pendant des décennies, elle n'a rien vu que ténèbres, obscurité et désespoir. Mais, depuis ces dernières semaines, cela a changé. Et ARRRGH !!!, cette chère, brave, vaillante, généreuse ARRRGH !!!, a reçu pour mission de regarder à travers l'Œil, même si c'est très dangereux.

— *Glurrrgrrummmfahfrummmph*, c'est ça ? intervint Tub. Fascinant !

Je m'excusai auprès de lui avant de lui faire un rapide compte rendu.

— Oui, c'est effectivement assez intéressant. Peut-on voir ? Peut-on allumer l'Œil là, maintenant ?

C'était un spectacle étrange de voir une créature aussi imposante qu'ARRRGH !!! se recroqueviller. Les huit yeux de Blinky nous contemplèrent avec compassion. Mais le troll hirsute sembla retrouver du courage et rejeta ses épaules en arrière jusqu'à ce qu'elles paraissent aussi larges que les voiles d'un navire de guerre.

— Garçon humain. Service demandé. Je fais. Pour ami.

On se pencha au-dessus de la boîte en attendant de soulever le globe oculaire. La pupille était si noire, un abysse si absolu que je sentis mon corps s'incliner, comme attiré par ce gouffre. Il s'en dégageait une odeur salée, clairement marine, et assez écœurante. Et pourtant je voulais inhaler jusqu'au dernier effluve de ce parfum, jusqu'à avoir absorbé toute sa puissance. Je m'approchai à quelques centimètres de l'Œil. Quel effet cela me ferait de le sentir contre ma peau ? Chaud ? Froid ? Soyeux ? Caoutchouteux ? Il fallait que je sache.

L'Œil se contracta comme un biceps. Les vaisseaux sanguins s'épaissirent comme s'ils venaient de se gorger de peinture. L'un d'eux éclata, répandant un sang riche et orangé qui pétilla comme de la mousse de soda. La pupille noire s'ouvrit lentement à la façon d'une bouche et l'iris prit la forme de crocs acérés. J'étais si près que ces dents effleurèrent mes cils avant que je sois brutalement tiré en arrière.

— Ce n'est pas une bonne idée.

Jack referma le carton d'un geste sec, força ARRRGH!!! à le prendre entre ses pattes puis il la repoussa violemment. La troll grogna comme si elle s'éveillait d'un rêve. En secouant sa tête gigantesque comme une enfant qu'on vient de gronder, elle glissa le cordon dans les replis de sa fourrure. Jack regarda Blinky, qui évita son regard.

— Si tu établis le contact trop souvent avec l'Œil, tu commences à voir les choses comme Gunmar. À agir comme lui, aussi. C'est pas bon. Crois-moi, m'apprit Jack.

La puanteur de l'Œil envahissait toujours mes poumons. Si tel était l'effet produit par un aussi petit bout de Gunmar le Noir, je n'étais pas pressé de rencontrer le reste de sa personne. Jack ramassa un sac en toile rempli à ras bord.

— En route. La nuit va être longue. On y va.

Impatients de retrouver les bonnes grâces de Jack, ARRRGH!!! et Blinky se hâtèrent de lui obéir. Avant de les suivre, je regardai la frise murale et me souvins du pont, identique à celui que le professeur Lempke s'était procuré. Il était étrange que personne n'en ait encore parlé.

— Hé, lançai-je. Quel lien entre toute cette histoire et le pont Killaheed?

Tous les habitants des profondeurs s'immobilisèrent. Les grands yeux rouges de Blinky oscillèrent dans ma direction, puis ce fut au tour d'ARRRGH!!! de pointer son groin ruisselant de bave vers moi. Jack enfin tourna son visage indéchiffrable dans la pénombre. Je me raclai la gorge.

— J'ai mal prononcé le nom? Killa-hideux? Killa-hou-di?

Pas un mouvement.

— Je viens de le voir sur votre mur, là. Toby et moi, nous l'avons vu en vrai au musée. L'ouverture au public aura lieu vendredi. D'ailleurs, on pourrait probablement vous faire entrer sans payer si vous...

Jack laissa tomber son sac, qui heurta le sol avec un bruit métallique. Il traversa la salle à grands pas, bondit par-dessus la pile de poupées et me rentra carrément dedans. Il me saisit par le col de ses deux mains gantées, ses poings hérissés de clous déchirant le tissu.

— Ici? Comment ça? Qu'est-ce que tu racontes, à la fin?

Toby, mon héros, tapota doucement mais sans aucun effet l'épaule de Jack.

— On se calme, mec ! C'est juste un truc dans une expo à la noix !

Jack me projeta à terre et fonça sur Toby, qui tomba en arrière sur la montagne de vélos.

— Le pont Killaheed ? s'écria Jack. À San Bernardino ?

— Oui ! acquiesça Toby.

— Et vendredi ? Il se passe quoi, vendredi ?

— Je sais pas ! Un truc à propos de la pierre centrale ? Elle doit arriver vendredi...

Les épaules de Jack étaient secouées de spasmes. Il se força à reculer, comme s'il avait peur de nous tailler en pièces sans le faire exprès, et remit son masque en place d'un geste vif. Ses yeux ne trahissaient plus aucune émotion, il dégaina ses deux épées, les fit tournoyer et les brandit dans ses poings tremblants. Puis il se pencha en arrière et aboya comme un coyote, à travers son masque. Toby et moi, on se boucha les oreilles.

Jack pivota sur ses talons, décapita une poupée d'un coup de lame, bondit de l'autre côté de la caverne, rengaina ses deux épées, ramassa son sac en toile de jute et disparut dans un tunnel latéral. Il s'évanouit dans les ténèbres.

Des tentacules s'enroulèrent autour de nos épaules, nous poussant en avant.

— Là, là, rien qu'un peu de saleté, soupira Blinky d'une voix frémissante de peur. Juste une petite bagarre un peu virile entre garçons, rien de méchant. Bonté trollesque, ceci est plus délicat que je l'aurais cru. Mais point d'inquiétude, mes courageuses demi-portions. Nous serons au terrain d'entraînement dans trois pierres, pas plus.

— Trois pierres ? marmonnai-je.

— Toutes mes excuses, vraiment, fit Blinky en nous poussant vers le tunnel à l'intérieur duquel Jack avait disparu. C'est ainsi que les trolls mesurent le passage du temps. C'est très littéral. Trois pierres, c'est le temps qu'il faut pour qu'un troll moyen mange trois pierres. En d'autres termes, ce n'est pas long du tout.

— Vous mangez des rochers ?

— Pas si nous pouvons l'éviter. C'est un repas amer pour un palais sophistiqué. Mais les préférences culinaires ne sont que de peu d'importance pour le moment. Dépêchez-vous.

Les yeux de Blinky émirent une lueur rouge pâle, suffisante pour nous diriger. Juste devant nous, nous entendions les cliquetis de l'armure de Jack. Il ne nous attendait pas. Mais je ne voulais plus le rattraper. Mon oncle avait peut-être été courageux en épargnant à mon père une vie sous terre, mais les quarante-cinq années qu'il avait passées là-dessous lui avaient attaqué le cerveau, et l'avaient rendu fou. Je freinai d'un coup et retins Toby par le bras.

— Misérables petits leprechauns ! s'écria Blinky. Votre mauvaise volonté finira par me tuer ! Oh, pourquoi permets-je à cette vie de conflits armés de venir perturber la solitude douillette qui est celle de l'érudit et du chercheur ? Faites-moi le plaisir, avortons, de poursuivre.

— Alors, explique, dis-je. C'est tout ce que je demande.

Quand il parlait à pleins poumons, le ton méprisant de Blinky était particulièrement intimidant.

— Tu te moques donc royalement de la position dans laquelle tu me mets ? Mon état émotionnel n'est pas une simple broutille !

— Le pont Killaheed, Gunmar le Noir, énumérai-je. Nous ne pouvons pas nous protéger de ce taré si nous ne comprenons même pas ce que tu nous racontes.

Tub s'accrochait à ma taille comme s'il se noyait.

— Notre Père..., marmonna-t-il, qui écoutes depuis les cieux... Tranche-nous donc... un peu de pain quotidien...

— Toby ! sifflai-je. Tu es juif !

— Je sais, cracha-t-il en retour. C'est pour ça que je ne connais pas ces fichues paroles !

ARRRGH !!! grogna derrière nous. Son haleine tiède nous réchauffa le cou.

— Explique ! insistai-je, me préparant à une pluie de briques.

— Et pardonne-nous notre pain, poursuivit Tub, comme nous pardonnons ceux qui partent à la pêche contre...

Blinky fit reculer ses tentacules. Ils se tordirent en émettant des bruissements secs, se déroulèrent, puis dessinèrent dans l'air des motifs dont la signification m'échappait totalement. De ses pores suintait un liquide qui perlait à la surface de sa peau.

— Très bien. Après tout, personne n'en sait autant que moi sur les déplacements de trolls aux États-Unis. Mais attention, jeunes garnements ! Vous n'aurez mes explications qu'à deux conditions ! Numéro un : que je puisse citer des extraits de ma dissertation encore inachevée, longue pour l'heure de onze mille pages réparties en trente-huit volumes. Intitulée *Migration des Trolls depuis l'Ancien Monde et Suggestions pour la Croissance future et les Matériaux de Subsistance, comprenant un Compte rendu de la Grande Guerre des Gumm-Gumm en Amérique ainsi que des Appendices sur le Type, la Taille, l'Odeur et la Couleur des Trolls euro-américains.* Condition numéro deux ! Que nous continuions d'avancer pendant mon récit. La nuit n'a pas vocation à durer éternellement. Nous sommes bien d'accord ?

— Évidemment. C'est parfait. Commence, fis-je, en donnant un petit coup de coude à Toby. Toby, il va nous raconter des trucs.

Toby renifla. Il était toujours collé à moi.

— Amen, conclut-il.

20

Voici ce qui me fut expliqué et que je relatai ensuite à Tub. Les trolls existent sur cette planète depuis aussi longtemps que les humains. La plus ancienne mention que l'on a d'eux date du IXe siècle, en Norvège, lorsque ces créatures malfaisantes apparaissent dans les chants, les poèmes et les récits que l'on raconte aux enfants pour les endormir. Selon le folklore nordique, les trolls appartiennent à l'espèce qu'on appelle les Créatures Sombres, les incarnations les plus pures du mal, qui sont sorties d'entre les orteils d'Ymir, le mythique Géant du Gel aux six têtes, dont le cadavre assassiné devint l'univers où nous vivons : ses ossements devinrent les montagnes, ses dents, les rochers, et ainsi de suite.

Cette origine, raconta Blinky, est considérée par les trolls modernes comme un conte de fées. Certains ont même les poils qui se hérissent de se voir appelés «trolls», un ancien mot nordique qui signifie «celui qui marche maladroitement». Quel que soit le nom qu'on leur donne, il ne fait aucun doute que la civilisation humaine, après l'Ère Glaciaire, fut fréquemment combattue par les six variétés de trolls : ceux des montagnes, de la forêt, de la mer, de l'eau, de la ferme, et les huldres. Tous renfermaient une grande haine en leur cœur pour les hommes parce qu'ils saccageaient les forêts, les champs et les rochers qui avaient pendant longtemps été le domaine des trolls. Par bonheur, les humains construisirent également de nombreux ponts, édifices éminemment chargés de symboles que les trolls purent emprunter pour se rendre sous terre.

Les trolls avaient en outre la capacité de circuler sous les lits des innocents, c'est-à-dire les enfants, même si ces passages-là étaient moins pratiques que les ponts pour toute une série de raisons. Si l'enfant était plongé dans un profond sommeil, par exemple, les trolls pouvaient se retrouver infectés par ses rêves et attraper ainsi une sorte de grippe dont la gravité était fonction du type de rêve. Même si les cas étaient rares, les enfants humains pouvaient à l'occasion emprunter ces passages. En dépit de ces portes d'entrée astucieuses dans notre monde, les trolls n'avaient que peu de moyens de défense. La lumière du soleil les transformait en pierre, de sorte qu'ils ne pouvaient riposter qu'à partir du soir. Les histoires du IXe siècle montrent des trolls qui protègent leur habitat de toutes les façons possibles, concentrant souvent leurs attaques sur des églises, qui étaient, tout simplement, des lieux de rassemblement bien pratiques pour les humains. Une activité dont les trolls ne se lassaient jamais était de jeter de gros rochers dessus. Ce courroux inextinguible, bien plus que le goût de la chair, faisait de la viande humaine le plus apprécié des mets chez les trolls.

Mais, depuis aussi longtemps qu'il y avait eu des trolls mangeurs de chair humaine, il y avait eu des humains pour les combattre. Les familles Sturgeon et Sturges faisaient l'objet de nombre de ballades, d'hymnes et de chansons de marins. Armées d'épées, d'arcs et de boucliers ornés de leur devise (*Esse quam videri* : Être plutôt que paraître), elles défendirent leurs habitations des attaques de trolls avant de passer à l'offensive et de les forcer à sortir de leurs cachettes. De cette lignée sortirent plusieurs guerriers passés à la postérité. En 1533, Ragnar Sturgeon arracha de ses dents la tête d'un troll pour sauver le pays de Galles d'une invasion de Wumps. En 1666, Rosalind Sturgeon fut en partie responsable du grand incendie de Londres alors qu'elle repoussait une horde de Batmuggs irlandais. Le plus controversé fut sans doute Theobald Sturges, qui, en août 1914, vint à la rescousse d'un régiment de soldats anglais lors de la bataille de Mons, alors que ces derniers tentaient de vaincre un groupe de Gizcullders qui se frayaient un chemin vers la surface en passant par les tranchées. (Lorsque je lui avais traduit cet épisode, Tub avait poussé un beau juron, faisant remarquer que Ragnar, c'était quand même un nom qui claquait bien.)

Les trolls se répandirent telle une traînée de poudre à travers le continent eurasien. L'Islande, la Suède, la Finlande, l'Allemagne, la France et l'Écosse avaient certes les royaumes souterrains les plus profonds, mais les trolls s'aventuraient dans des contrées aussi lointaines que la Chine. Cependant, jusqu'au XVIIe siècle, époque récente pour eux puisqu'ils peuvent vivre jusqu'à un millier d'années, il n'y avait pas eu un seul troll sur le sol américain.

Tout cela avait changé le 6 septembre 1620, quand un navire appelé le *Mayflower* avait appareillé de Plymouth en Angleterre avec cent trente passagers à son bord. Passagers humains, s'entend. Quant au nombre de trolls dissimulés dans la soute, qui le connaît vraiment ? Les estimations vont d'une vingtaine à plusieurs centaines.

Les trolls à bord du *Mayflower* n'étaient pas de simples explorateurs prêts à risquer leur peau et leurs membres lors d'un voyage périlleux sur un océan baigné de lumière. Ils étaient aussi des séparatistes convaincus. Une dissension philosophique avait divisé les trolls des îles Britanniques en deux factions rivales. La plupart avaient conservé une conception traditionnelle des relations entre trolls et humains : puisque les humains gaspillaient les ressources naturelles, les trolls les dévoraient.

Mais le groupe dissident, mené par Ebenezer ARRRGH!!!, de la lignée des ARRRGH!!! du Lincolnshire, jugeait cette habitude immorale, et il avait établi un programme où il préconisait de meilleures conditions de vie, à commencer par la consommation d'animaux à quatre pattes. Adieu, la chair tendre des enfants humains. Adieu, les encas nocturnes où l'on se régalait de saucisses humaines. Oubliées, les petites friandises du petit-déjeuner à base de peau de personne âgée enrobée de sucre. Ces trolls préféraient les lapins, les écureuils, les ratons laveurs, les rats, certaines variétés d'oiseaux et, parfois, les chats, quand c'était la saison.

(« Existe-t-il des trolls végétariens ? » avais-je demandé. « En fait, il a existé un temps une secte appelée les Nilboggiens, avait répondu Blinky. Ils pensaient que les trolls pouvaient vivre en ne se nourrissant que de plantes. Ce fut une très noble et très courte expérience. Au bout de dix-neuf jours, tous les Nilboggiens s'étaient dissous en une mare verte et gluante. »)

Le *Mayflower* avait à peine touché le sol américain que les trolls séparatistes avaient quitté le navire à la faveur des ténèbres. Ils avaient rejoint des ponts et pénétré dans le monde souterrain pour commencer à bâtir leurs demeures. La côte est grouillait de cavernes et les trolls s'installèrent dans leurs nouveaux quartiers. À chaque fois qu'un nouveau pont était construit, une famille de trolls élisait résidence dessous. Rares furent ceux qui entreprirent le dangereux voyage vers l'Ouest, et plus rares encore ceux qui y survécurent. La plupart de ceux qui en réchappèrent furent attirés par San Bernardino, ville paisible que l'on surnommait déjà la paume de Dieu : les trolls avaient enfin trouvé un climat tempéré qui ne nécessitait pas de stocker des réserves de nourriture en prévision de longs hivers.

La famille Sturges arriva dans le Nouveau Monde moins de cinquante ans après, s'installant tout d'abord à Boston et dans le Maine. La branche américaine des Sturges n'avait cependant aucune raison de s'opposer aux paisibles trolls du continent nord-américain, et, le temps aidant, leur mode de vie guerrier céda la place à des activités bien plus utiles à une nation en plein essor : tanner les peaux, brasser la bière, faire pousser le soja et, bien plus tard, inventer l'étui à calculatrice.

Trois siècles et demi s'écoulèrent sans guère plus de tapage que la colère occasionnelle du propriétaire d'un chat disparu. C'est alors que se produisit un évènement qui devait changer à jamais le cours des relations entre trolls et humains. En 1967, le London Bridge, qui enjambait la Tamise et était alors le lieu le plus encombré de toute la ville de Londres, fut démonté et envoyé pièce par pièce à plus de sept mille kilomètres de là, à Lake Havasu, en Arizona. Cette histoire peut sembler absurde, mais elle est authentique : un riche ingénieur avait acheté le London Bridge pour en faire une attraction touristique dans cette ville isolée qu'il possédait en grande partie. Il fallut plus de trois ans pour reconstruire le pont en Arizona, mais à peine une heure aux trolls qui y avaient élu domicile pour en sortir et s'enfuir dans la nuit. Ils franchirent la frontière de la Californie en janvier 1968 et entreprirent de faire ce que les trolls de l'Ancien Monde savaient faire le mieux : manger des enfants. Cette tribu dangereuse, constituée des pires rejetons de toutes les familles de trolls d'Europe, avait reçu le surnom de Gumm-Gumm.

(« Gumm-Gumm ? s'était étonné Tub. Je crois que je n'ai jamais entendu un nom qui fasse aussi peu peur que ça. — Imagine donc ce que nous pensons de "Dershowitz" ! » avait rétorqué Blinky, ce que je m'abstins de traduire.)

Les Gumm-Gumm avaient terrorisé le continent eurasien pendant plus de mille ans. On les rencontre pour la première fois dans un parchemin adressé au roi d'Écosse Constantin II, aux environs de 920 de notre ère, où ces trolls sont décrits comme des êtres « horribles, à l'haleine fétide et aux appétits de pourceaux ». Ils quittèrent les Highlands au cours du XIIe siècle, et on sait qu'un siècle plus tard, ils s'étaient emparés de tous les ponts de Londres sous le commandement barbare de leur chef ancestral, Gunmar le Noir. Arrivé aux États-Unis, Gunmar avait apparemment choisi de rassembler son clan à San Bernardino pour provoquer la colère des pacifistes qui s'étaient installés dans les souterrains de la ville.

Quelle qu'en soit la raison, lui et ses sbires ne perdirent pas de temps pour kidnapper des enfants. Un par mois les trois premiers mois. Puis un par semaine. Au début de 1969, plusieurs enfants disparaissaient chaque semaine à San Bernardino, tous traînés en dépit de leurs hurlements jusque dans un labyrinthe souterrain caché où on les mettait en cage pendant un long moment avant de les faire cuire au barbecue et de les manger.

Les trolls américains, qui avaient perdu leurs réflexes de combattants, laissèrent bien trop longtemps les Gumm-Gumm les envahir. Ils finirent cependant par se réunir pour un *wapentake*. Il s'agit d'une ancienne cérémonie viking au cours de laquelle les chefs de clan discutent en paix pour parvenir à un objectif commun. Ils s'accordèrent à dire que, s'ils restaient neutres, on assisterait à une nouvelle guerre entre trolls et humains, sur ce continent où ils avaient tant œuvré pour la paix.

Par bonheur, ils étaient forts et leur meneuse l'était encore plus. Âgée d'à peine soixante-quinze ans, elle n'était certes qu'une enfant, mais elle possédait déjà une volonté de fer, était d'un optimisme à toute épreuve, et avait le goût de l'aventure. Son nom était Johannah M. ARRRGH!!!.

(« Le M, c'est l'initiale de quel prénom ? » avais-je demandé à Blinky, qui avait répondu : « Mmmmh ».)

Johannah M. ARRRGH!!! avait pris la tête d'une armée de trolls pour débusquer les Gumm-Gumm dans leur repaire. En grande pompe et en fanfare, ils avaient déterré des coffres contenant quelques-unes des plus inestimables possessions des trolls du monde entier : d'anciens astrolabes qui, à en croire la légende, avaient été donnés par les *faeries* de la basse Scandinavie après qu'une tribu locale de trolls avait sauvé quelques-uns des leurs des sabots d'un faune dément.

Guidés par ces boussoles mystiques, les trolls partirent à la recherche des Gumm-Gumm. Au même moment, un scribe au talent prometteur nommé Blinky reçut la mission d'étudier les parchemins généalogiques dans l'espoir de trouver un chevalier humain qui pût leur venir en aide lors de la bataille à venir. Nuit et jour, Blinky parcourut huit parchemins à la fois, un par œil, jusqu'à ce que, l'effort étant par trop intense, ses yeux soient devenus aveugles les uns après les autres. Il eut cependant le temps de découvrir qu'il existait une famille de Sturges à San Bernardino.

(« Désolé que tu aies perdu la vue, fis-je. – Oui, ce fut un incident fort malheureux, répondit Blinky, d'autant plus que je n'étais qu'un marmot de quatre cent quarante-quatre ans. Je consacre bien évidemment un volume entier de ma dissertation à cette tragédie. »)

S'associer à un chevalier était particulièrement risqué. Vivre en paix avec les humains était une chose, mais se battre à leur côté ? Cela ne s'était jamais produit. Néanmoins, comme l'épidémie des briques de lait était à son apogée, ils n'avaient pas le choix. C'est ainsi que, le 21 septembre 1969, Jack Sturges fut emporté contre son gré à Troll City, où il ne tarda pas à devenir un éminent guerrier.

Sous le commandement de Jack et d'ARRRGH!!!, l'armée des trolls lança l'assaut sur la tanière des Gumm-Gumm. Tandis que Jack commandait une légion de guerriers, éliminant ainsi des dizaines d'ennemis, Johannah ARRRGH!!! affronta Gunmar le Noir, le Vorace. Ce duel était écrit : onze siècles plus tôt, Gunmar avait perdu un bras lors d'une bataille contre Remmarah ARRRGH!!!, la grand-mère de Johannah, au cours d'un incroyable combat singulier, à la frontière entre l'Autriche et la Hongrie. Cette même nuit, Gunmar avait enfoncé un bras de fortune en bois dans son moignon sanglant et avait fait le serment de se venger. Depuis, il gravait une encoche dans son nouveau bras à chaque adversaire tué. La première manche du duel fut loin d'être encourageante. Gunmar, si horrible qu'on préfère ne pas le décrire, s'amusa avec Johannah ARRRGH!!!. Ce ne fut que lorsqu'il lui enfonça un rocher dans le crâne que l'attitude de Johannah changea. Elle se transforma en une créature incontrôlable, ivre de rage, et se jeta sur

Gunmar en une tornade de dents, de griffes et de fourrure. L'un des yeux de Gunmar, l'Œil de la Vilénie, fut arraché au passage. Peu après, Gunmar était vaincu, ses acolytes, tous tués ou capturés, et il ne resta plus à Jack, le héros humain, qu'à porter le coup fatal. Las de tout ce sang répandu, Jack ne tua pas Gunmar, mais le condamna à l'exil et à la solitude dans les plus profondes cavernes de la Terre. Gunmar s'éloigna en jurant de se venger de Jack, de Johannah ARRRGH !!! et de leur descendance. Les menaces du Vorace avaient été difficiles à comprendre parce qu'il se mangeait la langue de rage. Chaque son qui s'échappait de ses lèvres suintait de sonorités serpentines.

Dans un sens, la pitié de Jack fut une bonne chose. Les Gumm-Gumm survivants jurèrent d'adopter un régime alimentaire d'animaux à quatre pattes et ils s'engagèrent dans un programme en onze étapes qui les aiderait à ne pas retomber dans leurs travers passés. Les réjouissances durèrent des mois dans le royaume des trolls. En signe de respect, les trolls appelèrent Johannah par son nom de famille, et les parents trolls prirent pour habitude de tenir leurs bébés à bout de bras lorsque ARRRGH !!! passait près d'eux, afin que les petits puissent toucher le rocher qui saillait à l'arrière de son crâne.

(« Ce gros caillou n'est jamais tombé, avait fait remarquer Blinky. Il explique les difficultés d'expression de mon amie. » ARRRGH !!! avait acquiescé : « Caillou parler difficile rend. »)

Ce que Jack comprit trop tard, c'est qu'il s'était condamné lui-même à une vie souterraine. La pitié était un sentiment typiquement humain. Aucun troll n'aurait hésité à tuer Gunmar. Il considéra donc qu'il était de son devoir d'empêcher son retour. Si Jack regagnait le monde des humains, il se mettrait à vieillir et les portes d'entrée du monde des trolls lui seraient rapidement fermées. Il lui fallait rester jeune pour s'opposer à Gunmar et la seule façon d'y parvenir était de rester sous terre.

Jack, éternellement âgé de treize ans, s'entraînait depuis sans relâche, jour après jour, année après année, toujours méfiant, toujours vigilant. Il avait été le seul à ne pas être surpris lorsque, quelques mois auparavant, l'Œil de la Vilénie lui avait révélé que Gunmar remontait lentement des profondeurs de la Terre. Jack en avait informé la population de Troll City, mais personne ne l'avait écouté. Les habitants étaient devenus indolents, suffisants, certains qu'une nouvelle guerre des Gumm-Gumm était impossible. Il revint donc à Jack, à Blinky et à ARRRGH!!! d'organiser la défense. Alors que les pouvoirs de Gunmar grandissaient, Jack décida à grand regret qu'il fallait tester Jim, pour voir s'il avait le potentiel d'un chevalier. Il pensait avoir des mois, voire des années, devant lui, pour parfaire l'entraînement de son neveu. Mais la reconstitution d'un pont dans le musée d'histoire de San Bernardino transformait ces mois et ces années en quelques jours, au mieux.

Le pont Killaheed avait été la demeure ancestrale de Gunmar le Noir dans la lointaine région septentrionale de l'Écosse que l'on connaît sous le nom gaélique de A'Ghàidhealtachd. C'était là qu'il avait assassiné tous les membres de sa famille, puis avait effacé son nom pour le remplacer par « le Noir », inaugurant par là même le culte gumm-gumm, dont il était la divinité principale. C'était là qu'il puisait son ancien pouvoir, et la présence de ce pont en Californie était sans doute la cause de sa rapide régénération et du rassemblement d'une nouvelle armée de Gumm-Gumm sous sa bannière.

Depuis des mois, les trolls infiltraient San Bernardino à la nuit tombée et y semaient le chaos. Pas encore de kidnapping, mais les troubles avaient tenu Jack, Blinky et ARRRGH!!! assez occupés pour les empêcher de partir à la recherche de Gunmar. Ils avaient pris un grand risque en se révélant à Jim et, par inadvertance, à Toby. Mais, en temps de guerre, les risques sont inévitables. C'était le lot des chasseurs de trolls. (Chasseurs de trolls… Je n'avais pu m'empêcher d'avoir un bref sourire. J'aimais bien comment ça sonnait.)

21

Jack nous attendait dans une clairière sombre. Le mur d'argile devant lui était craquelé, révélant des portions de mosaïques complexes et de fresques noircies, œuvres des trolls des anciens temps. Déboucher dans cette caverne depuis le tunnel, c'était comme sortir d'un œsophage pour débouler dans un estomac ; le grondement sourd des voitures très haut au-dessus de nous aidait à parfaire l'illusion.

Mon oncle semblait plus petit, engoncé dans son armure de fortune. Comme s'il ressemblait plus à un adolescent qu'à un puissant guerrier. Il nous avait entendus arriver, mais il ne réagit pas. J'étais sur le point de l'interpeller lorsque je remarquai un groupe de trolls sur notre droite. Tub et moi on s'écarta d'un mouvement brusque, mais Blinky et ARRRGH !!! ne manifestèrent pas le moindre signe d'inquiétude. Je lus même de la pitié sur leurs visages tristes. Ces trolls étaient en transe devant une tour chancelante de téléviseurs à moitié cassés, à l'image vacillante. Le visage collé sur les écrans, ils les lapaient amoureusement.

– Ne regardez pas, fit Blinky. C'est un spectacle lamentable.

— C'est quoi, votre problème avec la télé ? demandai-je.

Blinky répondit presque à voix basse :

— Ne te hâte pas tant de nous condamner, créature de peu de cervelle. Il n'y a pas de soleil dans la vie d'un troll, il n'y a même presque aucune lumière, en fait. Est-il donc si étonnant que nous chérissions vos téléviseurs, et que certains d'entre nous les vénèrent comme l'homme primitif vénérait les dieux du soleil, Ra, Hélios, Apollon, Sol Invictus, Huitzilopochtli ? Tous les trolls sans exception possèdent au minimum deux postes de télévision.

— Quels genres de programmes regardez-vous ?

— Tout ce qui, selon vous, n'est pas très divertissant a notre préférence. Nous aimons particulièrement les publicités, en raison de leur rythme rapide et de leurs couleurs vives. Mais rien ne nous plaît autant que les grésillements des parasites sur un écran vide. Si vous aviez le temps de contempler ces ondes en noir et blanc, vous y verriez du beau, du divin. Il y a tant de couches, tant d'ondulations, tant de significations possibles, de secrets murmurés.

De la bave s'écoulait des lèvres pendantes de deux trolls captivés.

— C'est donc une sorte de drogue ? demandai-je.

— C'est précisément une drogue. L'effet calmant est sans comparaison aucune et, pourvu que la consommation en soit modérée, sans danger pour la santé. Les trolls d'aujourd'hui ont un contact quasi quotidien avec la télévision. Les infirmières s'en servent pour calmer les accès de démence des plus âgés, les mères, pour apaiser leur progéniture. Moi-même, j'ai passé plusieurs années à ne pas pouvoir me détacher de la mire de la BBC. Je peux dire sans craindre de me tromper que cela a grandement contribué à l'élégance de mon élocution.

— Oui, fis-je. Je peux te le garantir.

— Mais je fais partie de ceux qui ont de la chance. Comme toute drogue que l'on prend sans modération, la télévision peut dévaster un cerveau. Ces pauvres hères ici présents donneraient jusqu'à leur dernière pièce de monnaie pour essayer de nouveaux canaux de réception, de meilleurs canaux, n'importe quel canal, et ils en oublient parfois même de manger, et de boire. Cela n'a rien d'une coïncidence si tant de cimetières se trouvent près de piles de téléviseurs.

— Pourquoi les humains ne sont-ils pas affectés de la même façon ?

— Ah, c'est ce que tu crois ?

— Oui, bon, je vois ce que tu veux dire. Mais pourquoi… ?

Jack pesta sans se retourner :

— Tu poses trop de questions. Pourquoi ci ? Pourquoi ça ? Comment ça marche ? Qu'est-ce que ça veut dire ? Ici-bas, les choses sont ce qu'elles sont. Tu ferais mieux de t'y habituer. Ou mieux encore : d'arrêter de t'en soucier. Parce que tu n'auras jamais assez de réponses pour te satisfaire, et, même si cela était le cas, nous n'avons pas le temps, voilà tout.

Il sortit un nouvel objet métallique de son armure : il s'agissait des disques et des cadrans d'un astrolabe. Je me rappelais avoir appris en cours que c'étaient des instruments dont on se servait au Moyen Âge pour repérer les étoiles. Mais aucune des représentations que j'avais pu voir dans mes livres d'école n'était comparable à l'engin élaboré que j'avais sous les yeux. Il n'était pas plus grand qu'une soucoupe à thé, mais ses mécanismes étaient d'une complexité redoutable. Au moins quatre disques superposés et entrelacés les uns aux autres étaient entraînés par des dents acérées en bronze, tandis que deux bras creusés d'inscriptions permettaient de lire le résultat des mesures. Le tout était logé dans un étui en or et décoré sur sa circonférence par une forêt dessinée si finement que je reconnaissais des feuilles d'arbres d'un millimètre. Cependant, en dépit de la qualité de l'engin, l'or était bruni, le bronze, taché, les pièces, tordues et éraflées.

Jack brandit l'astrolabe et fit tourner les disques. Passant l'instrument devant un mur, il se laissa guider et s'immobilisa peu après devant une brique. C'était le signal pour ARRRGH!!!. Elle se rapprocha en faisant grésiller les télés à chacun de ses pas. Plusieurs trolls arrachés à leur transe nous jetèrent des regards haineux.

ARRRGH!!! posa ses deux pattes sur le mur. Son dos aussi duveteux qu'un tapis se mit à ondoyer et le panneau s'ouvrit en suivant la forme irrégulière de la brique. Je portai les mains devant mon visage pour me protéger des particules projetées par le nuage de poussière. Toby et moi on chassa la crasse en suspension et on observa Jack et les deux trolls s'enfoncer dans un lieu qui nous parut étrangement familier. On franchit le passage à notre tour et on fut tellement étonnés par ce qu'on vit qu'on ne se retourna même pas en entendant le mur se refermer dans notre dos.

Un panneau routier. Voilà ce que nous avions sous les yeux. Pas une phrase en langue troll, pas le dessin d'une créature à plusieurs têtes... Non, un simple panneau routier, des plus ordinaires, avertissant les chauffeurs de poids lourds que le pont n'était pas très haut. Nous étions à l'entrée d'un tunnel passant sous une autoroute, dans ce qui ressemblait à une banlieue absolument banale. Nos yeux se posèrent sur des objets auxquels nous n'aurions pas accordé un regard en temps normal, mais qui nous emplissaient à présent de joie : des graffitis obscènes sur le béton, des canettes près d'un grillage, les lumières rouges et jaunes d'un fast-food un peu plus loin sur la route. Il y avait aussi des panneaux de direction, que Tub me désigna en gesticulant.

— De La Rosa ! Nous sommes à De La Rosa ! On peut aller à pied chez nous si on veut ! Jack, on peut rentrer chez nous ?

Jack était toujours concentré sur son astrolabe. Des voitures se croisaient au-dessus de nous, ne soupçonnant pas un instant quels genres de créatures rôdaient en contrebas. Après un silence qui dura une éternité, il ferma l'appareil doré et pointa le doigt.

— Des Nullhullers. À deux croisements. Ils se rapprochent. Nous devons faire vite.

Il posa le sac à terre et me le montra d'un geste du menton. Je frémis en entendant le cliquetis d'acier.

— Vas-y. Prends-les.

Est-ce qu'accéder à sa demande, ce n'était pas accepter le rôle qu'on me confiait au sein de cette étrange brigade ? J'hésitai. Jack dégaina une épée et l'enfonça dans le trottoir. Des fourmis affolées sortirent de la fissure ainsi créée. La voix de Jack résonna depuis la grille de son masque :

— Gunmar le Noir est chaque jour un peu plus fort. Des trolls sans cesse plus nombreux, plus dangereux, disparaissent, attirés par ce qu'il leur offre. Chaque nuit, ses acolytes — tels ces Nullhullers — s'aventurent un peu plus loin. Ils sont à De La Rosa ce soir. Tu veux les trouver devant la porte de ta maison demain ? Tu as envie de voir les gamins de ton quartier disparaître ? Tu veux vraiment savoir l'effet que ça fait ?

Toby fit un geste impatient vers le sac. Je pris une profonde inspiration, me penchai et l'ouvris. Il contenait deux armes : une épée longue et fine à la lame tachetée et ternie, et un coutelas incurvé. J'en pris une dans chaque main, si décontenancé par leur poids inégal que je me demandai si je serais capable de faire deux pas sans basculer en avant.

— Et moi ? Je n'ai pas le droit d'avoir une arme ? s'enquit Toby.

— Non, répondit Jack. Tu veux rentrer chez toi ? Vas-y, ne te gêne pas.

Les épaules de mon ami s'affaissèrent. Il avait l'air vraiment blessé. Impossible de savoir si cela touchait Jack, ses traits restant indéchiffrables sous son masque. Il extirpa sa lame du trottoir et la fit tournoyer dans l'air à une telle vitesse qu'on aurait dit une traînée de mercure liquide. Elle renvoyait la lumière des lampadaires et semblait absorber la nuit comme des cierges magiques.

— Trois règles, fit Jack. Primo : « Ayez peur. »

— Pas de problème, répondit Toby. Celle-là, on la maîtrise à fond.

— Avoir peur signifie comprendre. Pensez au lapin.

Il esquissa un lapin avec sa lame. Le geste était si gracieux et inattendu que j'en poussai un hoquet de surprise.

— Un lapin n'est rien d'autre que de la bonne viande vulnérable : la gorge, le ventre, les cuisses. Et pourtant il est difficile d'en attraper un. Il est tout le temps aux aguets, parce qu'il a peur. Les trolls reniflent la peur et l'utilisent. Vous aussi, vous pouvez l'utiliser à votre avantage.

De nouveau l'épée tournoya dans les airs. Cette fois, il dessina un taureau, et l'image resta fixée sur ma rétine bien longtemps après qu'il eut reposé sa lame.

— Comme un torero dans l'arène, il faut utiliser leur poids, leur vitesse et leur fureur contre eux. Quand vous passez vraiment à l'attaque, frappez vite et fort.

Jack dessina ensuite un cobra à longue queue. J'essayai de suivre la queue jusqu'au bout, mais le motif disparut quand je clignai des yeux.

— Imaginez que vous inoculez du poison. Attaque fulgurante et retrait immédiat.

Lapin. Taureau. Cobra. Mon esprit imagina une créature mythologique à partir de ces trois animaux. M'inspirer de cette chimère pour élaborer mes techniques de combat n'avait rien d'évident, pourtant je vis clairement comment ces trois animaux constituaient la combinaison d'attaque idéale. Se servant de son épée comme d'un club de golf, Jack frappa deux pierres coup sur coup. La première me toucha au genou, m'arrachant à mes rêveries, la seconde s'enfonça dans l'estomac de Toby. Je me rapprochai en titubant, tordu de douleur, tandis que Toby gémissait en se tenant le ventre. Jack avait réussi à attirer notre attention sans problème.

— Deuzio : un troll compte trois endroits vulnérables.

Jack pointa la poignée de son arme vers ARRRGH!!!, qui se rapprocha et se courba, de toute évidence prête à servir de cobaye. Jack tendit son épée vers le corps de la grande troll. Je retins mon souffle lorsque la lame entra en contact avec son torse velu. ARRRGH!!! gigota comme si cela l'avait juste chatouillée.

— Le cœur, commença Jack.

Il pivota sur ses talons et les reflets de lumière accompagnèrent son geste, donnant un instant l'impression qu'il était entouré d'un ruban doré. La pointe de son épée se porta vers le bas du ventre d'ARRRGH!!!.

— La vésicule biliaire.

Jack abaissa brutalement sa lame, bondit au-dessus d'ARRRGH!!!. Désormais dans son dos, il passa sa lame d'une main à l'autre, et il se détendit d'un coup, la pointe de son arme collée sur le cou d'ARRRGH!!!. Je vis qu'une petite excroissance saillait sous la fourrure à cet endroit-là.

— Les doucettes.

ARRRGH!!! bâilla ; un spectacle vraiment terrifiant.

— Les doucettes, répéta Toby. Je crois que je devais être absent le jour où on a étudié ça en SVT. C'est quoi, une doucette ?

Jack se retourna vivement, et les verres de ses lunettes étincelèrent.

— Si on perce les doucettes d'un troll, il meurt, fit-il d'un ton sec. C'est ce que nous allons faire toute la semaine. C'est d'ailleurs sans doute la seule et unique chose que nous allons faire. Si tu as raison au sujet du pont Killaheed, nous avons sept nuits devant nous, celle-ci comprise, avant qu'il soit entièrement reconstruit. Nous devons avoir éliminé les acolytes des Gumm-Gumm avant cette date et être prêts à vaincre Gunmar. C'est par le cœur et les doucettes que l'on tue un troll. C'est avec la vésicule biliaire qu'on s'assure qu'il reste bien mort. Ce feu dans nos cavernes ? C'est là que nous entassons et brûlons les vésicules. Vous pigez ? Si on laisse sa vésicule en l'état, un troll peut s'en servir pour recouvrer la vie.

J'avais la nausée. La dissection de la grenouille en cinquième avait déjà été très éprouvante.

— En fait, le moment est mal choisi, fis-je. C'est le festival des Feuilles Mortes. Ça ne me surprendrait absolument pas que papa me demande de l'aide pour tondre des pelouses dans les parcs. Et je joue dans cette pièce ! Nous n'avons que cette semaine pour la répéter. Et puis, il y a les maths ! Une grosse interro de maths vendredi. Mme Pinkton a prévenu que, si j'obtenais pas au moins quatre-vingt-huit sur cent, c'était râpé pour moi. Alors il faut vraiment que j'apprenne…

— Tu vas apprendre. Avec moi. Là, dehors. Toutes les nuits.

Il abattit son épée, qui résonna en heurtant la pointe de mes armes. Je dus assurer ma prise plus fermement pour les empêcher de tomber. Je me demandai si c'était là le but de l'exercice.

— Nomme-les. Vite !

Les paumes de mes mains me picotaient toujours.

— Nommer quoi ?

— Tes armes ! Un chasseur de trolls doit donner un nom à son épée avant de verser le premier sang.

Je considérai d'un air absent la longue épée et le coutelas.

— Tout de suite ! bouillonna Jack. Les Nullhullers se rassemblent.

— Je…

— Quelque chose d'important pour toi. Dis juste le nom. Le premier qui te passe par la tête.

— Claire, balbutiai-je, en brandissant la grande lame.

Toby me lança un sourire narquois.

— Claire ? répéta-t-il.

J'espérais que mes joues rouges de honte étaient invisibles dans les ténèbres.

— Claire… Lame claire. Lameclaire !

Toby passa une main devant son visage pour dissimuler un éclat de rire.

— Comme tu veux, mec.

— Vite, me pressa Jack. Le coutelas.

Je regardai la lame de métal acérée et incurvée. La surface ternie ne révéla rien. Je me retournai vers Toby.

— Comment s'appelait ton chat, déjà ?

— Mon chat ? On en a eu soixante ou soixante-dix.

— Le chat ! Tu sais, celui qui m'aimait bien ?

— Ah, oui. Numéro 6.

On ferait avec. Je tendis le coutelas et arborai un sourire malicieux.

— Numéro 6 ! m'écriai-je.

Jack me dévisagea. Même à travers son armure, je sentis qu'il était terriblement déçu. J'entendis les reniflements moqueurs et étouffés de Toby, et je vis Blinky secouer la tête, au comble de l'incrédulité. Même les épaules d'ARRRGH !!! tressautaient comme si elle était en proie à un fou rire. Je serrai les poignées de Lameclaire et de Numéro 6 et regardai oncle Jack.

— Comment s'appellent les tiennes, puisque tu es si génial ?

Blinky et ARRRGH !!! redevinrent silencieux. Toby réprima un gloussement. Même les véhicules sur le pont au-dessus de nous parurent sentir la solennité de l'instant, et on n'entendit plus le moindre bruit de circulation pendant un long moment. Jack contempla l'épée qu'il tenait dans sa main droite. Un certain temps s'écoula, puis il tendit le bras en arrière et brandit une lame plus courte. Il les tint toutes les deux avec tendresse, comme s'il ne s'agissait pas d'armes, mais de reliques consacrées aux défunts. Il désigna la lame longue :

— Victor Power.

Puis il brandit le cimeterre :

— Et Docteur X.

Tous autant que nous étions, on sentit jusque dans nos tripes la signification qu'avaient ces deux noms pour Jack.

Il secoua la tête pour s'arracher à sa contemplation. Il se redressa, faisant craquer les chaînes de vélo enroulées autour de ses jambes. Il brandit les deux épées, en position d'attaque. Les roues des petites voitures qui pendaient de son torse tournèrent sur elles-mêmes et les spirales de cahier autour de ses biceps cliquetèrent comme du fil de fer barbelé.

— Faites attention, prévint-il. Ça va aller vite.

Il ne plaisantait pas. Pendant les dix minutes qui suivirent, il balança, para, frappa, feinta, porta des coups de taille et d'estoc avec une agilité et une coordination étourdissantes. Docteur X n'avait pas fini de décrire une courbe saisissante que Victor Power fendait l'air avec une rapidité insaisissable à l'œil. Les démonstrations se succédaient à un rythme furieux : attaque, défense, avance et retraite sans tituber, contrer efficacement un adversaire plus grand que soi ou bien plus petit. De brusques ruptures de vitesse pour décontenancer l'ennemi, le croisement de lames pour dévier une botte, des techniques de duel, ou d'assaut contre des adversaires en nombre. Déterminer s'il fallait privilégier la vitesse ou la force, et si l'on devait se battre en tenant son arme à une ou deux mains.

Chaque technique, inspirée de manuels d'escrime du Moyen Âge et de la Renaissance, avait un nom, qu'il aboyait systématiquement : « dent de sanglier », « botta secreta », « double rownde », « durchführen », « faux tranchant », « imbrocata », « embrasse-le-bouton », « on-the-pass », « scandaglio », « volté ». Il y ajouta quelques passes apprises à l'école Jack Sturges, des mouvements plus ostentatoires, dont les noms avaient clairement été choisis par un adolescent de treize ans : « poulet bourré », « blah-de-blah-de », « blue jean surprise », « dans ta face, crétin ! », et son chef-d'œuvre : « lance caca ».

Je compris tout de suite qu'il s'attendait à ce que je retienne par cœur ces techniques de combat. Et c'est ce que je fis.

Je ne voulais pas. En fait, j'ai résisté. Si j'étais incapable de retenir le peu de connaissances que Mme Pinkton s'évertuait à me faire ingurgiter, et si je ne parvenais pas à acquérir les aptitudes physiques requises par Lawrence, le prof de sport, comment pouvait-on espérer que je combine les deux, sous les ordres d'un oncle bravache revenu d'entre les morts et de deux trolls hideux, pour traquer quelque chose qu'on appelait un Nullhuller, en plus ? Pourtant je sentis que ces paroles faisaient leur chemin de façon très méthodique vers des compartiments encore inusités de mon cerveau, comme s'il avait attendu tout ce temps, affamé et prêt à absorber les bonnes informations.

ARRRGH !!! huma l'air. Ses yeux orange brillaient et elle enfonça les pointes de ses cornes dans la voûte du tunnel. Des éclats de ciment colorèrent son pelage de gris. Jack comprit et tendit la main vers l'astrolabe. Mais ARRRGH !!! s'éloignait déjà d'une démarche lente, le nez relevé, de la bave pendouillant en filaments gluants longs de plus de deux mètres. Jack fit un geste vers Blinky. La seconde d'après, des tentacules se nouèrent autour de mes épaules et celles de Toby, nous pressant d'aller de l'avant.

— Le courage peut fléchir lorsque s'approche le moment de la confrontation. Mais pas d'inquiétude, amis farfadets. Le destin ne permettrait pas à un troll tel que moi d'être terrassé sur un champ de bataille aussi indigne que celui-ci. Pas avant que mon plus grand souhait soit devenu réalité. Je parle évidemment de ma dissertation historique qui reste encore inachevée.

Ce n'était pas suffisant pour me rassurer. Je désignai ARRRGH!!! du doigt.

— Quel est son plus grand désir, à elle ? demandai-je.
— Une meilleure hygiène dentaire, répondit Blinky sans ciller.

ARRRGH!!!, avec ses dents sales et mal plantées, était déjà loin devant nous. On sortit des ténèbres veloutées du pont et on entra dans la fraîcheur étrangement menaçante d'un soir d'automne. ARRRGH!!! évita les lampadaires, trottant à quatre pattes et veillant à toujours rester sous le couvert des arbres qui bordaient la route. Je fus le dernier à dépasser Jack, qui rengainait ses épées, attendant de fermer la marche. Sa main gantée jaillit et m'érafla le bras. Son masque se retrouva à hauteur de mon oreille.

— Ne sois pas nerveux, fit-il d'une voix basse et grinçante. Tu vas adorer ça.

Vu le ton, ça ne ressemblait pas à une promesse. Plutôt à une malédiction.

22

La banlieue me paraissait à présent vulnérable. Les maisons étaient construites avec des murs épais comme des feuilles de papier et non de la pierre de taille ; les barrières, en bois d'allumettes, revendiquaient pitoyablement une parcelle de terrain ; les boîtes aux lettres décorées et les parterres de fleurs ne demandaient qu'à être saccagés. Chaque rangée d'habitations, identique à la précédente et à la suivante, ressemblait à un alignement d'œufs qui n'attendaient que le pied qui viendrait les écraser.

Nous étions à plat ventre, en appui sur nos coudes, dans une cour arrière. ARRRGH !!!, quant à elle, se tenait assez droite pour qu'on la confonde avec un arbre. À une quinzaine de mètres se dressait une demeure aux murs peints en rose pâle. Je scrutai celle-ci avec attention, tentant de discerner des trolls parmi les fleurs, entre les outils de jardinage dispersés, sur la balancelle du porche, ou dans les replis du tuyau d'arrosage.

— Là, fit Jack. Là. Là, là et là !

Il me fallut plusieurs minutes avant de repérer les cinq Nullhullers. Dissimulés dans les ombres grâce à de vieux manteaux gris dépenaillés, ils avaient la taille de petits singes, et des bras et des jambes très longs, particulièrement inadaptés pour mouvoir leurs corps si obèses qu'ils devaient marcher en se dandinant comme des canards. Leurs longues queues préhensiles semblaient avoir un cerveau propre, arrachant les fleurs, saisissant des outils de jardinage et causant toute une série de dégâts mineurs sur leur passage. Leurs yeux étaient grands et larges, leur nez, sombre et dégoulinant de morve. Leur caractéristique la plus notable était leur bouche, si large que les commissures se rejoignaient presque à l'arrière de leur crâne. Quand ils avançaient, la partie supérieure de leur tête se levait et s'abaissait en claquant, comme le couvercle d'une poubelle.

— Malédiction, murmura Jack. En voilà un sixième !

— Qu'a-t-il de pire que les autres ? demandai-je.

— Ces odieux crétins de Nullhullers, répondit Blinky, ne se déplacent que par groupe de cinq.

En effet, quatre autres de ces créatures grasses aux longs membres apparurent bien vite. Il y avait là dix Nullhullers gigotant et reniflant. Huit d'entre eux, visiblement excités, montraient une fenêtre à l'étage, même si je ne voyais pas comment des créatures aussi lourdes allaient pouvoir escalader le mur. Entre-temps, les deux autres avaient entrepris de gribouiller quelque chose sur les murs de la maison avec ce qui ressemblait à de la craie rouge. Ils dessinèrent un cercle, à l'intérieur duquel ils inscrivirent une étoile dont la branche pointait vers le bas. Je reconnus le signe de Satan, qu'adoraient tous les fans de *heavy metal* à l'école.

— Les Nullhullers sont des adorateurs du diable ? m'exclamai-je.

— Ne sois pas stupide, railla Blinky. Ils sont irlandais. En fait, les Nullhullers sont tellement désorganisés qu'ils sont attirés par l'ordre où qu'ils le trouvent. Ce qui explique pourquoi ils se déplacent par cinq ; pourquoi ils aiment dessiner des symboles parfaitement symétriques. C'est par le plus grand des hasards qu'ils ont découvert que celui-là terrifiait les habitants des banlieues, qui, par ricochet, ne manquent jamais de rejeter la responsabilité des attaques sur des humains aux croyances impures. Un ingénieux camouflage, je dois l'admettre.

Il y eut une série de conciliabules parmi les Nullhullers, indiquant qu'ils étaient sur le point de passer à l'action. Les dix trolls formèrent un cercle aux contours irréguliers. Ils frémissaient d'excitation, et leurs bouches s'ouvrirent pour révéler des dents carrées, peu nombreuses, qui ressemblaient assez à des morceaux de granite.

— Quelle chance tu as, observa Blinky. Tu es sur le point d'assister à ce qui est sans doute un des plus vils rituels de toute la gent trollesque.

Les Nullhullers commencèrent à se trémousser. Une épaisse bave brune et grasse coula de leurs bouches béantes. Une symphonie de bruits étranglés monta de leurs corps tandis qu'une sorte de sac transparent commençait à sortir de chacune de leurs bouches. Presque aussi grande qu'eux, cette poche était remplie d'éléments de toutes les formes et de toutes les couleurs. Avec un petit bruit humide, les sacs atterrirent sur l'herbe, où ils restèrent à frissonner et à palpiter.

— On passe notre nuit du samedi à mater des trolls qui gerbent, lâcha Toby. La classe, Jim. Ça va être lé-gen-daire !

— La première qualité des Nullhullers est l'astuce, expliqua Blinky avec un certain respect. Sachant que leur poids leur interdit tout déplacement rapide, ils éjectent leurs organes pour une courte période, devenant ainsi les plus agiles et les plus vifs de tous les trolls.

Désormais aussi légers et minces que des taies d'oreiller vides, les Nullhullers se rapprochèrent des côtés de la maison tel un groupe d'écureuils. À côté de moi, Jack plongea une main dans la jungle de chaînes de bicyclettes qui ceignait ses cuisses et en retira trois fers à cheval rouillés. Il en donna un à Blinky et un autre à ARRRGH!!!.

— Je vais schmoofer les parents, annonça-t-il. Si tu vois des frères et sœurs, des grands-parents, quoi que ce soit de ce genre, sers-toi des fers.

— Des fers ? répétai-je, tentant de le comprendre. Pourquoi donc ?

— On ne te l'a pas dit ? demanda Blinky. Grands dieux, il y a tellement de choses à passer en revue ! La spécialité des Nullhullers est d'échanger un enfant contre l'un des leurs. On les appelle les changelins. C'est une pratique abominable. Si on ne le détecte pas, un troll peut grandir ainsi jusqu'à l'âge adulte dans son corps d'enfant humain et terroriser les gens par son comportement joyeusement dévastateur. Un bon nombre des PDG et des politiciens les plus en vue de votre monde sont des Nullhullers, désolé de te l'apprendre. C'est pourquoi nous devons vérifier si les membres de la famille ne sont pas des trolls. La façon la plus rapide est de presser un fer à cheval sur leur front. Le fer est ce qui fonctionne le mieux, mais, à la rigueur, n'importe quoi ayant la forme d'un fer à cheval peut faire l'affaire.

— Eh bien, donne-m'en un ! m'écriai-je.

— Tu ne viens pas avec nous, rétorqua Jack, me collant dans les mains le sac de jute où il avait transporté mes épées. Toi, tu ouvres ces poches à organes, tu t'empares des vésicules et tu t'assures qu'aucune de ces créatures ne sort par les fenêtres. Si c'est le cas, souviens-toi des leçons.

— Attends ! s'écria Toby. Que diable suis-je censé faire, moi ?

Jack désigna les étoiles sataniques :

— Tu effaces ces stupides symboles du mur. Sers-toi donc de ce tuyau. Tout le monde est prêt ?

— Non ! s'écria-t-on à l'unisson.

— En avant ! hurla Jack.

ARRRGH !!! fit claquer ses lèvres et fonça sur la pelouse. Jack s'élança à ses côtés, le clair de lune se reflétant sur le métal de son armure. Blinky courut sur ses inexplicables jambes, Toby et moi derrière lui.

— C'est par une attention de chaque instant que j'ai appris à me déplacer grâce au toucher et à l'odorat, expliqua Blinky. Cette méthode a ses avantages et ses inconvénients.

Quelques secondes plus tard, je compris ce qu'il voulait dire. Les sacs à organes dégageaient une odeur rance. Toby et moi, on s'immobilisa, toussant à nous étouffer. Blinky continua sans nous, et rejoignit Jack à la porte arrière qu'il venait juste de forcer en se servant de Docteur X. Il se précipita à l'intérieur de la maison, suivi de Blinky. ARRRGH!!! était bien trop imposante pour pouvoir entrer, et je fus soulagé de penser qu'elle allait rester avec moi. Mais les lois de la physique n'allaient pas suffire à l'arrêter. Elle fit craquer ses bras, tordit son corps simiesque d'une façon très étonnante et, sans que nous puissions comprendre comment, elle disparut à l'intérieur. Toby et moi on resta à regarder la porte qui se refermait. La maison était sombre et silencieuse. On jeta un coup d'œil à la fenêtre de l'étage, nous imaginant mille spectacles horribles, hors de notre vue. Et, comme il ne restait rien d'autre à surveiller, on examina les dix sacs à organes qui ondulaient à nos pieds.

— Ton boulot n'attend plus que toi, l'ami, fit Tub. Moi, je suis de corvée de graffitis.

Sur ce, il se boucha le nez et partit ramasser le tuyau. Je me forçai à me rapprocher des sacs. Ils palpitaient sur le tapis d'herbe tels des embryons mutants. Je me penchai sur le plus proche. Des poumons pourpres bombaient le film translucide ; un cœur battait comme un poing rouge ; gisant dans une mare près du fond de la poche, on apercevait un monticule blanchâtre d'intestins frémissants, le tout flottant dans une sorte de morve. Je dégainai lentement Numéro 6. Je posai la pointe de l'arme contre la membrane et poussai délicatement.

La peau se perça en produisant un bruit de pet et un liquide couleur moutarde gicla sur mon bras. Ça sentait la viande avariée. Aussitôt des larmes coulèrent de mes yeux. Je songeai brièvement à m'éloigner, mais, avant de savoir ce que je faisais, j'enfonçai l'épée avec tant de force qu'elle traversa la poche et se planta dans le sol.

La poche se fendit sur toute la partie centrale en sifflant comme un ballon qui se dégonfle. Les organes jaillirent de toutes parts en un magma multicolore. À la seconde où la membrane translucide toucha l'herbe, elle fondit et se transforma en une sorte de gel nauséabond. Les intestins furent projetés au loin, s'enroulant autour de mes chaussures. Je détournai les yeux, dégoûté. Une série de mouvements minuscules attira mon attention. Les fourmis, les vers, les scarabées et tous les insectes vivant sur ce bout de terre s'enfuyaient.

Je scrutai les dégâts. Cette masse brune était un estomac et ce gros truc vert devait sans doute être un foie. Mais à quoi donc ressemblait une vésicule biliaire de troll ?

De l'intérieur de la maison retentit un fracas assourdissant.

Toby et moi on se dévisagea. Il était terrifié. Il se mit à frotter frénétiquement l'étoile rouge renversée avec son tee-shirt mouillé. Tous deux ressortirent roses de l'opération. Je regardai une nouvelle fois l'amas de boyaux et essayai de trier le tout en me servant de Numéro 6. D'autres bruits me parvinrent depuis l'étage, cette fois un choc sourd et une sorte de bruissement. Je n'avais plus le temps de faire le délicat. Je me laissai tomber à genoux, mon jean trempé de glaires visqueuses. Je respirai profondément et plongeai les mains dans la mare tiède de viscères.

Qui n'apprécièrent pas du tout. Ils se défendirent en crachant des jus acides qui me brûlèrent la peau. Des pointes acérées se refermèrent sur l'extrémité de mes doigts. Un filet de vaisseaux sanguins s'enroula autour de mon avant-bras et serra avec une intensité douloureuse. Chaque organe poussa un cri d'une voix aussi fluette que rageuse. Je ne m'arrêtais pas pour autant de fouiller frénétiquement, palpant chaque masse glissante de viande en me demandant ce que j'allais trouver.

Je sus que j'avais localisé la vésicule au moment exact où je posai le doigt dessus. Elle était bouillante. Je la sortis du jus de tripes. Les vaisseaux sanguins autour de ma main me relâchèrent et les intestins cessèrent de s'agiter pour retomber mollement dans un bruit de cornemuse. Je brandis la vésicule dans mon poing victorieux. Elle avait la taille d'une balle de golf et la texture d'épinards mouillés. Elle grouillait dans ma main, comme si elle était remplie d'asticots. Je jetai la petite ordure verte dans le sac de Jack. Il en restait encore neuf.

De quelque part à l'étage me parvint un bruit de bois qui craque. Je blêmis. Toby se jeta à terre comme si quelqu'un lui tirait dessus. Un bébé se mit à pleurer et je m'attendis à voir la lumière de la chambre des parents s'allumer, mais je me souvins que toute la maison avait été schmoofée. C'était aux chasseurs de trolls de remporter la bataille.

Poussant un cri de guerre bien plus aigu que je l'escomptais, j'échangeai Numéro 6 contre Lameclaire et transperçai le deuxième sac. Quelques secondes plus tard, j'avais la vésicule ; quelques secondes supplémentaires, et elle était dans le sac de Jack. Je tailladai, éparpillai, éclaboussai et attrapai : trois vésicules, quatre, cinq, six, sept, huit. Des gouttelettes de jus de tripes criblaient le mur de la maison, et je hurlai à Toby de les nettoyer. Je tranchai la membrane du neuvième sac avec une dextérité proprement époustouflante, sans me vanter. La vésicule sembla bondir vers la surface sanguinolente, comme si elle se rendait, et je la saisis aussitôt.

Puis ce fut le chaos. Les chasseurs de trolls venaient d'entrer dans la chambre du bébé. Les lumières s'allumèrent et la bataille fit rage. J'entendis les halètements de Jack, les grognements d'ARRRGH !!!, les reniflements moqueurs et méprisants de Blinky. Rien de la part des Nullhullers, à l'exception de quelques bruits secs, évoquant du linge qui claque au vent. Après tout, ils avaient laissé leurs gorges avec moi, sur la pelouse.

Le même instinct qui m'avait aidé à mémoriser les techniques de combat de Jack me souffla qu'on était sur le point de perdre la bataille. Les coups d'épée de Jack manquaient de conviction et j'entendais trop de petits cris de surprise de la bouche d'ARRRGH !!!. Les Nullhullers étaient par contre de plus en plus bruyants, faisant battre leurs bras à l'unisson. Mais c'était l'absence d'un bruit en particulier qui me dérangeait le plus.

Le bébé avait cessé de pleurer.

Je laissai tomber le sac de vésicules et fonçai vers la porte arrière.

— T'es taré ? s'écria Toby.

Je lançai Numéro 6, qui alla se planter dans l'herbe, aux pieds de mon ami.

— Sers-toi de ça s'il y en a un qui sort, lui criai-je.

— Quoi ? La peinture, Jim ! Je ne suis autorisé qu'à frotter la peinture !

Je me précipitai à l'intérieur, mais les pièces sombres de la maison ressemblaient déjà à un mausolée glacé. Le bourdonnement du réfrigérateur, les chaises à bascule, les télécommandes un peu partout, tout prenait une signification funeste. Ces objets seraient autant de reliques d'une famille morte si je ne me hâtais pas. Je trouvai l'escalier, montai les marches quatre à quatre, et m'engouffrai dans la chambre en tenant Lameclaire fermement à deux mains.

Les murs étaient peints d'un jaune soleil et décorés de pandas roses. Je notai ce détail alors qu'il y avait très peu de surface de mur visible. La moitié de la pièce était recouverte d'une épaisse fourrure noire : ARRRGH !!!, qui paraissait encore plus imposante, confinée de la sorte dans un espace aussi petit. Il ne m'était pas venu à l'esprit que sa taille pouvait se révéler un inconvénient dans le monde des humains, mais c'était bien le cas : ces lieux étroits l'avaient ralentie et les Nullhullers s'en étaient pris à elle comme une meute de chiens enragés.

Jack et Blinky s'en sortaient mieux. Je comptai cinq Nullhullers morts, gisant désarticulés au sol, telles des carpettes éventrées. Les autres livraient un combat désespéré, leurs griffes tintant lorsqu'elles heurtaient les épées de Jack. Son visage était dissimulé derrière son masque, mais je reconnus l'énergie jubilatoire d'un gamin de treize ans. L'espace d'un instant, je vis le garçon que Jack aurait pu être s'il avait pu jouer au baseball au lieu de devoir taillader des créatures inconnues surgies des enfers.

Du plat de sa lame, Jack étala un Nullhuller au sol. La seconde d'après, un des tentacules de Blinky jaillit comme une langue de serpent et s'enroula autour du troll avec assez de force pour lui déchirer la peau et sectionner ses membres aplatis. La mort fut instantanée et sans une goutte de sang. Six morts… Il en restait quatre.

Même sans gorge, les Nullhullers s'exprimaient par une sorte de respiration sifflante que je parvenais à comprendre grâce au médaillon passé à mon cou. Ils scandaient sans cesse les mêmes mots :

« Échanger le bébé. Échanger le bébé. Échanger le bébé. »

Le berceau avait été éloigné de la fenêtre de façon à faire office de barrière pour protéger deux Nullhullers qui se cachaient derrière. Ils avaient capturé l'enfant. Je me plaquai contre un mur et entrepris de faire le tour de la pièce, écartant de mon passage des jouets aux couleurs criardes. Jusque-là, personne n'avait fait attention à moi. Je pouvais réussir. Je me retrouvai enfin à proximité du berceau et me penchai. Le nourrisson était couvert de la tête aux pieds d'une sorte de nectar blanchâtre qui s'écoulait du corps d'un des trolls. Puis il fut extrait de cette mare visqueuse et jeté par terre sans qu'il se réveille. Le liquide dans le berceau commençait à durcir et je compris qu'il s'agissait d'une sorte de moulage. Je me penchai une nouvelle fois au-dessus de ce spectacle répugnant et vis que l'intérieur de cette coque s'innervait et se remplissait d'organes qui ressemblaient à des grappes. Une moelle douce et rose fortifiait des os blancs, et l'ensemble fut recouvert d'une peau pâle et élastique.

Ils fabriquaient leur faux bébé, qu'ils allaient laisser derrière eux.

Le second Nullhuller tendit ses bras filiformes, prit le véritable bébé par les pieds et entreprit de l'avaler. Comme il n'avait plus d'organes, le troll comptait se servir de son corps comme d'un sac de transport.

Je donnai un coup de pied pour écarter le berceau et enfonçai Lameclaire à travers les doucettes du deuxième troll, les transperçant de part en part. Il émit un râle d'agonie et lâcha le bébé. Instinctivement, je laissai tomber mon épée et plongeai pour le rattraper. Le nourrisson atterrit dans mes mains, toujours englué de sécrétions. Je le plaquai contre ma poitrine, non seulement soulagé de l'avoir sauvé, mais exultant surtout d'avoir tué un troll. Jack avait raison : j'avais adoré. Le Nullhuller qui avait réalisé le moule s'aplatit contre le mur. Je ramassai Lameclaire et lui fis décrire un puissant moulinet. Le troll fut trop rapide ; il prit appui sur ma lame et bondit par-dessus le berceau. L'épée poursuivit sa trajectoire... et coupa en deux le bébé changelin.

Jamais je n'avais contemplé spectacle aussi ignoble. Des filaments de peau tentèrent en vain de recouvrir les entrailles ainsi exposées. Les organes de la poitrine, mi- humains, mi-trolls, étaient collés les uns aux autres comme des chatons sortant de leur poche amniotique. Seule la partie supérieure de la mâchoire du faux bébé était achevée et elle se tendait en l'air, impuissante. Les yeux, en revanche, étaient purement trolls, des globes noirs sans cils qui me regardaient d'un air accusateur. Le crâne humain à moitié formé révélait un cerveau de troll, une chose verte et luisante, couverte de petites bosses frémissantes.

Je pleurais en le tuant. C'était une abomination. Il fallait le faire. Mais le changelin avait déjà maîtrisé la façon d'imiter la voix d'un bébé, et il sanglota tout le temps que je le hachai en morceaux de plus en plus fins, tout en tenant l'autre bébé, le vrai, de mon bras gauche. À la fin, je tremblais tant que Lameclaire me glissa des mains. Le berceau fut violemment écarté. Jack vint se coller à moi. Je vis le reflet de mon visage hagard, maculé de sang, dans les verres de ses lunettes. Il rengaina son épée, sortit d'un geste sec son fer à cheval et l'approcha de la tête du bébé.

— Ce n'est pas..., commençai-je.

— La ferme, m'interrompit-il.

Il prit une inspiration, frémissant de peur. Son poing se resserra autour de sa lame. Il pressa le fer contre le front de l'enfant. Le bébé plissa le visage, n'appréciant guère le traitement. Jack poussa un soupir et rangea le fer à cheval dans son armure, avant de me saisir par le col de mon tee-shirt.

— Où est le dernier ? me demanda-t-il sur un ton impérieux.

Je jetai rapidement un coup d'œil autour de moi et comptai neuf Nullhullers morts, dont celui que j'avais transpercé. Je me souvins vaguement de celui qui avait évité mon épée et détalé.

— Je pense qu'il... est allé...

Mon regard se porta vers la fenêtre ouverte. Jack lâcha un juron et sortit en trombe. ARRRGH!!! lança un crachat brûlant et mousseux et bondit après lui, jouant de ses colossales épaules pour se glisser par la porte. La pointe de ses cornes dessina de drôles de motifs sur la peinture jaune soleil. Quelque chose s'agita vers mes bras et je vis deux des tentacules de Blinky s'emparer du bébé. Il le fit avec une telle douceur et une telle assurance que je ne l'en empêchai pas. Deux autres tentacules se joignirent aux premiers, faisant tourner gentiment le bambin d'un côté et de l'autre tandis qu'un cinquième nettoyait délicatement son corps des sécrétions de troll à l'aide d'une serviette. Le nourrisson gigota et saisit ses pieds dans ses petites mains potelées.

Je repris Lameclaire et sortis de la chambre à mon tour, étonné de voir cette dizaine de tentacules à l'œuvre. Ils remettaient le berceau en place, rassemblaient les jouets en leur donnant un semblant d'ordre, redressaient les lampes renversées, replaçaient les photos dans leurs cadres, etc. À la fin, j'aurais pu jurer que personne n'était entré ce soir dans cette pièce, s'il n'y avait eu ce terrible sentiment qui me rongeait, et me répétait sans cesse que j'avais échoué.

23

La cour avait l'air parfaitement normal. Des gants de jardinage semblaient assoupis en travers d'une chaise longue. On entendait le léger bourdonnement d'avions, simples points rouges dans le ciel étoilé. Au bout de la rue, deux chiens étaient en grande discussion depuis leurs niches respectives. Même l'herbe à mes pieds avait reconquis son territoire : les montagnes de tripes avaient disparu, laissant place à dix taches humides guère plus menaçantes que la rosée.

Les personnages peuplant cette scène agréable semblaient s'être retrouvés là par erreur. ARRRGH!!!, au bout de la pelouse, agitait sa tête géante et cornue tandis qu'elle cherchait le Nullhuller en fuite. La lumière des lampadaires se reflétait sur les deux fourreaux de Jack, qui ne cessait de soupirer de rage. Même Toby semblait incongru, avec ses cheveux orange et frisés comme ceux d'un clown de fast-food et son tee-shirt entièrement maculé de peinture rose. Il me lança un regard malheureux.

– Ça s'est passé tellement vite, gémit-il.

– C'est bon, fis-je. Il n'y en avait qu'un.

— Tu ne comprends rien, pesta Jack.

— Oncle Jack, répondis-je, employant exprès ce terme dans l'espoir de l'attendrir. Nous en avons tué neuf !

— Le sac de vésicules. Tu l'as oublié ? Nous n'avons rien tué du tout.

Je fus soudain accablé de désespoir. Je regardai Toby, qui haussa les épaules en guise d'excuse.

— Il a volé jusque-là, a gobé ses propres tripes, et s'est emparé du sac. Que pouvais-je faire ?

— Ce n'est pas la faute de ton ami, aboya Jack. Ce n'est pas un chasseur de trolls.

— Juste un, plaidai-je.

— Ce « juste un » va trouver Gunmar, et il lui parlera de nous. De toi.

— Écoute, je suis désolé…

— Je t'avais dit de rester à l'extérieur. Pourquoi n'as-tu pas obéi ?

— Mais vous aviez besoin…

Jack arracha le masque de son visage et pivota sur ses talons.

— Qui t'a dit qu'on avait besoin de quoi que ce soit ? Tu crois peut-être qu'il n'y a que ta précieuse petite vie en jeu ici ? Que tu vas rater ton devoir de maths ? Que tu vas foirer ta pièce stupide ? Il pourrait y avoir une autre guerre ! Des dizaines de personnes, des centaines, plus de gens que tu peux l'imaginer, pourraient perdre la vie. Des trolls qui ne valent peut-être pas mieux pour toi que de la crotte de chien collée sous ta chaussure, mais qui se trouvent être mes amis. Des humains, aussi, des gens que tu connais… Est-ce que ça rend les choses plus réelles ? Nous avons une semaine, Jim, une semaine.

La terre trembla. Nous nous retournâmes tous les trois et vîmes qu'ARRRGH !!! était tombée à genoux. Jack traversa la pelouse en courant. Je le suivis, mais je trébuchai. Heureusement, Toby me rattrapa par l'épaule. Sauf qu'elle était gluante de sang de troll. Il poussa un gémissement de dégoût, me rendit Numéro 6 et essuya le jus en se frottant les mains sur son jean. On rattrapa Jack, debout à côté de son amie. Il avait dégainé ses deux épées sans que je comprenne pourquoi.

La posture d'ARRRGH !!! trahissait sa souffrance. Son dos puissant était parcouru de soubresauts et son cou ne soutenait plus sa tête, penchée en avant sous le poids de ses cornes. Sans trop réfléchir, je m'approchai, espérant pouvoir la réconforter. Jack me barra le passage avec la pointe de Docteur X.

– Pas plus près.

J'avais certes commis quelques bourdes, mais de là à me menacer ouvertement avec une arme ! J'étais sur le point de lui dire le fond de ma pensée lorsque j'aperçus le carton dans l'herbe. Je compris tout de suite, et mes épaules s'affaissèrent un peu plus. Je m'éloignai à une distance respectable, Toby sur mes talons. L'Œil de la Vilénie était collé au visage d'ARRRGH !!!, les tiges nerveuses nouées en tresses étaient enfoncées dans sa gorge, glissées en tire-bouchon dans ses narines, passaient sous ses paupières, se rapprochant toujours un peu plus du cerveau. L'Œil s'était aplati pour former une sorte d'ovale gélatineux, dans lequel enflaient des petites bulles.

— Arrache ça, lançai-je à Jack. C'est en train de la tuer.

Il se raidit, mais ne bougea pas. J'entrechoquai Numéro 6 et Lameclaire. Jack tressaillit imperceptiblement.

— Alors je vais le faire ! m'écriai-je. Dégage de là !

Au même moment, les pattes épaisses comme des troncs d'arbre se détendirent d'un coup sec et ARRRGH !!! se redressa, pattes avant brandies, tête rejetée en arrière. Je m'attendais à un hurlement, mais je fus surpris d'entendre un éclat de rire couvrant plusieurs octaves, aussi puissant que le barrissement d'un troupeau d'éléphants. Les cornes recourbées heurtèrent une branche, qui se brisa net et explosa en une pluie de brindilles. Jack était toujours en garde lorsque l'averse s'abattit et rebondit sur son armure de métal. ARRRGH !!! tourna la tête pour se retrouver face à Toby et moi. L'Œil de la Vilénie fut saisi de convulsions extatiques et l'iris vert et orange s'ouvrit en un bâillement denté.

— SSSSSSSSSTURGESSSSSSSSSS.

C'était la voix pâteuse de quelqu'un qui avait passé des décennies à se manger la langue. Gunmar le Noir, le Vorace, me voyait, me reniflait, voulait me dévorer. De l'intérieur de cette pupille, j'entendis le craquement de ce que je savais être son bras en bois. Il brûlait de l'envie d'ajouter des encoches à son palmarès, et même s'il souhaitait le faire en personne, il n'était pas encore assez fort pour cela. Ce pantin de quatre tonnes dont il avait pris le contrôle ferait donc l'affaire.

L'une des mains griffues d'ARRRGH!!! s'abattit sur nous, aussi massive qu'un bus de ramassage scolaire. Le déplacement d'air fut tel qu'il nous renversa avant que la patte nous atteigne. Toby et moi, on se recroquevilla dans l'herbe, bien trop effrayés pour hurler.

La patte ne nous toucha jamais. Gunmar beugla. Toby et moi, on détala à quatre pattes. On vit Jack extirper son épée du mollet du troll géant. Ses poils se hérissèrent et elle se retourna vers mon oncle, découvrant ses rangées de dents mal plantées. Mais, lorsqu'elle vit le garçon qui brandissait courageusement sa petite épée, elle se laissa choir sur la branche qu'elle avait sectionnée un peu plus tôt. L'Œil s'épaissit et gonfla comme de la pâte à biscuit. Des dizaines de nerfs se retirèrent du crâne d'ARRRGH!!!, la délivrant un peu plus à chaque instant. L'Œil frémit devant son museau pendant quelques secondes avant de tomber. Il rebondit une dernière fois avant de s'immobiliser au milieu de la pelouse impeccablement tondue. ARRRGH!!! enfouit son visage las dans ses gigantesques paumes. Jack rengaina ses épées, passa les mains autour du cou de son amie et murmura à son oreille. Les alentours étaient suffisamment calmes pour que je puisse entendre ses propos.

— Je suis désolé. Je ne l'ai pas enfoncée très profond. Une simple estafilade.

— Garçons humains. Les voulais dans ventre. Honte.

— Non, marmonna Jack. Je ne l'aurais pas permis.

— Pas sincère! s'écria ARRRGH!!!.

— Raconte-moi ce que tu as vu, reprit Jack en caressant la fourrure humide. Avant que tu oublies.

— Nullhuller trouver Gunmar. Gunmar envoyer plus. Gumm-Gumm trouver carburant. Carburant pour Machine.

Même dans la pénombre, je vis Jack pâlir.

— La Machine ? Nous avons détruit la Machine. J'étais là, j'en suis témoin.

— Gumm-Gumm travaillent dur. Gumm-Gumm réparent. Garçons humains raison. Killaheed rend fort. Beaucoup tristesse. ARRRGH !!! très triste.

Assis dans l'herbe non loin de là, je me forçai à poser la question :

— C'est quoi, la Machine ?

L'expression de terreur que je lus sur les traits de Jack me décontenança. Il haussa les épaules, comme pour minimiser la chose.

— Rien. Ne t'en fais pas. Ce qui est important, c'est que ARRRGH !!! nous a tout confirmé. Et qu'il n'y a rien de bon. Des trolls comme ceux de ce soir ? Ce n'est rien. Gunmar va continuer à en envoyer pour nous occuper, le temps que le Killaheed soit reconstruit. C'est un plan parfait, et nous allons devoir faire avec. Si ces Gumm-Gumm s'emploient effectivement à rassembler du carburant pour la Machine...

Jack s'interrompit. Il chercha du réconfort dans la ligne des maisons, les clôtures, les routes, tous les angles droits si rassurants que l'on trouve dans les banlieues. Mais il finit par enfoncer ses deux épées dans l'herbe, le visage rouge de rage, comme un adolescent de treize ans.

— Pourquoi faut-il que les choses soient si compliquées ?

Le silence qui accueillit cette remarque aurait été insupportable si Blinky n'avait pas choisi ce moment pour se faufiler près de nous. Il nous souleva Toby et moi. Puis, avec quatre ou cinq autres tentacules, il s'empara de l'Œil de la Vilénie, qu'il rangea dans le carton pour nous éviter d'avoir à supporter ce regard qui ne cillait jamais. Il glissa la boîte dans la fourrure d'ARRRGH!!! et se lança dans un récit jovial :

— La chambre du bébé est tout aussi attendrissante qu'avant. Même plus. Je n'ai pu résister à la tentation de modifier un détail ou deux pour qu'elle soit mieux agencée. Vous n'imaginez pas les merveilles que l'on peut accomplir rien qu'en déplaçant une table de nuit ! Je pense vraiment avoir raté ma vocation de décorateur d'intérieur.

Blinky attendit des ovations émerveillées. Il n'obtint que le silence d'un quatuor exténué après une nuit de défaite. Il soupira et regarda vers l'est, où une ligne orange balafrait l'horizon.

— Nous avons connu des jours plus mauvais, dit-il doucement. Venez, venez. Raccompagnons ces garçons chez eux.

C'est au prix de gros efforts que Jack extirpa ses épées de la terre. À ce signal, ARRRGH!!! se redressa, prenant un peu plus appui sur son mollet gauche. Blinky prit la tête de la petite troupe, et tous les guerriers le suivirent d'un pas lourd et lent vers le pont. Je traînai un peu, juste assez pour prendre Jack par le bras. Mes doigts disparurent dans l'entrelacs de spirales de cahiers. Jack me regarda avec des yeux injectés de sang.

— Pourquoi ? demandai-je. Pourquoi m'embarquer dans cette histoire ?

Jack murmura la réponse sur un ton aussi feutré que le bruit des branches agitées par la brise nocturne :

— C'est terrible, hein, de ne pas avoir le choix ?

24

Je me réveillai avant Toby. Je le laissai étendu les bras en croix à côté de Jim Sturges Junior 2 – le Leurre. Je fourrai mes vêtements en lambeaux dans un sac de sport et gagnai la salle de bain sur la pointe des pieds. Le médaillon rebondit sur mon torse tandis que je me savonnais ; je tentai de l'ignorer. L'eau ruisselait sur mon corps en formant des serpents rouge orangé et noir que je regardais disparaître par la bonde vers un autre monde.

Même penser à des céréales me donnait la nausée. Au lieu de mes flocons d'avoine se ramollissant peu à peu au fond de mon bol de lait, je voyais des intestins blancs de Nullhullers roulés en boule. J'évitai de mettre les pieds dans la cuisine, ouvris les dix verrous, et plongeai dans la lumière du jour. J'avalai de grandes goulées d'air frais dans l'espoir que cela apaiserait mon estomac. Je m'affalai sur les marches, au-dessous de la caméra de surveillance, croisai les bras sur mes genoux, et me demandai combien de temps j'allais pouvoir résister à l'envie de rentrer en courant et de m'enfermer à clé.

Papa surgit à ce moment-là, et me prit au dépourvu. Il était paré pour tondre les pelouses, avec ses gants de travail, sa chemise tachée, son vieux pantalon et ses bottes à embouts d'acier. Par bonheur, il n'avait pas encore mis la partie la plus ridicule de sa tenue, l'ensemble lunettes et filet à cheveux, ce qui me donna l'occasion assez rare de pouvoir le prendre au sérieux. Il hésita, apparemment tout aussi surpris de me voir, puis il ôta ses gants, qu'il glissa dans sa poche arrière, et s'assit à côté de moi sur les marches.

« Son frère, pensai-je. Son frère est vivant. » J'avais du mal à le formuler. Comment était-ce concevable ? Ce gamin maigrichon et sans peur habitant dans un monde souterrain pouvait-il appartenir à la même famille que cet homme au crâne dégarni, au visage marqué de rides d'inquiétude, et aux lunettes rafistolées avec un pansement ?

— Un peu en retard, lança-t-il.

— Désolé.

— Pas toi. Moi. Ma lame de tondeuse était bloquée. Je viens de passer deux heures à la bricoler avec un tournevis. Mais tout est en ordre à présent. On peut y aller. Tu veux venir avec moi ? Je fais le parc Joseph A. Kearney aujourd'hui. Tu pourras piloter le gros engin, si tu en as envie.

— Je ne sais pas. Je suis assez fatigué.

— Oui, c'est ce que je me disais, acquiesça-t-il.

On resta assis en silence pendant une minute. Je ne le quittai pas des yeux tandis qu'il regardait devant lui comme si de rien n'était. Des fillettes pédalaient sur la route en faisant tinter leurs sonnettes. Un adolescent lavait sa voiture dans l'allée de sa maison. De l'autre côté de la rue, on entendait des coups de marteau...

— Je pense qu'il serait bon que nous ayons une petite conversation, commença papa.

Une telle phrase m'aurait terrifié en temps ordinaire, mais, là, plus rien ne pouvait m'émouvoir.

— À quel sujet ?

— Jimmy... la cuisine, fit-il, en montrant l'intérieur d'un léger coup d'épaule.

Il y avait une éternité que Toby et moi y avions rencontré les trolls. J'essayai de me souvenir des dégâts, mais il y en avait trop : le ventilateur du plafond atomisé, le micro-ondes calciné, les piles de vaisselle fracassée.

— Papa, me lançai-je, je...

— Ça devait arriver. Je savais qu'au bout d'un certain moment, tu aurais la sensation d'être un rat en cage et que tu tenterais de t'enfuir. Tu sais, au début, je voulais avoir plus d'enfants. J'avais décidé que quatre était le bon chiffre. Deux filles, deux garçons, et comme ça personne n'aurait à rester seul. Même lorsque les choses ont commencé à mal tourner, je n'ai jamais cessé de plaider ma cause auprès de ta mère. Je ne peux pas lui en vouloir d'avoir refusé, cela dit. Ce n'est pas en ayant plus d'enfants qu'on ressoude un couple. Je suppose qu'à ce stade, je n'essayais même pas de sauver mon mariage, juste de *te* sauver. J'ai connu les deux côtés de la médaille, tu sais ? J'ai eu un frère, puis je me suis retrouvé fils unique. Je sais quelle différence ça fait. Et j'ai la sensation de t'avoir volé cela. Avoir quelqu'un avec toi quand je ne suis pas là, je veux dire. Ce qui est souvent le cas, je le sais.

— Papa, répétai-je.

— Le désordre dans la cuisine, ça aurait été bien pire si tu avais eu un frère ! C'est juste impossible, deux garçons dans une maison sans qu'il y ait de la casse. Un incendie, une explosion, même.

Il leva les yeux vers les nuages et éclata de rire.

— Tu n'as pas idée des guêpiers dans lesquels Jack et moi on avait l'habitude de se fourrer, je te jure. On avait ces boîtes de petits chimistes, à l'époque, des fusées qu'on faisait décoller en allumant une mèche. Il aurait fallu les vendre avec des pansements et une carte de l'hôpital le plus proche. On n'avait pas de casque quand on faisait du vélo. Et les portes des maisons n'avaient pas de verrous.

Son sourire disparut à ces mots.

— Je ne sais pas, reprit-il. Peut-être qu'il aurait dû y en avoir.

— Je vais nettoyer.

J'avais lancé cette promesse d'une voix ferme. J'allais nettoyer la cuisine, et la rendre plus propre qu'elle l'avait jamais été ; j'allais pédaler jusqu'au magasin et acheter des assiettes pour remplacer celles qui avaient été cassées, un nouveau balai, et aussi des produits d'entretien, sans oublier un ventilateur, et, lorsque papa reviendrait de sa journée de travail, ruisselant de sueur et couvert de brins d'herbe, il serait content de voir combien son fils pouvait être génial.

Mais papa balaya toutes mes bonnes résolutions d'un simple haussement d'épaules.

— C'est déjà nettoyé. N'y pense plus. C'est la semaine du festival. Je veux que tu passes du bon temps. Je suis tombé sur Mme Leach à la quincaillerie ce matin. Pourquoi ne m'avais-tu pas dit que tu avais obtenu le rôle principal dans la pièce ? En fait, je sais pourquoi : les répétitions tardives. Tu avais peur que je ne t'autorise pas à sortir le soir. Eh bien, je t'en donne la permission, Jimmy. Je ne vais pas te mentir, ça me rend nerveux. Je me suis pratiquement sectionné la main sur la tondeuse tout à l'heure en y pensant. Mais c'est ma vie. La tienne t'appartient.

Pour la première fois ce matin-là, il se tourna vers moi. Une croûte descendait sur son menton depuis la commissure gauche de ses lèvres, la trace du schmoof qui avait passé la nuit précédente à dormir dans son estomac. *Sluuuurp. Sluuuurp. Sluuuurp.* C'était ma faute si papa avait dû subir ça, et garder le secret me pesait de plus en plus.

— Je veux que tu sois génial dans cette pièce. Je veux que tu sois génial tout court. Mais, si la pression est trop forte, je veux juste que tu t'amuses.

Son sourire était moins franc, mais il tenta d'y remédier.

— Ne reste pas trop tard, reprit-il. Je veux dire, pas plus tard que nécessaire. Mais tu peux rester dehors le temps qu'il faut. Je ne te le reprocherai pas. Pas cette semaine. Peut-être même pas la semaine prochaine. Ce que je suis en train de te dire, Jimmy, c'est que j'essaye. D'accord ? J'essaye...

Je regardai le soleil, dans l'espoir que les larmes qui coulaient veuillent bien rentrer dans mes yeux plutôt que mouiller mes joues. Je parvins à hocher la tête. Je vis la main de papa se lever, comme s'il allait me donner une petite tape sur l'épaule. Une partie de moi pria pour qu'il ne le fasse pas… sinon je ne pourrais plus me retenir de pleurer. Une partie de moi désirait qu'il le fasse quand même.

Mais il se mit debout, prit ses gants dans sa poche, les fit claquer sur sa cuisse pour en faire tomber les brins d'herbe et ajusta ses lunettes.

Une minute plus tard, il quittait la maison à bord de la fourgonnette de la San Bernardino Electronics. Il donna un petit coup de klaxon quand il manœuvra dans la rue. Ce ne fut qu'au moment où il démarra pour de bon, veillant à bien respecter la limitation de vitesse, évidemment, que la porte derrière moi s'ouvrit en grinçant.

Toby descendit les marches comme le monstre de Frankenstein, tituba devant moi, s'immobilisa, puis écarta les bras pour pousser un grand bâillement. Son tee-shirt rose sale était tendu à craquer.

— Tu… aahhhhhhh… as eu une chouette… ahhhhhh-hhh… discussion avec… ohhhhh, ce que j'ai mal !… ton père ?

Je haussai les épaules. Il baissa les yeux vers moi mais il ne semblait pas croire que ses muscles soutiendraient son poids s'il décidait de se plier pour s'asseoir. Il resta donc debout, comme un épouvantail trop rembourré oscillant sous la brise légère. Je m'attendais à ce qu'il accueille mes projets avec joie : visser des planches de fer sous mon lit pour empêcher les chasseurs de trolls de revenir. Au lieu de cela, son visage encore bouffi de sommeil et strié de marques d'oreiller se fendit d'un léger sourire.

— Une nuit de ouf, hein ? Waouh ! Ça fait quinze ans que j'attends de dire ça ! Une nuit de ouf, t'es pas d'accord ?

Je secouai la tête misérablement.

— Je ne peux pas faire ça, Toby.

— Mais si, tu peux. Tu l'as fait. Nous l'avons fait tous les deux. D'accord, on n'a pas gagné, mais comment on aurait pu ? C'est sûr, apprendre à utiliser deux épées de dingues au lieu d'une batte de baseball et d'une crosse de hockey, ça va prendre plus d'une nuit. Tu crois qu'ils m'en donneraient une si je m'entraînais ? Tu vois, si je leur montrais ce dont je suis capable ?

— Toby, qu'est-ce qui cloche dans ta tête ?

— Quoi ? Mais rien. C'est toi qui as l'air d'avoir pété les plombs.

— C'est parce que j'ai un cerveau et que je m'en sers. Atterris. On ne peut pas faire ce qu'ils nous ont demandé.

— Jim, répondit-il d'une voix larmoyante. Jim, ne me fais pas ça.

— De quoi tu parles ?

— Ils reviennent ce soir. C'est ce qu'ils ont dit. Et on va les aider.

— Ce n'est pas à toi d'en décider.

— Ah bon ?

— Tu les as entendus. Tu n'es pas un chasseur de trolls.

Le visage de Toby prit une teinte rouge brique.

— C'est dégueu de ta part, Jim. Dégueu de me traiter comme ça.

— Qu'est-ce que tu veux que je te dise ? « Ouais, chouette, allons nous faire tuer » ? Je ne t'ai pas assez traduit de choses la nuit dernière ? Ils parlent d'une guerre. D'une vraie guerre. De cette Machine, aussi. Toi et moi, on n'est pas faits pour s'occuper de ce genre de trucs, Tub. On est largués, là, et méchamment.

— Largués ! On n'a jamais été inclus dans quoi que ce soit avant ! Jim, tu te goures. Nous sommes faits pour vivre ça. C'est exactement ce que nous attendions. Ils nous ont choisis. Entre tous, c'est nous qu'ils ont choisis !

— Pas « nous ». Moi.

— Ça signifie que toutes ces fois où je t'ai répété qu'on ne valait rien…

— Je n'ai pas dit ça. Ne m'inclus pas là-dedans.

— D'accord ! explosa-t-il, à présent rouge écrevisse. Alors, juste moi ! C'est moi et rien que moi. Mon Dieu, Jim, regarde donc un peu ma vie ! Tu sais ce que je vaux ? Rien ! *Nada* ! Je suis un gros loser et j'ai toujours été un gros loser. Jusqu'à ce que ce truc arrive. C'est comme un cadeau plein de… Je ne sais pas, moi. Plein d'espoir ? Je sais que ça sonne bizarre quand je dis ça, mais je te jure que c'est exactement ce que je ressens.

— Facile à dire pour toi. Mais c'est à moi qu'on demande de risquer sa peau.

La voix de Toby craqua.

— Ils ne me prendront pas sans toi !

Derrière son épaule, de l'autre côté de la rue, je vis un homme avec une agrafeuse et une poignée d'affichettes lever la tête en entendant notre conversation. Il était sur le point de fixer une des annonces sur un poteau téléphonique, mais, au lieu de cela, il s'approcha. Je gémis.

Un représentant de commerce était bien la dernière personne que j'avais envie de voir à cet instant précis. Ce crétin ne fit même pas attention à la circulation quand il traversa.

— Désolé de vous interrompre, les garçons, commença-t-il, mais...

— C'est pas le bon moment, grommela Toby.

— Toutes mes excuses. Je voulais juste savoir si vous aviez aperçu ma fille.

— Nous venons de nous lever, grogna Toby. Nous n'avons vu personne.

— Peut-être la nuit dernière ? Peut-être êtes-vous sortis et l'avez-vous...

— Écoutez, monsieur...

Toby se retourna vivement, sur le point d'engueuler le type, mais son juron mourut entre ses lèvres. L'homme avait la quarantaine, un bouc noir, des yeux fatigués et injectés de sang. Tout indiquait qu'il était debout depuis des heures et qu'il avait passé la nuit à sillonner le quartier.

Il tendit la feuille d'une main tremblante. On y voyait la photo d'une fillette d'environ six ans, avec des lunettes mauves, un visage agréable, et un sourire auquel manquaient trois dents de lait. Les lettres majuscules au-dessus de sa tête devaient avoir été particulièrement difficiles à écrire : DISPARUE.

— Il y a une récompense...

Le ton sur lequel il venait de prononcer ces mots indiquait qu'il ne croyait pas vraiment à la bonté inhérente des enfants, mais plutôt à leur éternel besoin d'argent. Je détournai la tête, honteux. Tub prit l'affichette.

— Nous vous préviendrons si nous la voyons, marmonna-t-il.

L'homme parvint à esquisser un sourire et hocha la tête. Il recula, les photos de sa fille se froissant dans son poing. Puis il se dirigea vers un poteau de l'autre côté de la rue.

Toby regarda ses pieds pendant quelques secondes avant de relever la tête.

— Ne nous laisse pas tomber, Jim. Ne t'avise pas de nous laisser tomber.

Puis il écrasa la feuille dans ma main et s'enfuit en courant.

25

Les Ğräçæĵøĭvőd'ñŭý étaient des monstres abominables au nom difficile à écrire et impossible à prononcer. Ce contre quoi on m'avait le plus mis en garde était la puissance de leur odorat, qui n'avait nul équivalent dans le monde. Un simple reniflement, et votre odeur était imprimée à jamais dans leur lobe temporal. C'était la raison pour laquelle les Ğräçæĵøĭvőd'ñŭý, plus que tout autre type de troll, devaient être tous éliminés lors d'un combat. Si un seul en réchappait, il partagerait votre odeur avec ses congénères une fois revenu dans sa tanière, et votre demeure serait attaquée en l'espace de quelques heures. Les Ğräçæĵøĭvőd'ñŭý étaient attirés par la ruine et le chaos, et ce soir nous allions les affronter au Paradis de la Ferraille de Keavy. Mais ce n'était pas simplement la destruction qui attirait les Ğräçæĵøĭvőd'ñŭý. Ils cherchaient aussi les refuges pour sans-abri, les orphelinats, les asiles d'aliénés, les résidences pour personnes âgées, les maisons médicalisées... tous les lieux où ils pouvaient se frotter au froid revigorant du désespoir. Keavy était l'endroit idéal : il s'agissait de la plus vaste concentration de carcasses de voitures de tout San Bernardino, et le domaine abritait en outre une maison de retraite à la réputation infâme, « Les Sourires Radieux ». Des ambulances faisaient la navette plusieurs fois par nuit. On racontait que l'endroit servait de couverture à un trafic de méthamphétamines. Les Ğräçæĵøĭvőd'ñŭý agissaient en diffusant du poison dans l'air. Il nous serait alors impossible de rester trop longtemps dans les lieux, de crainte d'être contaminés.

Blinky acheva cette liste de recommandations alors que nous grimpions sur un tas de déchets à l'extrémité de la casse. Il était minuit passé, et on se hissait derrière Jack et ARRRGH !!!. Toby n'était pas avec nous. Je n'avais pas eu de ses nouvelles depuis ce matin et j'avais résisté à la tentation de l'appeler ou de lui envoyer un SMS. Il n'avait rien à faire avec nous. Je me sentais misérable en y songeant, mais c'était déjà assez pénible pour moi de faire partie de cette expédition.

On rejoignit Jack et ARRRGH !!! au sommet du monticule. Devant nous s'étalait un royaume de ferraille.

Blinky déroula un tentacule :

— Je vous présente les Ğräçæĵ… les Ğräçæĵøĭ…

Il émit un bruit étrange, évoquant une attaque de sauterelles. Si quelqu'un devait être à même de prononcer l'imprononçable, c'était bien l'érudit autoproclamé de l'histoire des trolls ! Mais cet exploit allait devoir attendre un autre jour. Le tentacule claqua de frustration.

— Je vous présente les Rouilles ! grommela-t-il.

J'avais appris que d'autres trolls avaient essayé de s'approprier le pouvoir des Ğräçæĵøĭvőd'ñŭý en leur donnant ce nom plus simple. Très vite je compris pourquoi il leur allait particulièrement bien. Ils avaient la couleur du sang séché, mélange homogène d'orange, de marron et de rouge. Chacun d'eux était revêtu d'une armure. Les Rouilles étaient particulièrement maigres et il était impossible de les distinguer parmi les carcasses de voitures.

Jack affûta Docteur X contre un bout de métal trouvé dans l'herbe. C'était un tic nerveux chez lui.

— OK. Des Rouilles. Ils sont sept. Durs à tuer. Sacrément durs à tuer.

Sa voix était dénuée de toute émotion.

— Tu as déjà tué une tique ou un cafard ? demanda-t-il. Eh bien, c'est la même chose. Soit par le feu, soit avec une pointe acérée. Alors, comme on ne va pas brûler cet endroit, on va devoir les embrocher. Jim, ton épée. ARRRGH !!!, tes griffes. Blinky, tu as plein de bras et il y a des bouts de métal partout dans les parages, va donc me trouver un truc pointu. Ensuite, au travail ! On doit clouer ces saletés jusqu'à ce qu'ils arrêtent de gigoter.

— Ils gigotent pendant combien de temps ? murmurai-je.

— Ça va de dix secondes à quarante-cinq minutes. Ça dépend de leur âge.

ARRRGH !!! était recroquevillée et nous dissimulait de son ombre protectrice. Je vis qu'elle me regardait avec ce qui ressemblait à de l'affection. Du plus profond de sa gorge me parvint un ronronnement grave qui me fit comprendre, sans que je sache comment, qu'elle allait veiller sur moi. Elle pencha la tête jusqu'à ce que le rocher enfoncé dans son crâne se trouve à portée de ma main. Je passai les doigts dessus pour me porter chance, comme les enfants trolls le faisaient depuis des années. Un de ses yeux orange cligna malicieusement. Je ne savais quoi en penser jusqu'à ce que sa bouche s'ouvre, révélant une centaine de dents irrégulières et acérées. Elle poussa un rugissement à déraciner les arbres. Même Jack se protégea les oreilles et plaqua le visage au sol. Mais les sept Rouilles avaient tendu leurs têtes décharnées. D'un bond hallucinant, ARRRGH !!! franchit les dix mètres qui nous séparaient d'eux et atterrit dans un bruit de tonnerre, transperçant un des Ğrăçæȷ̆øĭvŏd'ñŭý dans le même mouvement. Jack tourna le visage vers moi, ses cheveux blond sale tombant sur ses yeux brillants d'excitation. Il se redressa et brandit ses deux épées au-dessus de sa tête.

— Chasseurs de trolls ! beugla-t-il. À l'attaque !

Le gamin qu'on choisissait toujours en dernier lors de la constitution des équipes de sport, c'était moi. Le gamin qui restait caché derrière son livre quand Pinkton cherchait une nouvelle victime pour passer au tableau, c'était moi. Mais, là, j'avais senti le poison qui émanait des Rouilles. Il faisait penser au parfum de fruit pourri qui imprègne ces hôpitaux où on entrepose les mourants dans des chambres contiguës. Ça sentait la peur des collégiens victimes de harcèlement. Ça empestait l'odeur de pisse qui souille le lit des enfants qui se réveillent dans une famille d'accueil pour la première fois. Je toussai, crachai, évacuai toutes ces toxines, puis le cri de guerre monta du fond de ma gorge. Le monde était gangréné par le mal et je devais – non ! – je voulais y mettre un terme.

Ce fut une bataille à la fois brutale et excitante. Le chaos était la première défense des Rouilles. À la seconde où on entra dans leur champ de vision, l'un d'eux tenta de nous couper les pieds en se transformant en piège à loup. Un autre prit la forme d'un fil à haute tension bien trop dangereux pour qu'on le touche. D'autres se jetèrent sur nous. Jack se montra à la hauteur, incisant cœurs et doucettes dans des pirouettes inventives, tandis que Blinky repoussait plusieurs adversaires à la fois avec ses lamelles de métal, et qu'ARRRGH!!! déchiquetait les véhicules comme s'il s'agissait d'obstacles en papier mâché.

Trois heures plus tard, l'air était débarrassé de toute toxine et la décharge était redevenue une simple casse automobile. Divers objets pointus clouaient les Rouilles au sol. Il n'en restait plus que deux en action. L'un faisait un peu moins de deux mètres cinquante de haut. Il était si mince qu'il devenait invisible quand il était de profil. Ses caquètements vous grattaient le cerveau comme des ongles, et j'avais vu ARRRGH!!! se frapper les oreilles pour lutter contre la folie qui menaçait de s'emparer d'elle. Jack et Blinky vinrent à son aide, coinçant le troll près de la coque pulvérisée d'une remorqueuse.

L'autre Rouille qui n'avait pas encore été embroché était celui contre lequel j'avais déployé tous mes efforts depuis le début de la soirée. Cette créature aux yeux globuleux n'avait rien de remarquable en soi, à l'exception de la cicatrice en forme de croix sur son menton plat. Elle m'avait touché une dizaine de fois, faisant claquer son corps comme un fouet, mais pour chaque coup reçu j'en avais asséné deux, me souvenant de ma leçon : lapin, taureau, cobra. Enfin, mon adversaire ne put plus encaisser aucun coup. Poussant un caquètement moqueur, il plongea sous un amas de pneus. J'avais découvert que les Rouilles laissent dans leur sillage une traînée noire et huileuse. Je suivis sa trace jusqu'à l'intérieur d'une roue de tracteur, puis par-dessus une pile de roues de motos. Je repérai mon adversaire. Au loin, j'entendis Jack pousser un cri de victoire : la bataille était presque gagnée. J'avançai sur les genoux et dégainai Numéro 6, l'arme parfaite pour ce genre de corps-à-corps.

Une secousse me fit perdre l'équilibre. Le Rouille fut secoué d'un rire hystérique et ses bras filiformes battirent l'air avec frénésie. De l'huile coula sur ses écailles. En quelques secondes il en était recouvert.

Le grondement se fit plus fort. Les pneus empilés autour de moi vibrèrent avec une telle violence qu'ils commencèrent à vaciller. Je me jetai au sol et me protégeai la tête avec les bras juste à temps. Un pneu s'écrasa sur mon dos, me coupant le souffle. Je me redressai pour respirer et entendis du verre se briser, de l'acier se tordre en gémissant et des objets lourds tomber en avalanche depuis les collines de pièces détachées. Mon adversaire glapissait de joie, car il savait ce que cela annonçait.

Le cri de Gunmar le Noir retentit tout à coup. Il hurla à travers les pots d'échappement, beugla dans les postes de radio des voitures mortes, explosa depuis les feux arrière, et résonna entre les antennes de poids lourds comme le diapason du diable. La décharge était emplie de son hurlement.

Je me hissai sur les coudes, puis me dégageai des pneus qui m'emprisonnaient. Je parvins à gagner un terrain découvert et me laissai tomber au sol. Deux tonnes de pièces détachées menacèrent de s'abattre sur moi. Je poussai un hurlement suraigu et détalai à travers une pluie de fer.

Le calme revint et nos yeux découvrirent la prison d'acier qui nous entourait. Jack se débattit pour se libérer. Les tentacules de Blinky se frayèrent un chemin entre les gravats et examinèrent les alentours comme des périscopes. Prise au piège sous plusieurs véhicules, ARRRGH!!! pestait de rage, ce qui avait au moins le mérite de m'apprendre qu'elle allait bien.

Les deux Rouilles survivants n'avaient pas ce genre de problème. Leurs fines silhouettes leur permirent de se glisser aisément entre les débris. J'essayai de me rendre invisible, mais celui qui avait une balafre me renifla et fonça droit sur moi en ricanant. Une longue fente verticale bordée de dents s'ouvrit le long de son torse. Je plissai les yeux et attendis qu'il me morde. Le couinement aigu d'une sirène de police interrompit ma mise à mort. J'ouvris les yeux et vis les Rouilles décamper en toute hâte. Derrière la colline de déchets que nous avions franchie un peu plus tôt, je discernai l'éclat de gyrophares. Une portière claqua et une voix bien connue bégaya :

— P-p-p-police ! Disp-persez-vous !

Le meilleur flic de tout San Bernardino était peut-être en planque non loin de là lorsqu'il avait entendu l'avalanche. Après tout, le sergent Ben Gulager savait parfaitement que les adolescents organisaient des fêtes dans la décharge. Il avait l'air super héroïque quand même, debout sur la montagne d'ordures, en brandissant son arme. Il fronça les sourcils quand il aperçut l'amoncellement de métal qui venait de s'écrouler.

— Les enfants ? Hé ho ? Tout le monde va bien ?

Je voulus pousser un cri, mais l'éclair des lunettes de Jack me prévint qu'il fallait que je reste silencieux. Je grimaçai sous le poids des débris et me demandai combien de temps j'allais pouvoir tenir. Gulager commença à descendre, balayant le sol du pied pour tenter de découvrir des enfants pris au piège. Il ne vit pas les Rouilles se glisser entre les mauvaises herbes, près de lui.

— Faites d-d-du bruit si vous p-p-pouvez m'entendre ! Tapez sur quelque chose !

Il pressa le bouton radio sur son épaule.

— B-base, ici 300. J'ai un 10-97 chez Keavy, sur Grimes. J'ai un éboulement de structure, code 3, et il est possible qu'il y ait des 11-47. Je demande un 11-89 et un 11-41 aussi vite que p-p-p-p…

Il ne finit pas sa phrase. Son pouce glissa du bouton, laissant la petite voix à l'autre bout répéter ses questions dans le vide. Dans un fracas assourdissant, ARRRGH !!! se relevait lentement. Des moteurs, des pare-brise, des portières, des véhicules entiers même, roulèrent et cascadèrent le long de son dos et de ses épaules. Elle se dressa de toute sa taille et secoua la tête. Un pneu était coincé dans une de ses cornes.

La mâchoire de Gulager s'affaissa. Son pistolet pendait à son côté tandis qu'il levait la tête en arrière pour prendre la pleine mesure du monstre. Il était pétrifié par la peur. Il plissa les yeux et il brandit son arme, visant non loin des doucettes d'ARRRGH!!!.

Celle-ci broya un scooter dans une de ses pattes et renâcla d'une façon menaçante. Le souffle fétide atteignit Gulager en pleine face, fit voler sa casquette et tourner sa perruque, qui lui couvrit les yeux. Il jeta son postiche au loin, et il eut ainsi l'air encore plus héroïque : cheveux en brosse traversés par une méchante cicatrice, visage impavide et résolu, son arme entre ses mains.

— À présent, siffla Jack, suis-moi.

Je le vis ramper vers une des collines de métal qui tenaient encore debout. Je le suivis, en gémissant de douleur. Blinky était déjà en sécurité au pied du tumulus et me faisait signe avec une dizaine de ses tentacules. Je me glissai juste à côté d'ARRRGH!!!. J'atteignis enfin la colline et me laissai tomber près de Blinky.

— Tu portes la poisse, fit Jack. Tu es au courant ?

— Il n'est pas responsable, intervint Blinky, conciliant. Le garçon s'est bien débrouillé.

— Pas de vésicule ? Pour la deuxième fois ? Nous perdons cette guerre alors qu'elle a à peine commencé.

— Retournons à la caverne, haletai-je. Nous pouvons trouver un meilleur plan.

— La caverne ? Nous venons de nous battre contre des Rouilles. La caverne est à eux. Ils flairent nos traces en ce moment même et, crois-moi, ils vont débouler avec des amis. On ne résisterait pas cinq minutes si nous y retournions. Nous n'avons plus de chez-nous.

— Les volumes 23 et 24 de ma dissertation sont restés là-bas ! hoqueta Blinky. Ces fieffées fripouilles vont réduire ma poignante prose à un conglomérat de confettis rien que pour le plaisir. Il est vrai que cela ne devrait pas me prendre plus de huit ou neuf ans pour les réécrire mais ma calligraphie n'est plus ce qu'elle était.

— Les armes, gémit Jack. Tant d'armes. Toutes perdues. Et nous sommes censés arrêter la Machine ? Oh, ce n'est pas bon, ce n'est vraiment, vraiment pas bon.

La sirène des voitures de police nous parvint d'assez loin. Jack grimpa au sommet de la pile de métal et claqua des doigts à l'adresse d'ARRRGH !!!. Les clous de ses gants cliquetèrent. ARRRGH !!! renifla en signe d'acquiescement et bomba le torse. J'en savais à présent assez pour me boucher les oreilles. Le rugissement retentit avec la puissance d'une bombe. Des dizaines de pare-brise se brisèrent d'un coup. On en profita pour détaler à toutes jambes.

Jack saisit mon tee-shirt. Le médaillon se resserra autour de mon cou.

— Un abri, grogna-t-il en scrutant le ciel. Il va bientôt faire jour.

26

Toby n'avait pas l'air heureux de me voir.

— Inacceptable, Jim. Il est quatre heures. Du matin.

— La porte de derrière, murmurai-je. Tout de suite.

Il fut encore plus malheureux de me trouver dans sa cour arrière accompagné de deux trolls qui jetaient des coups d'œil inquiets vers le ciel tandis que Jack se tenait, menaçant, à côté de la vieille balançoire décrépite. Toby prit appui contre la porte et soupira tout en grattant sa tignasse ébouriffée.

— Vous vous êtes bien amusés cette nuit, les enfants ?

— Il va bientôt faire jour, lui appris-je. Ils vont se changer en pierre.

— Ah, voilà quelque chose qu'il serait sans doute intéressant de voir.

Jack ajusta sa position juste assez légèrement pour que ses fourreaux résonnent de façon intimidante.

— Pas de blagues, j'ai dit. On n'a pas le temps. J'ai besoin que tu… J'ai besoin que tu héberges ARRRGH !!!.

Il n'y avait pas d'autre façon de le dire. Et Toby éclata d'un rire incrédule.

— Le singe-monstre géant ? Dans la maison de mamie ? Faut que t'ailles te faire une radio de la tête, mec.

— Tu peux la cacher à ta grand-mère bien plus facilement que moi à mon père, plaidai-je. Aide-moi sur ce coup-là. Je prends les autres. Je fais ma part.

— Ça n'est rien que ta part, Jim. C'est toi, le grand et fameux chasseur de trolls, tu te rappelles ? Moi, je suis juste un gamin, tu vois ? Pour quelle raison un illustre chasseur comme toi viendrait demander de l'aide à un loser dans mon genre ? Merci de l'offre, hein, mais je crois que je vais dire non.

— Alors ne le fais pas pour moi ! Fais-le pour elle. Ce n'est pas sa faute si elle est coincée là, dehors. Mais, si nous ne la faisons pas entrer d'ici deux ou trois pierres, d'ici une demi-heure, je veux dire... elle va mourir. Tu veux vivre avec ça sur la conscience ? Tu veux sortir de chez toi le matin et voir ce tas de pierre en face de toi ?

— T'es vraiment un sale enfoiré.

— Appelle-moi comme tu veux. Mais fais-la entrer.

ARRRGH !!! pencha la tête de côté.

— Garçon humain. A beurre cacahuète. Pour manger ?

Les lèvres de Toby se refermèrent, faisant disparaître ses bagues, pendant qu'il délibérait avec lui-même.

— OK, je vais faire comme si elle avait vanté mes grandes prouesses de guerrier. Dans ce cas, c'est d'accord. Je vais le faire, pour elle. Débrouille-toi juste pour la faire entrer avant que les voisins se réveillent.

Passer par la porte fut la partie la plus facile. ARRRGH!!! se tordit sur le côté et ne reprit sa pleine envergure qu'une fois à l'intérieur. Tout allait bien jusqu'à ce qu'elle veuille toucher tous les bibelots du salon, en arborant un sourire ravi. Une étagère de céramiques miniatures s'écrasa au sol. Une rangée de délicates décorations en rotin fut à son tour réduite en charpie d'un simple coup de patte curieuse. Lorsque ARRRGH!!! commença à mâchouiller un vase de fleurs en plastique, je lui donnai une petite tape pour qu'elle avance vers la chambre de Toby. Elle comprit le message, mais en route elle fendit un couvre-canapé en vinyle d'un malencontreux coup de griffe. Je lui désignai un endroit sur le tapis pour qu'elle s'y assoie. Elle s'exécuta avec joie et entreprit sur-le-champ de goûter à tout ce qui se trouvait à sa portée.

— Mes manettes de jeu! s'écria Tub. Ce n'est pas de la nourriture! Méchante troll! Méchante troll! Attends, attends, non, ne… Ne mange pas… Hé, c'étaient mes chaussures préférées! Tu peux pas! Non, je dois… Oh, mec, j'hallucine, c'est juste pas possible! Tu sais combien m'avait coûté ce disque dur? Et je vois même pas comment ça pouvait être bon!

Toby bondit hors de la pièce sans un mot d'explication. Entre-temps, je fis de mon mieux pour arracher ses affaires des pattes d'ARRRGH!!! avant qu'elle les broie entre ses dents. Blinky ne m'était d'aucune aide: absorbé par une étagère garnie de DVD de science-fiction, il dissertait sur l'importance historique de cette bibliothèque détaillant les contacts entre humains et extraterrestres.

Jack, pendant ce temps, restait devant l'entrée. Il regardait le salon comme s'il s'agissait d'une jungle remplie d'une horde de prédateurs.

Des objets commencèrent à voler par la fenêtre. C'était Toby, qui balançait des trucs ramassés dans les cours de ses voisins : un morceau de grillage, quelques nains de jardin rigolos, trois pots de fleurs, un buisson. Puis il se hissa par-dessus le rebord de la fenêtre, et je le tirai à l'intérieur.

— C'est des trucs qu'elle peut becqueter, grogna-t-il. C'est pire que d'avoir un chat...

Il s'immobilisa. Je fis de même. Un chat venait de feuler. On eut à peine le temps d'apercevoir un bout de queue tricolore avant qu'il disparaisse au fond de la gorge d'ARRRGH!!!. Toby se frappa le front du plat de la main, effaré.

— Numéro 20 ! Jim ! C'était Numéro 20 ! Doux Jésus, Jim, elle bouffe les chats de mamie !

ARRRGH!!! se pourlécha les babines et goba un nouveau chat comme s'il s'agissait d'une cacahuète.

— Numéro 36 ! Non ! Pas Numéro 36 !

Un fugitif miaulement de détresse plus tard et c'en était fini de Numéro 36. Toby se saisit la tête, accablé. Pour des raisons que nous étions incapables de comprendre, les chats étaient attirés par la troll et accouraient autour de ses jambes, frottant leurs moustaches contre sa fourrure noire et drue.

— Numéro 23 ! Ouste ! Allez, fous le camp ! Numéro 40, pour l'amour du ciel, décampe !

Toby me saisit par le bras.

— Écoute, ça ne va pas marcher ! Ils ne répondent qu'à leurs véritables noms !

— Alors appelle-les par leurs noms !

— Tu sais que j'ai perdu la liste !

— Retrouve-la !

— Elle est là, quelque part... Oh non, par pitié ! N'importe lequel, sauf Numéro 39 ! C'est le préféré de mam...

La longue langue d'ARRRGH !!! claqua sur les restes poilus de Numéro 39.

Toby enfonça les doigts sur son crâne.

— Mais pourquoi ces crétins de chats s'obstinent-ils à s'approcher d'elle ?

Jack fit un signe de la tête vers le poste de télévision.

— Allume.

On se précipita pour récupérer la télécommande. Toby baissa le volume tandis que je bidouillais les réglages pour tenter d'obtenir une image plus floue et pleine de parasites.

— Pas trop brouillée, l'image, intervint Jack. Ce n'est pas bon pour la santé.

Le sourire d'ARRRGH !!! s'estompa lorsqu'elle aperçut les images floues. Quelques secondes plus tard, des filets de bave glissaient le long de sa mâchoire. À présent qu'il était à portée de main, j'arrachai le pneu toujours empalé sur sa corne gauche. Il alla rebondir de l'autre côté de la chambre, effrayant les quelques chats qui restaient, avant de réduire en miettes un guéridon dans le hall d'entrée. Les pattes d'ARRRGH !!! se détendirent, libérant un matou rondelet et tigré.

Toby se laissa tomber sur son lit. Des poils de chat flottaient encore dans l'air. Ses lèvres bougeaient silencieusement tandis qu'il additionnait le nombre de victimes. Le chiffre était pharamineux. Il faudrait trouver une sacrée excuse et je n'avais pas le temps de l'aider.

— Désolé, Toby. Je ne pensais pas que…

— Contente-toi de dégager d'ici, monsieur le chasseur de trolls, fit-il en plongeant le visage entre ses mains. Mamie se réveille tôt le lundi matin.

27

À l'autre bout du salon, Jack regardait à travers les verres de ses lunettes l'autel au-dessus de notre cheminée électrique. Il passa rapidement devant ses photos d'école, examina son portrait sur la brique de lait, et s'attarda sur un cliché le représentant avec son frère, tous deux enlacés dans un bac à sable. Je restai dans le couloir, dans le noir, par peur de l'interrompre.

Blinky me rejoignit, sa chaleur visqueuse réchauffant ma peau glacée. Lui et moi avions fait le vide dans mon placard, de sorte qu'il pourrait y loger pendant la journée, recroquevillé et couvert d'un drap. Il était préoccupé par l'arrivée imminente de l'aube, mais il prit quelques secondes pour parler de Jack.

— Du tact, de la politesse, de la patience, énonça-t-il lentement. Ces qualités sont aussi inconnues de ton oncle à présent que lui étaient nos mœurs de trolls lors de sa première saison sous terre. La moindre des odeurs du monde extérieur, comme celles des fleurs qui éclosent ou du pain sorti du four — odeurs que l'on me dit être agréables pour vous autres — le fait frémir. Pourquoi crois-tu qu'il porte son masque jusqu'ici ?

— Il pourrait revenir, suggérai-je. On pourrait l'adopter, ou…

— Ce serait comme adopter un animal sauvage en imaginant qu'il fera autre chose que te mordre. Jack est devenu une créature de la pierre, de la boue, des cavernes et des égouts, bien plus chez lui dans notre glorieux monde de saleté et de crasse que dans votre contrée aux lumières blessantes, aux angles pointus et d'une stérilité abrutissante. Tu connais Peter Pan et le Pays Imaginaire ? C'est ce qu'est le monde des trolls pour Jack. Les étapes que les humains franchissent tout au long de leur vie sont des rituels auxquels il ne prendra jamais part. Plus jamais de passage en fin d'année scolaire. Pas de premier baiser. Pas de permis de conduire. Pas de famille. De se voir privé de tout cela a suscité en lui une grande rage ; ce n'est un secret pour aucun de ceux qui l'ont vu se servir de sa lame. Mais c'est une rage utile. Il ne serait pas le guerrier qu'il est devenu sans elle. Il le sait et il l'a accepté. C'est une tragédie, certainement, mais elle est nécessaire.

Sur ce, Blinky se pelotonna dans les recoins rassurants du placard.

Dans ma chambre, j'ôtai mes chaussures et mon sweat. Je sentis quelque chose dans ma poche et en retirai un bout de papier froissé. C'était l'affiche concernant la petite fille aux lunettes mauves. Celle qui avait disparu. Je la regardai un moment, songeant aux changelins et à toutes les créatures qui se rassemblaient pour nous envahir. Je retournai dans le salon. La lumière du soleil commençait à filtrer à travers les fentes de la forteresse.

Jack n'était plus là. J'eus un brusque accès d'inquiétude, puis découvris que la porte de la chambre de papa était ouverte. Cela ne fit qu'ajouter à mon anxiété. Je me précipitai et passai la tête dans l'entrebâillement.

Jack, penché au-dessus du lit, regardait avec un émerveillement chagriné le vieil homme ridé qui avait autrefois été un garçonnet surnommé Jimbo. Il tendit la main, comme pour caresser le visage de son frère, mais se retint lorsqu'il se souvint que ses doigts étaient couverts de clous. Les lunettes de Jack se remplirent de buée. Papa eut un sursaut dans son sommeil. Il déglutit. Quelque chose lui chatouillait la gorge. Jack me poussa hors de la chambre.

— Le schmoof, expliqua-t-il. Crois-moi, tu ne veux pas voir ça.

Une lueur couleur pêche envahit peu à peu le salon. Nous étions lundi matin. Cela signifiait que papa devait partir travailler et moi, aller au lycée. Le lycée... Comment faire face à ces couloirs fadasses et ces têtes ignorantes, à présent que je savais ce que je savais ? J'avais l'impression qu'un siècle s'était écoulé depuis que Toby et moi avions été enfermés dans les vestiaires, étions tombés des cordes du gymnase, avions rampé sur le parking pour échapper aux rebonds du ballon de Steve Jorgensen-Warner.

— Il y a un grenier, déclarai-je. Papa n'y va pour ainsi dire jamais. Tu pourrais t'y cacher.

— Non.

— Ou alors le garage ? Il faudrait juste te recouvrir avec...

Papa bâilla dans son lit. Jack regarda la porte de sa chambre avec plus d'appréhension que s'il s'était retrouvé confronté à un bataillon de trolls.

— Je serai de retour à minuit, annonça-t-il.

— Tu ne peux pas revenir dans ta caverne. Les Rouilles…

— Je suis un garçon, affirma-t-il, comme s'il essayait de s'en convaincre lui-même. Je ne vais pas me changer en pierre. Donne-moi des vêtements et je vais me balader en ville. Rester assis sur un banc dans un parc. Comme un gamin. Un gamin tout ce qu'il y a de plus normal.

— D'accord, acquiesçai-je, mais on n'est plus en 1969. Si des adultes te voient seul, ils risquent de te poser des questions, ou d'appeler les…

— Je saurai me débrouiller, m'interrompit-il en claquant des doigts. Des vêtements. Tout de suite.

28

Pinkton ne voulait pas me lâcher, parce que je n'avais pas fait mes devoirs. Mes devoirs ? J'essayais de me rappeler la signification de ce mot tandis qu'elle restait à côté de ma table en maugréant alors que le reste de la classe tentait de résoudre les problèmes écrits au tableau. Elle me prévint une nouvelle fois de l'importance du contrôle de vendredi, ma dernière chance. Je pris un air contrit. Mes yeux se détournèrent de Pinkton pour embrasser le reste de la classe.

Il y avait deux tables vides.

Ça ne voulait rien dire. Je le savais. Il y avait des rhumes en pagaille. Comme d'habitude, non ? Entre deux cours, je me concentrai sur les décorations du festival pour éviter de compter le nombre d'absents. Il n'y en avait qu'un au cours de biologie. Rien d'étonnant. Deux en littérature américaine. Pas très surprenant. J'envisageai un moment de parler à Toby avant le cours de gym pour avoir son opinion, mais il revêtit sa tenue de sport avec une vitesse inhabituelle. Il n'avait pas l'air en colère, juste éreinté. Les petites touffes de poils noirs et drus qu'il ôtait de son appareil dentaire et chassait de ses vêtements m'étaient familières.

Plus tard, je le hélai dans le couloir, mais mon cri fut noyé par la horde de pom-pom girls qui alpaguaient les clients potentiels en essayant de leur vendre des « Steve Smackers ». Le proviseur Cole avait acheté un entrepôt entier de ces faiseurs de bruit bon marché deux ans plus tôt pour compenser un déficit dans le budget des sports. (On racontait que le nouvel écran géant avait peut-être quelque chose à voir dans ce déficit.) Chaque instrument se composait de deux plaquettes en bois qui faisaient un boucan terrible quand on les secouait. Ils étaient incroyablement énervants, et évidemment les fans de foot des environs les avaient adoptés aussi facilement que les chiens les poteaux dans les rues. Comme Steve était la vedette montante du lycée, on les avait surnommés les Steve Smackers. Pas bête comme plan marketing pour écouler de la camelote à quinze dollars l'unité.

C'est presque par accident que je me retrouvai à la répétition de la pièce de théâtre après les cours. J'avais eu au départ l'intention de me précipiter à la maison pour voir comment allait Blinky, mais mes yeux étaient tombés sur une série d'affiches pour *Roméo et Juliette*, qui me conduisirent vers l'auditorium. Mme Leach venait juste d'annoncer qu'ils allaient commencer par la scène 1 de l'acte I, mais sauter le début, car notre Samson et notre Grégoire étaient absents. Personne, moi excepté, ne trouva cela alarmant.

Le premier grand moment était le duel entre Benvolio et Tybalt. Les deux apprentis comédiens formaient un duo d'adversaires assez crédible jusqu'à ce que l'on sorte les armes factices. Benvolio, qui avait déjà joué dans une dizaine de productions amateurs, improvisa chaque botte et chaque parade avec un comique d'exagération, tandis que Tybalt, qui montait sur scène pour la première fois, zébrait l'air de sa lame comme pour chasser les mouches. Il laissa à plusieurs reprises échapper son arme, qui atterrit dans les premiers rangs.

Mme Leach leur cria de faire plus simple, plus court et moins dangereux pour les spectateurs. En dépit de cela Benvolio et Tybalt continuèrent de perdre le contrôle de leurs fleurets ou d'atterrir sur les fesses. À chaque fois, notre Lord Capulet déclamait la grande réplique de son personnage : « Quel bruit est-ce là ? Vite, mon épée ! » Les élèves ricanaient. Mme Leach était affligée. Les deux combattants étaient couverts de bleus et à bout de souffle. Il fallait faire quelque chose.

Tout en léchant ses doigts qui sentaient encore les chips et en buvant quelques gorgées de soda au raisin, Claire s'avança nonchalamment entre les duellistes. Elle faisait une Juliette sauce *steampunk*, vêtue d'un pantalon d'aviateur noir retroussé jusqu'à mi-tibias qui laissait nue une quinzaine de centimètres de peau entre son pantalon et ses chaussures de randonneuse. Sa veste à chevrons kaki était déboutonnée, révélant des bretelles marron qui pendaient sur ses hanches. Des bracelets multicolores étaient passés autour de ses poignets, et ses couettes claquaient dans son dos. Elle arborait son fameux sourire narquois.

Pour la première fois de cette journée, je ne songeai pas aux trolls.

— Ton arme, mon bon Benvolio, lança-t-elle, en tendant la main.

L'apprenti Benvolio haussa les épaules et lui remit son fleuret. Claire le fit rebondir dans la paume de sa main pour tester son poids.

— Ça ira.

La lame tournoya dans l'air, dessinant un huit puis un autre. Les couettes dansèrent.

— Adéquat.

En extension sur la pointe de ses bottes, elle sautilla en avant et en arrière, et le fleuret virevolta comme un lasso au-dessus de sa tête, sur les côtés, et presque au ras du sol.

— Tolérable.

Claire tapota délicatement le fleuret de Tybalt avec sa lame. Il déglutit et tendit l'arme à bout de bras, aussi loin qu'il pouvait. C'est alors que Claire Fontaine se transforma en une déesse guerrière. Sa lame siffla dans les airs, elle frappa l'arme de Tybalt de six angles différents, exécutant chaque manœuvre avec un brio qui ferait sensation jusqu'aux fauteuils les moins bien placés. Entre chaque coup, elle lâchait quelques petits conseils.

— Attaques circulaires. Plus faciles pour suivre l'action !

Tybalt grimaça et agrippa son arme comme si sa vie en dépendait.

— Jeu de jambes ! Trois pas, Benvolio ! Trois pas, Tybalt ! Joue ! C'est une pièce ! Marquez les coups reçus, messeigneurs !

J'étais tout aussi abasourdi que les autres. Elle improvisait sa chorégraphie de combat là, comme ça, et c'était tellement crédible et évident que toute la troupe mourait d'envie de prendre part à la démonstration. Elle finit par désarmer Tybalt d'un moulinet du poignet, et son fleuret tomba en cliquetant sur la scène. Claire baissa son arme. Elle leva la tête et souffla longuement, chassant des mèches de cheveux trempées de sueur. Elle salua de sa canette et but une gorgée. Elle n'en avait pas renversé une goutte. Personne ne dit un mot avant que Lord Capulet se souvienne brutalement de sa réplique préférée.

— « Quel bruit est-ce là ? Vite, mon épée ! »

Ce fut un tonnerre d'applaudissements et personne ne frappa aussi fort dans ses mains que moi. La lueur qui brillait au fond des yeux de Mme Leach traduisait l'espoir insensé qu'elle allait peut-être réussir à monter cette pièce de théâtre. Le silence revint progressivement, jusqu'à ce que subsiste un unique applaudissement, dont la régularité était propre à rendre fou. On se retourna tous. Mais personne ne frappait dans ses mains.

— Merveilleux, fit Steve Jorgensen-Warner tout en continuant de faire rebondir sa balle. Je n'ai jamais rien vu de pareil.

Claire rougit et regarda le bout de ses bottes comme si elle venait de prendre conscience que ses mollets étaient exposés et en était gênée.

— Des cours, lança-t-elle. Papa et maman m'ont fait pratiquer pendant six ans.

— Je suis content qu'ils l'aient fait, poursuivit Steve. C'était juste splendide.

Mme Leach fronça les sourcils. Elle n'aimait pas du tout qu'un sportif fasse irruption dans son domaine sacré.

— En quoi pouvons-nous vous aider, monsieur Jorgensen-Warner ?

Steve arbora son sourire de star de cinéma. Habitué à arpenter les terrains et les stades, il grimpa sur scène en trois bonds agiles. Les comédiens laissèrent échapper un murmure d'admiration. Les yeux de Claire ne quittèrent pas l'athlète vedette une seule seconde.

— J'ai un petit problème urgent à régler concernant mes notes, commença Steve, avec un sourire faux. Mon prof de sport m'a expliqué qu'il existe un système de points dont je pourrais me servir pour gonfler ma moyenne, et que ça me permettrait de jouer vendredi. C'est dingue, parce que tout le monde compte sur moi pour ce match. La ville entière, on dirait. Bon, bref, il m'a donné le choix entre trois possibilités.

Il cala le ballon au creux de son bras et sortit de sa poche arrière un bout de papier plié en quatre. Mme Leach le lui prit des mains, l'agita comme un éventail jusqu'à ce qu'il s'ouvre, et lut à voix haute :

— « A : épreuve de trigonométrie. B : élaborer un projet scientifique de panneau solaire. C : être doublure au théâtre. »

— Le prof a dit que c'était comme quand on est sur le banc de touche. Je jure que je ne dérangerai pas. Je veux juste filer un coup de main, comme ça vous arrange le mieux.

Il est exceptionnel de voir une telle maîtrise dans l'art de désarçonner les adultes. Rares étaient les professeurs de San B. à rivaliser avec Mme Leach en termes d'aigreur et d'acrimonie, et pourtant elle fondit en deux secondes sous nos yeux incrédules. Elle replia la note et la glissa dans sa poche. Et puis quoi encore, elle allait la coller dans son *scrapbook* personnel ?

— Bien sûr, Steve, nous serions très heureux de t'avoir à nos côtés. Il est toujours bon d'avoir une doublure. En fait, tu arrives à point nommé. Notre Roméo devait justement revêtir son costume de scène. Jim, prête donc ton texte à Steve le temps qu'on t'aide à enfiler ton costume. La scène du balcon.

Et c'est ainsi qu'un sort cruel conduisit Steve Jorgensen-Warner à échanger des vers romantiques avec Claire Fontaine, tout là-haut sur le balcon, tandis que je me retrouvais dans une pièce annexe à me tortiller pour rentrer dans une chemise, une paire de collants et une jupette à volants tirée d'un vieux péplum. De plus, les deux étudiantes qui étaient censées m'aider ne parvenaient qu'à me pincer la peau en des endroits où j'aurais préféré qu'on ne me pince pas, et elles poussaient des soupirs en disant qu'il allait falloir trouver des chaussures à talons pour compenser ma petite taille. Elles voulaient savoir si je savais marcher avec des talons. Je hochai la tête impatiemment. Bien sûr que je savais marcher avec des talons ! Oh, j'aurais dit n'importe quoi pour mettre un terme à ce désastre.

De l'endroit où j'étais, j'entendais les petits riens très tendres que s'échangeaient Claire et Steve. Claire, évidemment, stupéfiait tout le monde par son assurance et l'intensité de son jeu. Mais Steve était nettement plus surprenant : il délivrait ses répliques au pas de charge, à la façon d'un athlète franchissant en force une ligne de défense adverse. Sa diction respirait une maîtrise absolue de soi, qualité qui faisait défaut à l'immense majorité des comédiens de lycée. Même sa façon de mal prononcer certains mots était bluffante. Tout le monde adorait.

— Très joli, apprécia Mme Leach. Comment as-tu fait pour avoir déjà tout appris ?

— Ce n'était pas très dur, répondit Steve. Je pense que ça vient de l'habitude de mémoriser les tactiques de jeu.

— Eh bien, tout cela est très impressionnant. Continue comme ça.

La situation devenait incontrôlable. Il fallait que j'intervienne et vite, avant que Steve me vole le rôle sous mes propres yeux. Mes lacets n'étaient pas complètement noués mais je m'élançai en titubant.

— Je suis prêt ! annonçai-je, un peu perdu, sur scène.

Des éclats de rire fusèrent de toutes parts. Je traversai la scène malgré tout, mais commençai à suspecter que ma jupe violette et mes collants argentés ne me présentaient pas sous mon meilleur jour comparé à Steve Jorgensen-Warner, assez élégant dans son blue jeans et sa chemise.

— On va laisser Steve terminer, intervint Mme Leach.

Il y avait quelque chose qui n'allait pas avec mes pieds. Impossible de garder mon équilibre.

— Non, ça va, je gère, fis-je. Je suis au point, et prêt à...

Mes chevilles juchées sur talons hauts me trahirent et se tordirent, m'envoyant buter contre Benvolio et Tybalt, qui perdirent tous deux leur fleuret. Quelques secondes plus tard, mon coude droit heurtait violemment l'oreille de Frère Jean, et ma main gauche qui moulinait se referma malencontreusement sur un sein de Lady Montague. Le temps qu'elle pousse un hurlement, j'étais déjà loin, hors de tout contrôle. Je butai tête la première dans le décor. Sa base s'écroula et j'entendis une planche craquer. En quelques secondes, la structure s'affaissa. Je poussai de toutes mes forces et me dégageai juste à temps pour la voir s'effondrer.

Comme prise au piège dans un bâtiment en flammes, Claire défonça son balcon à coups de pied et sauta. Je pense qu'à ce moment précis, on se représenta tous son corps splendide horriblement mutilé. Mais Steve resta où il se trouvait, impassible. Il ajusta sa position et se prépara à la recevoir comme s'il s'agissait d'un des innombrables ballons tombant du ciel reçus dans sa carrière. Claire atterrit entre ses bras avec la légèreté d'une danseuse, ses bras se nouant le plus naturellement du monde autour du cou de Steve.

Il y eut un dernier choc au moment où le balcon heurta la scène et explosa en mille morceaux. Un silence de mort s'installa. Mme Leach était pétrifiée. Claire leva la tête vers Steve, les yeux pleins de reconnaissance.

Steve eut un large sourire.

Mon cœur s'affaissa dans ma poitrine.

Steve faisait toujours rebondir le ballon avec sa main gauche.

— « Quel bruit est-ce là ? s'enquit Lord Capulet. Vite, mon épée ! »

Claire s'esclaffa. Steve, surpris, la tint un peu plus fermement. Des rires soulagés montèrent de la troupe et des spectateurs, qui s'étreignirent, heureux survivants d'un évènement qui allait bientôt entrer dans les annales du club théâtre de San B.

Il s'écoula environ une dizaine d'années avant que les répétitions se terminent, selon mon ressenti. Je songeai que cet accident avait été une bonne chose : les chasseurs de trolls n'avaient pas de temps à consacrer aux cours, et encore moins aux matières optionnelles. Je me dis que je ferais bien d'oublier l'épisode, d'annoncer à Mme Leach que j'abandonnais et de rentrer chez moi.

Ôter ma paire de collants se révéla un nouveau défi, et le temps que je retourne à l'auditorium, tout le monde était parti. Je me glissai par une sortie latérale et, une fois à l'extérieur, je regardai Steve s'habiller et traverser au petit trot le terrain de football dans la grande ombre rectangulaire de l'écran géant, tandis que les pom-pom girls faisaient claquer leurs Steve Smackers en signe d'admiration. J'étais sonné. Steve était tout, et il avait tout. Moi, je n'étais rien, et je n'avais rien… Ni Claire, ni Toby, ni papa. Le seul choix qui me restait était de me plonger dans la nuit.

29

Ce soir-là, on commença à gagner. Les frustrations de ma vie – jeux vidéo non terminés, hobbies abandonnés, épreuves sportives où j'avais échoué face à des types bien plus musclés que moi… – tout cela me nourrissait de ce dont j'avais besoin en tant que chasseur de trolls. Ma vie, loin d'être un pitoyable gâchis, me donnait l'impression de n'avoir été qu'une préparation à ma mission.

Aucun de mes amis guerriers n'eut besoin de faire le moindre commentaire au sujet du changement qui s'était produit en moi. On le ressentit tous, et personne de façon aussi concrète que les Gumm-Gumm que l'on élimina. Notre première victoire cette nuit-là fut remportée face à un quatuor de Wormbeards : des créatures massives dont la spécialité était d'insuffler aux enfants des cauchemars qui les poussaient à s'enfuir de chez eux, tristes petites escapades qui trouvaient systématiquement un terme lorsqu'ils passaient sous un pont.

Les Wormbeards étaient si gros qu'ils pouvaient vous rouler dessus. Ils se déplaçaient à des vitesses étonnantes, et je ne pense pas pouvoir oublier un jour ma course au bas de

Jefferson Street, Jack, Blinky et ARRRGH!!! sur mes talons, derrière une masse grise qui défonçait sur son passage les boîtes aux lettres, les panneaux routiers, et une bouche d'incendie. Je fonçai droit sur le monstre et jetai Lameclaire comme un javelot. La lame s'enfonça dans la colonne vertébrale du Wormbeard. Tout son corps se détendit et ses pattes éraflèrent deux voitures. Le lendemain, on blâmerait des conducteurs coupables de délit de fuite. Nous seuls connaissions la vérité.

On tenta d'intimider les Wormbeards afin qu'ils nous révèlent le lieu où se terrait Gunmar. Ils nous rirent au nez jusqu'à leur dernier souffle. En nous servant du flair d'ARRRGH!!! et de l'astrolabe de Jack, on passait de pont en pont en quête du passage menant à la tanière des Gumm-Gumm. En vain.

Le mardi matin arriva à une vitesse vertigineuse. Je traînai ma tristesse le long de couloirs décorés de papier crépon rouge et blanc. En cours de sport, je refusai carrément de grimper à la corde à cause de mes muscles endoloris. Toby ne prononça pas un mot en ma faveur lorsque M. Lawrence me donna des heures de colle. Je pris ce bout de papier sans valeur et le gardai sur moi tandis que j'allais à la répétition de théâtre, où je fus parfaitement incompréhensible tant j'étais fatigué. Mme Leach n'eut d'autre choix qu'appeler Steve. De toute façon, j'étais sûr que c'était lui que Claire préférait. Avec un mélange de remords et de soulagement, je m'avachis dans un siège, apaisé par l'idée que mes talents étaient de ceux qui devaient rester cachés. Encore quelques heures et j'allais le prouver.

Les Yarbloods étaient les plus petits trolls de l'univers connu. On déplore leur présence un peu partout depuis la nuit des temps, des pictogrammes sumériens aux hiéroglyphes égyptiens. Ces casse-pieds de légende n'étaient pas plus gros que des moustiques et faisaient leur proie des enfants qui jouaient dehors trop tard le soir. Les Yarbloods se collaient à leurs cheveux comme des poux et creusaient un chemin dans leur crâne pour y loger des maladies. On suivit l'astrolabe jusqu'à leur dernier terrain de chasse : un orphelinat.

Jack tartina la lèvre supérieure de tous les enfants atteints de fièvre que l'on croisa avec une sorte de pâte visqueuse dégageant une odeur infecte. La substance provoquait une irrésistible envie de faire ses besoins. Nous étions cachés dans le couloir lorsque le premier garçon tituba jusque dans les toilettes. Quand il sortit, on se précipita à l'intérieur et Jack m'ordonna de mettre la main au fond de la cuvette. Je le fis sans poser de question, plongeant mon bras dans l'eau jusqu'au coude. Je sentis une sorte de bouchon et luttai contre celui-ci pendant quelques minutes avant d'extirper un amas de trolls blancs, chacun de la taille d'une souris, accrochés les uns aux autres par les dents et les griffes. Les Yarbloods n'étaient pas très agréables à capturer – je ne vais pas vous dire le contraire – mais assez faciles à tuer.

Alors qu'on était sur le point de partir, on aperçut le sergent Gulager qui patrouillait devant le bâtiment. Je distinguai ses traits tirés à la lueur du tableau de bord au moment où il finissait ce qui devait être la dernière d'une longue série de tasses de café. Après avoir vu ARRRGH!!! de ses propres yeux à la casse, il avait commencé à douter de sa santé mentale, mais il avait toujours une communauté sur laquelle il devait veiller. Il était donc debout toutes les nuits, comme moi, à faire ce que sa conscience lui dictait. Je songeai à lui lorsqu'on passa les quelques heures qui suivirent à brûler des vésicules, à l'arrière d'un entrepôt désaffecté.

Mercredi arriva. La seule façon que j'avais de mesurer le temps était le nombre sans cesse croissant d'élèves absents dans les classes. C'était la même chose lors des répétitions. Où était notre Mercutio? Notre Frère Jean? La nuit suivante, on dut affronter les Zunn. On ne va pas y aller par quatre chemins : ils avaient pour mission de choper des enfants pour Gunmar. Les Zunn attaquèrent en meute, se jetant sur nous comme des joueurs de rugby à la mêlée. C'était assez intimidant, mais leur technique à base de rentre-dedans et de tape-tout-ce-qui-bouge ne valait pas nos épées bien maniées, quelques dizaines de tentacules qui claquaient comme des fouets et un membre de la famille ARRRGH!!!, qui, la panse bien garnie, avait déjà repris du chat trois fois. Alors que la défaite les guettait, les Zunn se mirent à entonner leur hymne de bataille. Je ripostai en citant des vers de Shakespeare :

— «Prends la mesure de ta tombe non encore creusée, démon!»

Et ainsi disparut une doucette.

— «Hélas, il y a plus de danger au fond de mon œil que dans vingt de tes épées!»

Et, pouf, deux mains.

— « Oh ! Elle montre véritablement aux torches à briller plus ardemment ! »

Et une tête de moins.

Jamais un chasseur de trolls n'avait tué avec autant de panache. Même mes compagnons étaient stupéfaits. Bientôt, l'escouade de Zunnn était anéantie et on passa le reste de la nuit à chercher en vain les Gumm-Gumm. Plus d'une fois il nous fallut nous cacher pour éviter la vigilance du sergent Gulager. Il était partout, tout le temps, et j'en fus véritablement impressionné. Il voulait aider, c'était évident. Mais même les héros ont leurs limites. Cette bataille n'était pas pour lui.

30

Lorsqu'on rentra à la maison, je ne prêtai guère attention à la lumière et aux sons qui venaient de la télé. Je préparai le repas de papa, et je m'apprêtais à grappiller quelques heures de sommeil quand je tombai sur lui. Il était collé à la télé. Au début, je ne distinguai rien du programme en raison de la mauvaise qualité des images, mais je reconnus enfin les trolls. Et pas n'importe lesquels.

Il s'agissait de Blinky et d'ARRRGH!!! debout dans notre cuisine, le visage barbouillé de beurre de cacahuète. J'entendis des voix humaines. Ma voix. Celle de Toby. Je fus pris de vertige. J'avançai en titubant et aperçus les fils reliant l'ours en peluche à la télé. La nounou cam, je l'avais totalement oubliée !

Papa restait figé sur le canapé, hébété.

Jack n'eut pas besoin de dire un seul mot : il avait oublié de le schmoofer. Le sac en papier dans lequel j'avais glissé le repas de midi me tomba des mains. Le bruit arracha papa à l'écran et avec une lenteur douloureuse il tendit le bras vers l'ours en peluche. Le film granuleux disparut, remplacé par un flash d'actualités montrant le sergent Gulager, les yeux caves, refusant de confirmer quatre nouvelles disparitions d'enfants.

— On ne peut pas les considérer comme telles avant que vingt-quatre heures se soient écoulées, affirmait-il.

— Au vu de ces évènements, demandait le reporter, le festival des Feuilles Mortes devrait-il être annulé ? Ce serait la première fois dans l'histoire de San Bernardino.

— Bien sûr que non, rétorqua Gulager, impossible. Il n'y a aucune raison de paniquer.

Papa attendit de pouvoir respirer normalement avant de se tourner vers nous. Il se redressa. Les ressorts du canapé gémirent. Il était bien plus grand que Jack.

Il fit un pas en avant, ses yeux noyés de larmes, bouleversé. Jack était à côté de moi, à la porte.

— Jack ? murmura papa. C'est vraiment toi ?

— Jimbo, fit Jack.

Il y eut une pause, que remplit le caquetage d'une coupure de pub.

— Je suis désolé, dirent les deux frères en même temps.

Papa tendit les bras vers Jack, mais il bascula en arrière. Au moment où les premières lueurs du matin percèrent les interstices des volets d'acier et frappèrent la photo sur la brique de lait de ce frère perdu quarante-cinq ans auparavant, mon père, Jim Sturges Senior, inventeur de la méthode de réparation des lunettes à l'aide d'un pansement et concepteur non crédité de l'étui Excalibur, mon père, disais-je, s'évanouit.

31

Quatre-vingt-huit sur cent. Pinkton me l'avait rabâché depuis des semaines. L'interro de maths était pour demain et c'était ce score que je devais atteindre. Mais j'étais obsédé par d'autres calculs :

Quatre-vingt-huit pour cent de chances que je ne joue pas Roméo.

Quatre-vingt-huit pour cent de chances que Toby ne m'adresse plus jamais la parole.

Quatre-vingt-huit pour cent de chances que Gunmar le Noir fasse sa réapparition.

Quatre-vingt-huit pour cent de chances que je meure sur le champ de la bataille contre les trolls.

Quatre-vingt-huit pour cent de chances que papa ait perdu le peu de cervelle qui lui restait.

J'avais laissé papa et Jack dans le salon. On avait transporté mon père – toujours inconscient – sur le canapé pendant que je prenais une douche rapide. Le temps que j'émerge et que j'enfile des vêtements propres, il était réveillé, mais recroquevillé sur un coin du sofa. Il évitait de faire face à Jack et murmurait qu'il avait été piégé, que quelqu'un essayait de lui jouer un tour. Jack, faisant jeune et innocent dans mon baggy, me regarda d'un air particulièrement désemparé. Papa allait-il appeler Gulager ? Cole ? Trouverait-il un moyen de m'empêcher de traquer du troll la veille du jour où le Killaheed serait enfin reconstruit ?

Jack voulait que je sèche les cours et que je l'aide à gérer la situation avec son frère… Chasser et tuer, il savait faire, mais, là, il ne maîtrisait plus rien. Les retrouvailles des deux frères étaient bien trop intenses, bien trop intimes. Au lycée, je pouvais me perdre dans le vacarme d'ados dont les préoccupations n'allaient pas au-delà du match du lendemain. C'était déjà ça. Je saisis mon sac à dos et ne me retournai pas avant d'être monté dans le bus.

Avant d'aller au cours de Pinkton, je fis une halte rapide à mon casier pour y prendre mon livre de maths. Je me surpris à vouloir m'y enfermer, juste afin de profiter d'un moment de solitude et de faire une sieste. Alors que je pesais le pour et le contre de ce plan, j'entendis un éclat de rire cruel depuis le fond du couloir. Ce n'était pas suffisant pour me convaincre de bouger. Même les rebonds du ballon de basket n'arrivaient pas à retenir mon attention. Ce qui éveilla ma curiosité, ce furent ces quelques mots, prononcés d'une voix posée et claire :

– Dix dollars, c'est le nouveau tarif. L'inflation…

La tête de Toby était coincée sous le bras de Steve Jorgensen-Warner. On jouait la rediffusion de la scène de la caverne aux Trophées, avec en bonus sympa l'augmentation de la somme. Toby ne pourrait jamais suivre, vu ce que lui allouait sa grand-mère. J'étais déjà près d'eux avant de comprendre ce que je faisais, après avoir écarté les curieux de mon passage. Je n'étais plus celui que j'étais une semaine auparavant, loin de là.

Je repoussai violemment Steve. Je n'avais encore jamais eu conscience de ma force. Steve ne bougea pas pour autant. Mon geste eut cependant l'effet escompté. Il jeta Toby sur le côté pour se tourner vers cette nouvelle victime, bien plus intéressante. Un tintement pareil à un coup de cymbale m'annonça que la tête de Toby venait d'entrer en collision avec un casier, mais je gardai les yeux rivés sur mon ennemi et le ballon qu'il faisait toujours rebondir.

Smack, smack!

— Jim, merci de t'être rappelé à mon bon souvenir! s'exclama Steve. Je voulais te demander si tu étais d'accord pour rejoindre la liste de nos donateurs quotidiens. C'est un chouette programme, et il comporte beaucoup d'avantages.

— Laisse Toby tranquille.

Smack, smack!

— Je prends cette réponse pour un oui. Pourquoi ne commencerions-nous pas tout de suite?

— Tu lâches la grappe à tout le monde. On en a marre de tes conneries.

Smack, smack!

— Vraiment? Je n'avais pas remarqué. En fait, je pensais que c'était exactement le contraire.

— C'est juste qu'ils ont peur de toi. Pas moi.

Smack, smack !

— Peur ? Pourquoi quelqu'un aurait-il peur de moi ? C'est moi qui vais marquer l'essai de la victoire demain. C'est moi qui vais rapidement changer de costume pour jouer dans une pièce minable sur un stade. Et, toute la soirée, on ne verra que moi sur l'écran géant du Jumbotron. Je ne fais pas ça pour ma gloire personnelle, Jim. Je le fais pour le lycée ! Les gens apprécient ce genre de geste. Ils ne sont que trop contents de donner quelques dollars ici et là pour la cause.

Smack, smack !

— C'est mon rôle, grognai-je.

— T'étais vraiment mignonne avec ta jupe et tes collants, je te le concède. Dur, hein ? Ne t'inquiète pas, quand je roulerai une pelle à ta Juliette, je le ferai de notre part à tous les deux.

— Pourquoi t'intéresses-tu tellement à Claire, tout d'un coup ?

— Pourquoi ? répéta Steve, intrigué. Et pourquoi pas ?

Il s'esclaffa. Je me rendis compte que ma voix était implorante. La force qui avait nourri mes poings quelques secondes plus tôt avait disparu. Ceux qui assistaient à la scène gloussaient, et cela me blessa exactement comme avant. Je baissai les yeux, tournai la tête et vis que mes livres étaient là où je les avais jetés. Mes seuls succès arrivaient à la nuit tombée. J'aurais dû m'en souvenir au moment où j'avais voulu m'en prendre à Steve en plein jour.

— Tu n'es qu'un pleutre, Jorgensen-Warner.

Toutes les têtes, y compris la mienne, se tournèrent vers la voix dont l'accent était nettement moins craquant sous l'emprise de la colère. Steve éclata d'un rire incertain.

— Un quoi ?

Claire s'approcha et lui fit face.

— Je préférerais encore me farcir un bouc dans un cabanon des Shetlands qu'embrasser un imposteur dans ton genre.

— Farcir un bouc ?

— Essaye donc de me rouler une galoche et je te garantis que tu te retrouveras avec un joli cocard, sinistre pantin. En Roméo, tu n'arrives pas à la cheville de Jim, loin s'en faut. Prétends le contraire et je t'en colle une dans le tarin et je joue au foot avec tes joyeuses.

— Tu *quoi* ??

— Qu'est-ce que tu crois, pauvre Yankee ? Essaye de jouer avec moi et tu vas voir comment je vais te faire danser. Je te garantis que tu vas aller chouiner dans les jupes de ta mère si tu me cherches.

— Yankee ? Je...

Le flot d'insultes continua à se déverser un petit bout de temps, à moitié compréhensible en raison de la rage de Claire et de son accent. On saisissait le sens général du propos : s'il essayait de dire ou faire quelque chose, Steve recevrait des coups dans diverses parties charnues ou sensibles de son anatomie. Mais ce qui était le plus frappant était la violence des paroles proférées par cette fille d'ordinaire si nonchalante. Sa tête était littéralement collée à celle de Steve quand elle donna le coup de pied qui envoya le ballon voler à l'autre bout du couloir. Il écarquilla les yeux et sa main droite devint un poing serré prêt à frapper. On le vit tous. Claire le montra du doigt – son courage bravache n'avait décidément aucune limite – et elle éclata de rire comme s'il s'agissait d'une inoffensive main d'enfant.

— Gare à tes fesses, Oncle Sam. Tu ferais mieux de te souvenir de ce que je sais faire avec une épée avant de t'amuser à brandir ton poing comme un marmot colérique.

Les rires moqueurs, qui se répercutent toujours si terriblement dans les couloirs des écoles, étaient à présent dirigés contre Steve. C'était la première fois qu'il était la cible de quolibets et il était décontenancé. Il regardait les visages autour de lui les uns après les autres avec l'impression que chacun l'avait trahi personnellement. Le beau gosse se transforma, ses yeux bleus s'étrécirent pour devenir de simples fentes, et ses dents se découvrirent en un rictus grimaçant. On avait l'impression qu'il s'apprêtait à charger. Puis il fit le meilleur choix : il ravala sa colère et tourna les talons. Il régnerait peut-être de nouveau demain, mais la bataille d'aujourd'hui était perdue. Il partit chercher son ballon, et il avait l'air tout petit en le faisant.

Les badauds se dispersèrent, s'amusant à citer certaines des expressions de Claire, qui figureraient désormais dans le catalogue officiel des insultes locales. Je laissai échapper le soupir que je retenais depuis une éternité et me retournai pour aider Toby. Le casier le plus proche était bien cabossé, mais de Toby, il n'y avait aucune trace. J'étais déçu, même si je ne pouvais pas lui en vouloir d'avoir fui devant ce monstre. Je ne connaissais que trop bien ce genre de réaction instinctive. Claire, cependant, était là et, lorsque la sonnerie retentit, elle ne sursauta pas. Elle me regarda d'un air calme.

— Monsieur Sturges, murmura-t-elle.

— Miss Fontaine ? me hasardai-je.

Elle hocha tranquillement la tête, comme pour signifier qu'elle trouvait ma réponse adéquate.

— Vous semblez quelque peu différent, monsieur Sturges.

— Il en va de même pour vous, à vous écouter, répondis-je.

— Oh, ça ? Tu devrais m'entendre quand je me cogne les genoux, fit-elle, revenant à un ton normal.

— Je ne te cognerai jamais le genou, je le promets.

— J'ai entendu Pinkton aujourd'hui. Au sujet de tes problèmes. Des quatre-vingt…

— Quatre-vingt-huit sur cent, finis-je. Ouais…

— Je ne suis pas mauvaise en maths…

— Je sais. Des résultats très impressionnants.

Elle roula les yeux.

— Je veux dire que je peux t'aider, crétin des bois !

— Non, fis-je en tendant un bras en signe de défense. Point d'insultes. Je ne saurais le supporter.

Son sourire était lumineux et son éclat de rire aussi sonore que d'habitude.

— Retrouvons-nous ce soir. Quatre-vingt-huit, c'est pitoyable. Je peux t'aider à monter à quatre-vingt-dix.

— Tu... Tu veux que je vienne chez toi ?

Son sourire disparut.

— Désolée, tu m'as mal comprise. Tu ne viens pas chez moi.

— Oh. Pardon. Euh... eh bien. Super. Merci, alors ?

— Relax, Sturges. Ça n'a rien à voir avec toi. C'est que ma maison n'est vraiment pas un endroit où on a envie d'aller. Personne. Mais je peux venir chez toi. J'ai dit à maman que ce soir, on devait répéter, et je sais qu'elle peut convaincre daddy de me laisser rentrer plus tard. Toi et moi, on pourrait partir ensemble après les dernières répéts, s'installer dans ta maison, et s'occuper des chiffres. Je connais quelques trucs et astuces qui vont juste te fumer le cerveau.

— Je...

Refuser une proposition de Claire Fontaine, n'importe quelle proposition, était un concept difficile à saisir. Mais la vérité était la vérité : j'avais besoin de sommeil, ne serait-ce que deux ou trois heures, parce que, au coucher du soleil, la traque finale allait démarrer. C'était la dernière nuit si on voulait débusquer les Gumm-Gumm avant que le Killaheed soit terminé.

— Je ne viens pas à la répétition, soupirai-je.

Sa déception était visible, ce qui me fit plaisir. Si je faisais faux bond à *RoJu* ce soir, il n'y avait aucun espoir que je conserve le rôle. Elle allait devoir jouer avec Steve, le mec qu'elle venait d'humilier devant tout le lycée. Pendant quelques secondes, je me demandai si elle n'allait pas simplement envoyer tout balader. Puis elle se reprit. C'était ce genre de fille. Elle avait décidé qu'elle prendrait plaisir à jouer aux côtés de Steve. C'était un défi et, si elle déclamait son texte comme il fallait, peut-être pourrait-elle lui montrer une fois de plus qui était aux commandes.

— À ta guise, fit-elle. Six heures. Ta maison. Ça marche ?

Ce n'était pas une simple question. C'était un piège qu'elle me tendait. Personne à l'exception de Toby n'était jamais entré dans la forteresse d'acier vidéosurveillée qu'était ma demeure. Une créature à huit yeux était tapie dans le placard de ma chambre. Mon père était au bord de la folie suite à l'arrivée de son frère aîné, présumé mort, et qui n'avait pas vieilli d'un jour. Et, dès qu'il ferait nuit, une horde de tarés brandissant leurs épées se rassembleraient dans mon salon pour traquer l'infâme bandit qui avait kidnappé au moins une demi-douzaine d'enfants la semaine dernière, qui savait qui j'étais, et qui était bien résolu à me capturer.

J'avais un million de raisons de décliner la proposition de Claire, sauf que j'avais attendu toute ma vie de pouvoir lui dire oui.

32

Claire Fontaine frappa à ma porte avec vingt minutes de retard, les joues rouges, se plaignant de toute la clownerie de ce festival qui faisait ressembler la ville entière à la fête d'anniversaire d'un gamin. J'eus un petit rire si forcé que je me fis peur. Par bonheur, elle entra quand même. Je refermai la porte derrière elle, tendis la main vers le premier des dix verrous avant de m'interrompre. Non, je n'allais pas faire ça sous ses yeux. Impossible. J'étais plus courageux que ça, à présent.

Claire n'en perdit pas une miette. En quelques secondes, elle avait repéré les volets d'acier, les trois consoles de sécurité, le ventilateur qui pendouillait du plafond de la cuisine, toujours pas réparé. Elle me demanda où se trouvait mon père, et il me fallut plaider l'ignorance. Il était absent, et ce n'était pas normal. Papa ne restait jamais une seconde de trop à la San Bernardino Electronics. Je ricanai encore une fois, et elle fit de nouveau comme si de rien n'était. Elle bondit dans la cuisine et envoya voler son sac à dos rose sur la table du salon. Quelques secondes plus tard, nous sortions nos livres de cours et disposions savamment nos crayons et nos feuilles de papier.

La première heure ne servit à rien. Je n'arrêtai pas de sentir son odeur et la chaleur de son corps, et de me répéter qu'il y avait une fille dans ma maison. Non, pas juste une fille : *la* fille. Ce fut donc une vraie surprise quand les chiffres – les bonnes réponses, je veux dire – commencèrent à apparaître sur le papier, comme si mon crayon était possédé. Après une deuxième heure d'astuces arithmétiques de Claire, des éclairs de compréhension fusèrent dans mon cerveau. J'allais peut-être surprendre Pinkton, en fin de compte.

— Ton père va être en colère, c'est ça ?

Mon visage était si près de la page que je sentais le plomb de la mine de mon crayon. Je levai un peu la tête et mes yeux se retrouvèrent en face d'un sachet de chips, que Claire écarta pour pouvoir me voir.

— Que veux-tu dire ? demandai-je.

— Tu n'as pas arrêté de jeter des coups d'œil sur la porte d'entrée.

— Vraiment ?

— Comme si tu t'attendais à le voir débouler avec un démonte-pneu pour nous fracasser la tête.

— Non, fis-je. Pour ça, il ne se servirait pas d'un démonte-pneu.

— Oh, fit-elle, en ouvrant de grands yeux. Il utiliserait quoi, alors ? Une batte de cricket ?

— Non, non. De rien du tout. Il ne va pas nous attaquer. Je n'arrive même pas à croire que nous ayons cette conversation. Papa travaille dans le domaine de l'électronique. Il tond des pelouses. Personne ne se fait démonter la tête. Je suis juste... Je veux dire, c'est étrange parce qu'il ne fait jamais d'heures sup. Il va sans doute être surpris de te voir quand il va rentrer, c'est tout, parce que, tu vois, comment dire, il n'y a pas grand monde qui... euh... vient ici.

— Oui, j'ai remarqué le mur d'enceinte. Formidablement imposant. Une invasion se préparerait-elle ?

— Il se trame toujours quelque chose, fis-je en haussant les épaules. C'est ce que papa dirait.

— Vraiment ? L'Amérique est-elle un pays si dangereux que ça ?

— Ça dépend des endroits, répondis-je, en songeant au dessous de mon lit. Il y a des lieux qui craignent.

— La rue n'a pas l'air d'être mal fréquentée. À moins que l'uniforme des gangs du coin soit une veste chic.

— Le quartier est bien fréquenté. C'est juste que papa est facilement... inquiet.

— Qu'en dit ta mère ? La plupart des femmes que je connais ne sont pas très fans des volets d'acier et des fenêtres barricadées. Enfin, chacun ses goûts, mais...

— Oui, elle n'aimait pas non plus.

— « Aimait » ?

— Oui.

— Elle est morte ?

La candeur avec laquelle elle me posa la question me prit au dépourvu. J'osai la dévisager pendant quelques secondes et ne décelai rien d'autre qu'un désir sincère d'avoir la réponse. Son manque total de timidité m'encouragea à agir de la même façon.

— Elle nous a quittés quand j'étais encore petit.

— Pourquoi donc ? Un gentil garçon comme toi. Et un mari qui ne frapperait jamais personne à coups de démonte-pneu…

— C'était juste à cause de… tout ça, fis-je, en souriant de sa remarque et en indiquant les systèmes de sécurité. En tout cas, c'est ma théorie. Elle et papa avaient des problèmes, je suis assez vieux pour le comprendre, mais à l'époque je n'aurais jamais cru que ça allait aussi mal. Un jour elle était là et les choses suivaient leur cours normal, et le lendemain elle était partie.

— Tu n'as jamais de ses nouvelles ?

— Non. Après son départ, papa a raconté quelques trucs, mais pas grand-chose. J'ai eu l'impression qu'elle avait un passé bizarre, tu vois ? Qu'il était possible qu'elle ait fait de la prison. En tout cas, ça serait vraisemblable. Elle a peut-être épousé papa parce que c'était quelqu'un de fiable, de carré, de différent de ce qu'elle avait connu. Je parie qu'elle a changé d'identité et qu'elle commence à en avoir marre de son nouveau mari et de son nouveau gosse. Peut-être qu'elle vit au Mexique. Ou à Hawaï. Ou alors sur une île tropicale.

— C'est gentil de ta part.

— Qu'est-ce qui est gentil ?

— De l'imaginer dans ce genre d'endroit.

Je me tus pour réfléchir. Je voyais bien ma mère marcher pieds nus sur une plage, à humer l'air marin.

— J'étais à la maison le jour où elle partie, repris-je. J'étais malade. Elle n'a pas dit un seul mot. Elle s'est contentée d'ouvrir la porte et de sortir. Au bout d'un moment, je me suis levé et j'ai verrouillé derrière elle. J'étais juste un gamin ; je pensais que c'était ça qu'il fallait faire. Donc, je ne me sens pas gentil, tu vois ? C'était le jour d'avant mon anniversaire – le 1er mai – et je me suis dit que, si elle ne voulait pas rester au moins pour mon anniversaire, eh bien, elle n'avait qu'à aller se faire foutre.

— Moi aussi, je suis née le 1er mai, dit Claire.

— Sérieux ?

— À Inverness, en Écosse, le 1er mai 1998.

— En Écosse ? Je croyais que tu venais de – je sais pas – Londres, moi !

— Londres ? Bonté divine ! Tu ne sais pas faire la différence entre un accent écossais et un accent anglais ?

— Eh bien, ils sont presque pareils, non ?

— Pareils ? Tu répètes ça dans les Highlands, mon ami, et je t'assure que tu vas cracher tes tripes !

— Désolé ! Je ne voulais pas... Je veux dire que je ne connais pas aussi bien les accents que...

— Hé, on devrait fêter nos anniversaires ensemble.

— Hein ? Il y a deux secondes tu parlais de me frapper.

— Même si j'ai un an de plus que toi. Mes invités seraient sans doute un peu plus mûrs.

— Au moins, tu aurais des invités.

— Et Tobias ? Il en vaut trois ou quatre à lui tout seul, je dirais.

— Toby et moi, on est un peu en froid, en ce moment.

— Monsieur Sturges, soupira-t-elle. Que de noirceur !

Je posai mon crayon sur ma feuille d'exercices de maths et me tournai vers elle.

— Je ne vois vraiment pas comment tu fais. J'ai vécu ici toute ma vie et je suis considéré comme un pestiféré. Tu es arrivée à l'école il y a genre deux minutes et on dirait que tu as tellement d'amis qu'il en pleut de partout. Tu hurles après les vedettes du bahut dans les couloirs et tu deviens une star au lieu de te faire huer. Tu as des parents cools qui t'inscrivent à des activités géniales, comme l'escrime. Ça me dépasse. Ça ressemble à quoi ? Sérieux, qu'est-ce que ça fait d'avoir une vie aussi… chouette ?

Claire m'avait écouté en faisant rouler une mèche rebelle autour d'un doigt. Son expression n'avait rien d'offensé ou d'énervé, mais elle faisait montre d'une sombre curiosité, comme si elle se demandait si j'étais prêt pour une réponse sincère. J'estimai que non, mais c'était trop tard : elle ôta son béret et secoua ses cheveux, qui bondirent dans toutes les directions, comme un régiment de serpents venus pour la soutenir. Puis elle alla chercher son sac à dos rose, le posa sur la table, ouvrit la fermeture éclair, et en sortit les dernières choses que je m'attendais à y voir.

Une tenue qui ferait passer une fille comme elle dans la catégorie des vedettes de l'école à la seconde où elle arpenterait les couloirs avec. Une robe rose et un ruban à cheveux de la même couleur. Des escarpins, deux boucles d'oreilles scintillantes, un collier de perles. Et une tonne de maquillage : du fard à paupières, du rouge à lèvres, du blush, du vernis à ongles et d'autres tubes qu'il m'était impossible d'identifier.

— Nous menons vraiment une belle existence, commença-t-elle, en choisissant ses mots avec soin. Nous avons une jolie maison. Maman fait en sorte qu'elle soit jolie parce que c'est comme ça que papa aime qu'elle soit. Nous avons de jolis hobbies. Je ne prends pas que des cours d'escrime, mais aussi de piano, de chant, tout ce qu'il y a de mieux pour des Écossais qui veulent devenir une famille américaine modèle. Nous faisons de jolis repas, où l'on mange de la dinde, des pommes de terre et de jolis légumes verts. Papa aime que l'on mange bien, et il nous le fait bien comprendre. Et nous nous habillons aussi pour être beaux. Je dirais que, si tu passais par hasard devant chez nous et nous observais par la fenêtre à l'heure du dîner, tu pourrais sans doute nous proposer au titre de la plus jolie famille de tout San Bernardino. Parfaite pour les cartes postales et les sitcoms à la télé. Il ne nous manque que le petit chien qui saute partout.

Le sac à dos rose était posé entre nous sur la table comme s'il s'agissait d'un insecte à disséquer, nous livrant peu à peu ses horribles secrets.

— Les monstres ne ressemblent pas toujours à des monstres, marmonna-t-elle.

C'était quelque chose que je ne savais que trop bien ! Blinky et ARRRGH !!! étaient des cauchemars sur pattes, et pourtant ils étaient devenus mes deux meilleurs amis.

Pendant ce temps, des types à l'apparence normale passaient leur existence à faire semblant d'être généreux et respectables : les Steve Jorgensen-Warner, les professeurs Lempke, les changelins nullhullers qui, selon Blinky, contrôlaient la majeure partie du gouvernement et la moitié des grandes entreprises. Peut-être que M. ou Mme Fontaine entraient dans la même catégorie, essayant d'imposer une personnalité à leur fille.

— Je suis désolé, fis-je.

— Ne le sois pas. Tu penses que je vis dans un cadre aussi génial que celui où tu t'imagines que vit ta mère, même si ni elle ni moi ne le méritons. Tu es quelqu'un de bien, monsieur Sturges. Un peu sinistre, mais une bonne personne.

— OK. En tout cas, j'aime quand tu me dis ça.

Si j'ai de la chance, je vivrai vieux, et le jour où je serai allongé sur mon lit d'hôpital, relié à des machines électroniques qui mesureront la distance exacte qui me sépare de la mort, il y aura peu de souvenirs que je me repasserai en boucle. Ce qui se passa ensuite en fera partie.

Claire Fontaine, le genre de fille ayant assez de confiance en elle pour prendre un jour le monde à bras-le-corps et être l'égale des plus prestigieux, me trouvait assez bien en cet instant pour tendre les mains et me saisir par les poignets. Les pointes de ses bracelets raclèrent ma peau. Ses doigts aux ongles durs comme du diamant grimpèrent le long de mes avant-bras et m'attirèrent à elle. Sa chevelure, plus désordonnée que jamais, me toucha bien avant tout le reste, et je me souviens de la sensation de chatouillis que me procura chaque mèche effleurant mes joues. Puis elle fut trop près pour que je puisse la voir distinctement, et elle devint la plus belle tache floue du monde. Et j'avais eu beau me l'imaginer des milliers de fois, je n'étais pas préparé à la douceur de son baiser.

Mon téléphone veilla à ce que nous ne profitions pas trop longtemps de ce moment. Claire se rejeta en arrière en arquant un sourcil, comme si elle jugeait ma performance peu orthodoxe, mais étonnamment mature, et je restai à la regarder en clignant les yeux pendant quelques secondes avant de fouiller dans mes poches pour retrouver ce stupide bout de ferraille qui ne méritait que de se faire écraser sans pitié. Mon estomac se noua un peu. C'était papa. Je fis « chut » du doigt à Claire, me redressai et pris la communication tout en me dirigeant vers la pénombre de la cuisine.

— Ça va ? demandai-je.

— Je ne peux pas répondre à cela, Jimmy, rétorqua-t-il d'une voix lasse. Mais je vais rentrer un peu plus tard. Je ne voulais pas que tu t'inquiètes. Il y a des plats au congélateur que tu peux faire réchauffer. Je crois qu'il y a des lasagnes au fromage et à l'ail. Peut-être une boîte de bœuf et de brocoli. Les marques que tu aimes. Ne m'attends pas, mange. C'est juste que la journée a été difficile et qu'il y a quelques petits trucs qui réclament mon attention avant que je puisse rentrer et… Je ne sais même pas ce qui se passera à ce moment-là.

— La situation est étrange en ce moment, je le sais. Mais on va y arriver. Tu n'as pas encore rencontré les autres. Bon, je te le dis, ça aussi ça va être très particulier. Mais, si nous arrivons à nous retrouver dans la même pièce, nous pourrons tout t'expliquer, d'accord ? Dès que le soleil sera couché.

— Le soleil est déjà couché, remarqua papa. Je vais rentrer tout à l'heure. Fais attention à toi.

Il raccrocha. Pendant un moment, je fus gêné par son ton détaché, mais ce sentiment fut vite remplacé par l'information qu'il m'avait communiquée : c'était la nuit. Je me penchai au-dessus de l'évier de la cuisine et regardai dehors par un interstice des volets. Des papillons de nuit voletaient sous les lampes, preuve que cela faisait déjà quelque temps qu'elles étaient allumées. Les heures avaient défilé sans que je m'en rende compte. Je ris tout seul. Les maths n'avaient jamais été aussi drôles.

Claire hurla.

C'était un cri guttural, comme si elle tentait de s'échapper. Du bois craqua puis il y eut un violent choc métallique, suivi d'un piétinement, suivi de sons répugnants, comme du tissu qui se déchire et des mâchoires qui claquent.

— Claire ! appelai-je.

Je bondis dans le salon et évaluai la situation : aucune trace de Claire à l'exception de son béret, sa chaise fracassée et jetée en travers de la pièce, une entaille monstrueuse dans la cuisinière, et les feuilles de nos exercices de maths qui planaient doucement vers le sol. Le sac à dos rose avait disparu, lui aussi, mais je me demandai bien à quoi ça pouvait l'avancer de l'avoir pris avec elle.

Mon lit n'était plus dans ma chambre. J'eus juste le temps d'apercevoir les derniers mouvements des lattes de parquet alors que l'escalier secret se refermait et se remettait en place.

Les échos des cris de Claire me parvenaient d'en bas. Je hurlai au plancher de s'ouvrir. Je me laissai tomber à genoux et attaquai les lattes avec mes ongles. J'étais peut-être un chasseur de trolls, mais je n'avais pas la moindre idée de la façon dont je pourrais ouvrir cette trappe.

J'appelai Blinky en hurlant, et mes cris résonnèrent contre les murs de ma chambre. Le troll se glissa hors de mon placard avec un sifflement de serpent, ses huit yeux rouges crottés de sommeil. Je griffais toujours le plancher quand je sentis les tentacules, trop nombreux pour que je puisse les écarter, s'enrouler autour de mon torse et me soulever hors du cratère.

— Lâche-moi ! On doit la sauver !

Plus je me débattais, plus Blinky serrait. Un liquide visqueux s'écoulait de ses tentacules. Il m'avertit qu'une embuscade m'attendait au-dessous de ces planches.

Je ne voulais pas le croire, mais je les entendais et les sentais sous mes pieds, une horde grouillante de Gumm-Gumm, caquetant et se pourléchant les babines dans l'attente d'enfoncer leurs crocs dans de la chair fraîche d'adolescent. Claire était entre leurs mains, emportée dans leur antre, et c'était ma faute. Je rugis et saisis mes épées.

Les yeux de Blinky se mirent à briller avec une telle intensité qu'il me fallut abriter les miens de leur éclat.

Puis le vieux troll inspira. Un son monta depuis son ventre, au début assez grave, puis de plus en plus aigu.

C'était un cri, assez puissant pour qu'on l'entende au loin. C'était un appel.

— Chasseurs de trolls !

Blinky me serra fortement, et hurla plus fort. Je hurlai à mon tour, envoyant la même prière à Claire et à tous les portés disparus : « Tenez bon. »

IV

La bataille des Feuilles Mortes

33

Jack frappa à la porte d'entrée, huma rapidement l'air vicié et fonça vers ma chambre. Blinky tendit ses tentacules dans toutes les directions, tapissant le sol de sa peau gluante. Je grimpai en haut de mon armoire pour ne pas le gêner. Le bout de ses appendices se plissa comme s'ils reniflaient tous des bestioles nuisibles.

— Le nez d'ARRRGH !!! est mieux adapté à ce genre de tâche, expliqua Blinky. Mais moi, j'en ai soixante-quatorze.

Je repris espoir jusqu'à ce que les tentacules se décollent du sol en faisant un bruit de bande adhésive. Blinky courut se réfugier dans son placard.

— Les canailles font remonter les odeurs les plus infâmes pour nous faire perdre leur trace ! De la fraise ! De la vanille ! De l'azalée ! Du café ! Je crois bien que je vais m'évanouir ! Ou vomir ! Ou les deux à la fois !

— Nous attaquons, fit Jack. Tout de suite. Mais il nous faut trouver une autre porte.

— N'importe où sauf ici ! gémit Blinky.

— Je sais où, poursuivit Jack, mais il faut qu'on se bouge.

Personne ne s'y opposa. Jack revêtit son armure dans un bruit de métal annonçant la bataille prochaine. Je me changeai et je choisis un tee-shirt et un pantalon dans lesquels je n'aurais pas honte de mourir. Blinky me tendit Numéro 6 et Lameclaire, qui me semblèrent plus lourds que jamais.

On se précipita dans le salon et je saisis la poignée de la porte. Elle tourna, mais dans le vide. Tous les verrous avaient été tirés. Je compris soudain ce qui se passait, et me retournai. Papa était bien là, son attaché-case usé à la main, son visage mal rasé, ses habits trempés de sueur, le bouton de manchette gauche taché de sauce hamburger ou de gras de frites du fast-food où il avait mangé.

Sa réaction face au premier troll fut si neutre que j'eus peur un instant que son cerveau explose poliment à l'intérieur de son crâne. Pour paraître moins imposant, Blinky replia dans son dos autant d'appendices que possible. Pendant ce temps Jack triturait son masque, regrettant visiblement de ne pas avoir eu le temps de le mettre pour éviter ce face-à-face. Papa inspira et expira comme s'il avait une arme à feu collée au bout du nez. Il tendit la main vers la cheminée électrique pour se soutenir, faisant tomber plusieurs reliques de la collection Jack Sturges.

Papa regarda les photos d'école de son frère avant de parler :

— Jack. Pourquoi es-tu revenu ?

— Il le fallait, murmura Jack.

— Alors ne pars pas, supplia papa d'une voix brisée. Reste ici avec moi. J'ai des cartons entiers de vêtements à toi.

Je peux nous acheter des vélos, les meilleurs du marché, un rouge pour toi et un jaune pour moi. J'ai toujours ta radio. Nous pourrons l'écouter en pédalant, Jack. On pourra se servir de nos pistolets laser. On ira si vite qu'on oubliera toutes ces mauvaises choses qui sont arrivées. Nous grandirons enfin ensemble ! Ça serait pas le rêve, ça ?

— Je ne peux pas grandir, Jimbo. Ni avec toi ni avec personne.

Papa frappa le comptoir du poing. L'étagère trembla et la photo encadrée tomba par terre. Le verre se brisa sur le foyer. Jack bondit. Blinky eut un hoquet. Papa pivota sur ses talons, les joues ruisselantes de larmes.

— Je m'ennuie tout seul ici, Jack. Reste avec moi. Ou prends-moi avec toi.

— Jimbo...

— Où que tu ailles, je t'accompagnerai. C'est ce que j'aurais dû faire il y a des années !

— Je ne peux pas...

— Emmène-moi ! Je suis prêt !

— Tu n'es pas...

— C'est moi le grand frère, à présent, Jack ! Tu dois faire ce que je te dis !

— Tu es trop vieux !

Le cri de Jack fit vibrer les verrous et les volets. On resta là tandis que l'écho cruel s'estompait progressivement. L'expression crispée de papa se transforma en une grimace de chagrin. Il leva une main marquée par les premières taches de vieillesse et la passa sur les bajoues qui allongeaient son visage, sur les rides qui striaient son front et sur son crâne, que les cheveux avaient déserté depuis longtemps.

— Alors c'est trop tard, murmura-t-il.

La main de Jack serra convulsivement son masque.

— Je suis désolé, lâcha-t-il.

On fixa nos armes et on se tourna vers la porte.

— Tu prends Jimmy avec toi ? demanda papa. Tu me quittes et tu emportes mon fils ?

— Papa, intervins-je. Je dois y aller.

— Je te l'interdis, répondit-il, retrouvant un peu de courage. C'est dangereux... Tu as vu les nouvelles ? Le danger est partout !

— Je le ramènerai, assura Jack.

— Et si tu ne le fais pas ? Il se passera quoi ? Tu es prêt à détruire ce qui reste de cette famille, alors que tu as le pouvoir de tout réparer ?

Jack demeura immobile, son gant dentelé sur la poignée de la porte. Il regarda ses bottes un moment, et je vis qu'il prenait la mesure de ce que papa lui disait. La mission de ce soir était sans doute suicidaire, et, bien qu'une invasion de trolls et la fin du monde fussent imminentes, peut-être n'était-il pas juste de voler ces précieux derniers jours à un père et à son fils.

— Hors de question d'en discuter, lançai-je sèchement. J'y vais.

— Jim, commença Jack. Tu dois penser à ce que nous sommes sur le point de...

— Je n'ai pas besoin de réfléchir. Ce pont sera fini demain. Des enfants vont mourir. Des enfants que je connais. Et nous restons assis ici à discuter ? C'est ma mission à moi, papa. C'est le seul truc où je suis bon. Parfois, on doit prendre la bonne décision, aussi effrayante soit-elle, et agir en conséquence. Vous devriez savoir cela, vous deux plus que quiconque ! Si je ne me bats pas maintenant, quand donc vais-je le faire ?

Jack me dévisageait. Je soutins son regard. Lentement un sourire triste vint incurver ses lèvres, puis il hocha la tête, une fois.

— On va se battre, déclara-t-il.

— Se battre, répéta Blinky en éclatant de rire. Le mot est par trop modeste pour parler de nos dévastations et nos pillages !

Papa s'assit dans le canapé avec toute la raideur d'un mannequin de vitrine.

— Ton Shakespeare, lança-t-il sur un ton monotone. Et ta pièce ?

Avec une dextérité née de l'habitude, je tournai les verrous. Puis je vis les clés de la camionnette San Bernardino Electronics suspendues à un crochet près de la porte. On avait du retard et un véhicule pourrait nous aider à le combler. Je les pris avant de réfléchir et — peut-être — d'avoir des remords.

— Je dois aller au stade demain pour un dernier coup de tondeuse, reprit papa. Que le terrain soit joli pour ta pièce de théâtre.

Je poussai Blinky dans la nuit, puis Jack, qui se retourna avec regret vers son frère. Je posai la main sur les voitures accrochées à son torse et l'entraînai au bas des marches.

Je refermai la porte après m'être autorisé un coup d'œil à mon père qui regardait d'un air hagard la télévision éteinte. C'était peut-être la dernière fois que je le voyais. Je voulais qu'il se retourne et me dise qu'il croyait que j'allais y arriver.

— Je vais revenir, papa, lui assurai-je. Je vais essayer. Je vais essayer de toutes mes forces.

— Oui, bien sûr, répondit-il sans bouger la tête. Je te vois demain soir à ta pièce. Je sais que tu seras fantastique.

34

Ça me faisait mal de partir. Mais avoir mal, c'est quelque chose que toute famille qui a perdu un enfant connaît bien, et, si les chasseurs de trolls avaient une mission à remplir, c'était de mettre un terme à toutes ces souffrances avant que cela devienne impossible.

Cette nuit-là, Jack eut l'occasion de réaliser un vieux fantasme : il conduisit. M'arrachant les clés des mains, il prétendit qu'il en savait autant que moi sur la conduite automobile, bondit derrière le volant pendant que je faisais monter Blinky à l'arrière de la fourgonnette, là où papa logeait d'ordinaire ses tondeuses. Une fois que je fus assis côté passager, ma ceinture, attachée, Jack démarra brutalement, et découpa un trou très joli et très net dans la porte du garage.

— Faute, lança-t-il. Ma faute.

Il recula sur la pelouse et ne s'arrêta que lorsqu'il eut écrasé un parterre de fleurs de l'autre côté du trottoir. Entretemps, il s'éclata, les yeux pétillant d'une intensité que je ne lui connaissais qu'au combat. Il embraya et appuya sur l'accélérateur. Une fois les roues motrices sur la chaussée, le véhicule bondit dans un nuage de pneu brûlé, et Jack poussa un glapissement de joie fort peu caractéristique de sa personne.

Il conduisait de la même façon qu'il pédalait en 1969 : droit devant, à toute vitesse, et en improvisant à chaque seconde. Le temps d'arriver dans l'allée de la maison de Toby, nous avions à peine éraflé trois voitures, démoli un lampadaire et abattu un jeune arbre. Jack donna un coup de klaxon et Blinky se servit d'un tentacule pour ouvrir la portière. Le moteur eut quelques à-coups. Tous mes sens étaient en alerte. Nous voyions quelque chose bouger à l'arrière de la demeure. Jack fit ronfler le moteur, prêt à redémarrer. ARRRGH !!! avançait prudemment de sa démarche éléphantesque sur le côté de la maison, nous cachant les lumières du jardin. Une fois de plus, il semblait impossible qu'elle y parvienne et pourtant elle monta dans la camionnette, sa fourrure noire emplissant l'habitacle. Elle paraissait aussi excitée que Jack à l'idée de se trouver à l'intérieur d'un véhicule humain. Je réglai le rétroviseur et remarquai quelque chose qui brillait dans la bouche d'ARRRGH !!!. Je me tournai sur mon siège.

Elle retroussa fièrement ses lèvres et grimaça. Le grillage que Toby avait fait passer par la fenêtre de sa chambre quatre jours auparavant formait à présent un entrelacs autour de ses dents gigantesques, habilement fixé au moyen de vis métalliques.

— Bagues dentaires, expliqua Toby.

Il était dans l'allée, habillé comme un ninja : une paire de tennis noires, un pantalon de survêtement noir, un sweat à capuche noir, une ceinture rouge qui servait à la base pour attacher les rideaux, et un sac banane contenant son matériel, qui ne se composait sûrement pas d'étoiles de jet et de nunchakus, mais, après tout, qui pouvait le savoir ? Bon, le sac banane était vert citron. J'étais malgré tout impressionné. Toby montra sa bouche du doigt.

— Elle a aimé mon appareil, poursuivit-il, incapable de dissimuler sa satisfaction. En fait, elle est plus sensible à son apparence qu'on le dirait. Alors, je me suis occupé de sa devanture. Pas mal, hein ? Elle aura les meilleures canines au monde dans environ deux cents séances d'orthodontie. Mais ça compte pas, en années de troll, si ?

ARRRGH !!! tendit le museau et le posa sur l'épaule de Toby. Chaque fois qu'elle respirait, elle faisait voler sa montagne de cheveux frisés. Toby la caressa machinalement sur le nez comme s'il l'avait déjà fait un millier de fois, et je me rendis compte que c'était sans doute le cas. J'étais impressionné : cet ami que j'avais laissé seul pour gérer cette créature terrifiante s'était bien mieux débrouillé que je l'aurais cru.

Cinq griffes jaunes s'enroulèrent autour du ventre considérable de Toby et le soulevèrent pour le poser à l'arrière du véhicule. Il avait une égratignure à la mâchoire, là où Steve l'avait envoyé contre le casier, mais ce n'était rien... Il avait l'air bien plus sûr de lui que je l'avais jamais vu. Il me décocha un grand sourire et je vis toutes ces glorieuses bagues dentaires.

— Tu surveilles mes arrières, je surveille les tiens, déclara-t-il. C'est un bon *deal*.

Il m'offrit sa main et je la serrai.

— Mon ninja, fis-je.

— Mon chasseur de trolls, répliqua-t-il.

Je ne pense pas que Jack ait été très joyeux à l'idée d'avoir un autre gamin à surveiller, mais il serra les dents et appuya sur le champignon. Le bas de la camionnette racla le trottoir en raison du poids supplémentaire. Blinky ferma la portière avec un tentacule tandis qu'un autre s'enroulait affectueusement autour du cou de Toby. Je sentis un sanglot poindre dans ma poitrine. Nous allions peut-être tous au-devant de la mort, mais ce que j'avais sous les yeux était une vraie famille, aussi bizarre soit-elle.

La fourgonnette rugit et on démarra, en découpant de grandes lanières de pelouse et en faisant sauter les pare-chocs de voitures qui, selon Jack, auraient dû être garées bien plus près du trottoir. Toby secoua la tête et sortit de son sac banane une relique plastifiée de la famille Dershowitz.

— La liste des chats ! m'écriai-je. Tu l'as retrouvée !

— Eh bien, c'était pas très compliqué une fois que tous mes jeux vidéo avaient été boulottés. Mais je suis heureux de t'apprendre que le carnage est derrière nous. Tu as remarqué qu'il n'y a pas un poil de chat coincé dans ces jolies bagues dentaires ? J'ai converti notre amie ici présente aux cheeseburgers.

— Cornichon, fit ARRRGH !!!. Oignon.

— Oui, elle les aime avec des cornichons marinés et des oignons...

— Papier. Meilleur goût.

— Ouais, elle aime aussi qu'on laisse le papier d'emballage. Tu veux savoir combien coûtent deux cents cheeseburgers, monsieur ?

— Chat pas pour manger. Bon pour mâcher.

Je traduisis et le visage de Toby s'affaissa.

— Non, non, non ! On a déjà abordé le sujet. Les chats ne sont pas des chewing-gums, c'est clair ?

ARRRGH !!! fit grincer ses dents recouvertes de métal, essayant de comprendre ce qu'on venait de lui dire.

Toby soupira et fit claquer la feuille plastifiée.

— Je me suis dit qu'un bref éloge funèbre serait approprié.

Il se racla la gorge.

— En mémoire de ces courageux félins tombés pour la liberté, je récite ces noms afin que nous n'oubliions pas cette adorable et indéniable curiosité qui les a conduits à se faire manger.

— Fais ça vite, lança Jack. Nous sommes presque arrivés.

— Et à présent, le nom des défunts. Chips au vinaigre. CSI. Dow Jones.

Il haussa les épaules.

— Oui, mamie passe beaucoup de temps devant la télé… Barbapapa. Secrétaire de l'Agriculture. Conan. Le Chat qui s'appelait Prince avant…

— On se gare, grogna Jack comme s'il se préparait à l'impact. On se… Attention !

Il avait sans doute heurté une barrière et roulé jusqu'à ce que les pneus éclatent et le véhicule s'immobilisa dans un soubresaut. Le moteur crachota avant de rendre l'âme. J'eus de la peine pour papa, mais ce sentiment ne dura pas très longtemps : Jack ôta son masque, planta les mains sur le bord de la fenêtre et bondit au-dehors. Je l'entendis atterrir sur un tas de feuilles mortes et s'éloigner sur-le-champ. Les autres portes étaient déjà ouvertes. Nous étions sur une berge donnant sur un canal asséché, mais pour y parvenir il fallait se frayer un chemin à travers des mauvaises herbes particulièrement luxuriantes. Elles me ralentirent, ainsi que les déchets qui s'accumulaient là depuis des années. Ce n'est que lorsque je rejoignis les autres en bas que je compris toute l'importance de cet endroit.

C'était le pont Holland.

35

Toute sa vie, j'avais entendu papa en parler mais j'avais toujours refusé de m'y rendre. C'était chose facile. Pendant une génération, les gens l'avaient évité en raison d'une légende urbaine tenace qui voulait qu'un garçon avait été dévoré sous le pont dans les années soixante. Vingt ans plus tard, suite à la construction d'une voie rapide, l'artère avait perdu son importance.

Le lieu n'était plus qu'un refuge de junkies sans domicile fixe. Je pénétrai dans l'ombre du pont et examinai prudemment les bouts de ciment suspendus à de minces tiges de métal. Des canettes de bière, en plus grand nombre que je n'en avais jamais vu de toute ma vie, étaient entassées près d'un mur de béton couvert de graffitis de créatures démoniaques ressemblant à ARRRGH!!! et d'annonces à la fois inquiétantes et absurdes, du genre : *Harpakhrad est vivant!* L'endroit était en piteux état, mais on avait l'impression de se trouver au milieu de ruines séculaires. Quelque chose d'important s'était passé ici, on le sentait.

Jack s'aventura avec son astrolabe comme s'il bougeait son téléphone pour essayer de capter du réseau. ARRRGH!!! colla son museum sur les murs du pont, renifla, et donna de petits coups de langue hésitants sur des taches de moisissure et des fientes d'oiseaux. Les tentacules de Blinky se tendaient dans toutes les directions, tâtant un peu partout à la recherche d'un passage caché. Des minutes s'écoulèrent, puis une demi-heure. Toby et moi on échangeait des télégrammes mentaux totalement paniqués. Soudain, Jack donna un coup rageur sur un pilier.

— C'est ici ! Je sais que c'est ici !
— Les Gumm-Gumm, acquiesça Blinky. Je les sens de tous les sublimes pores de ma peau.
— Je n'arrive pas à trouver la porte. Je n'y arrive pas.
— La Machine, Jack. Souviens-toi de la Machine, et la volonté de te battre l'emportera.

La discussion fut interrompue par un choc sourd. ARRRGH !!! était penchée au-dessus du carton d'emballage cabossé qu'elle venait de jeter à terre. Jack n'hésita pas : il dégaina Victor Power et bondit comme s'il avait l'intention d'embrocher le carton. ARRRGH !!! tendit gentiment une patte pour l'en empêcher.

— Pas choix, affirma-t-elle.
— Balivernes ! s'écria Blinky. Je vais redoubler d'efforts ! Retripler ! Requadrupler !

ARRRGH !!! ramassa le carton avec une telle douceur qu'on aurait dit qu'elle demandait pardon. L'avertissement de Jack retentit à travers la grille de son masque :

— Je te jure que je vais te la découper des mains !

De la bave coula sur le menton d'ARRRGH !!! quand elle gratifia son ami humain d'un sourire grillagé de dents métalliques. Puis elle passa délicatement une patte dans la boîte et en retira l'Œil de la Vilénie. Le globe jaune roula au creux de sa main, ses longues terminaisons nerveuses s'étirant et claquant comme des algues mouillées. Un couinement haut perché, pareil à un cri de bébé, monta de l'intérieur de sa chair poisseuse. La chose voulait qu'on la nourrisse.

— Immobilisons-la ! ordonna Jack.

Il saisit ARRRGH !!! par le bras, mais, comme il était très loin d'avoir la force nécessaire, il se retrouva vite suspendu au biceps de son amie troll. Blinky enroula ses tentacules autour de ses jambes, mais il n'avait pas l'air particulièrement optimiste. Toby m'adressa un regard désespéré et on saisit tous les deux des touffes de fourrure noire.

L'Œil de la Vilénie enfonça ses longs doigts effilés dans le visage d'ARRRGH !!! et c'en fut fini des chasseurs de trolls. L'armure de Jack résonna lourdement lorsqu'il s'écrasa à terre. Blinky fut projeté sur un pilier, déclenchant une mini-avalanche de poussière de ciment. Toby et moi, on s'étreignit, terrifiés. Je vis l'Œil vibrer tandis qu'il aspirait comme une sangsue l'âme de notre amie.

Une porte vers le monde des trolls se dessina dans un pilier. J'étais sur le point de crier la nouvelle à toute l'équipe lorsque des dizaines d'autres apparurent à leur tour : sous le pont, dans le sol ou sur les murs. ARRRGH !!! avait accompli sa mission, mais l'Œil avait riposté en ouvrant des passages supplémentaires pour nous perdre. Et, en bonus, il avait rendu ARRRGH !!! folle. Elle tituba dans notre direction en nous jetant des morceaux de béton. Les tentacules de Blinky interceptèrent une dizaine de gros cailloux aux arêtes saillantes. Je dégainai Numéro 6. Allions-nous devoir blesser ARRRGH!!! ? Pire ?

Seul Jack, remarquai-je, n'avait pas sorti ses armes. Il se tenait droit, les bras le long du corps. Je poussai Toby vers le lieu de l'action.

— Jim! Non! Mauvais timing! Elle est furax! Reporte l'opération! Reporte l'opération!

— Courte échelle! beuglai-je. Tout de suite!

— Mondieumondieumondieu, marmonna Toby en s'agenouillant et en joignant les mains. Je posai un pied sur ses paumes ainsi unies et Toby poussa de toutes ses forces, comme il l'avait fait une centaine de fois par le passé. Pendant un instant délirant, je fus suspendu dans les airs avant de me retrouver le visage plein de fourrure. ARRRGH!!! secoua le bras comme si elle voulait se débarrasser d'un insecte importun, mais elle ne m'accorda pas grande importance, occupée à repousser Blinky. J'avais l'impression de me retrouver sur une attraction de fête foraine. J'arrachai mon visage au tapis de pelage odorant, refermai les poings sur deux touffes de poils et entrepris d'escalader l'épaule d'ARRRGH!!!. L'Œil étendait un peu plus encore son emprise, enfonçant ses vrilles si loin dans le nez d'ARRRGH!!! qu'elles ressortaient par sa bouche.

Une porte s'ouvrit dans le béton et une multitude de tentacules s'emparèrent de Blinky. ARRRGH!!! poussa un beuglement et l'emprisonna entre ses jambes. Elle leva le poing, prête à porter le coup fatal. Je brandis

Numéro 6, mais j'étais bien trop loin pour frapper. Quelques instants avant que Blinky périsse écrasé, j'entendis les notes d'une chanson.

« Le soleil glisse dans les ténèbres,
Au milieu de l'hiver, il s'immobilise,
Et les trolls de Noël sortent des cavernes nichées sous les collines creuses,
Depuis, Saturne a enfermé les Titans.
Emprisonnés sous terre,
Les enfants des dieux s'en reviennent pour fouler la terre en hiver.
Hurlant et cabriolant, ils tournoient
Lorsque le voile menant au monde souterrain est le plus fin. »

La voix était hésitante et l'air incertain, mais c'étaient ces défauts mêmes qui rendaient émouvante cette complainte mélancolique. Je m'agrippai fermement à une poignée de fourrure et me penchai. Je vis Jack approcher, masque et astrolabe dans les mains, épées passées en travers du dos. L'enfant guerrier chantait.

« Criant et arrivant au galop depuis les cieux,
Surgit la troupe d'Odin, les Jolerei.
La Mort est le lot de qui les voit, le tonnerre roule et gronde
Sur cette pauvre contrée perdue d'âmes affamées
Le voile qui sépare du monde souterrain est plus ténu que jamais. »

Le bras droit d'ARRRGH !!! jaillit comme une pelleteuse hors de contrôle. Il frôla le visage de Jack, lui arracha des mains l'astrolabe qu'il envoya voler dans le caniveau parmi les tessons de bouteille. Jack déglutit de peur une seule fois avant de reprendre :

« La vaisselle brisée et les festins gâchés.

Ceci doit être l'œuvre des callicantzari !

Des hauteurs des montagnes grecques, ces trolls hivernaux se hâtent

Pour enlever les enfants nés de la précipitation de l'hiver. »

ARRRGH !!! plissa le nez au souvenir lointain de cette mélodie. Elle releva la tête pour mieux observer ce curieux petit être, puis son front velu se rida de surprise lorsque la voix de ténor de Blinky se joignit harmonieusement à celle de Jack :

« Si vous voulez écarter leur malice, faites un feu de Noël suffisamment grand

Et suspendez à votre cheminée la mâchoire d'un cochon. »

Représentez-vous la scène. Quarante-cinq ans plus tôt, quelques mois après avoir conduit les chasseurs de trolls vers la victoire contre les Gumm-Gumm, Jack se rend compte que l'ardeur de la bataille s'estompe lorsque octobre et novembre laissent la place à décembre. Pour un enfant, Noël c'est Noël, et le besoin de retourner vers sa famille doit être irrésistible. Par bonheur, il existe un vieux chant, et rares sont les trolls à le connaître, au nombre desquels leur érudit le plus fameux. Blinky entonne donc cette chanson tandis qu'ARRRGH !!! berce le garçon dans ses bras soyeux… Leur premier rituel familial. Les liens forgés par la guerre sont une chose. Ceux noués par l'amour en sont une autre.

Il était facile d'escalader un troll aussi immobile.

L'Œil se tourna vers moi au dernier instant, ses veines rouges se firent aussi épaisses que mes avant-bras et sa pupille devint une attirante mare de ténèbres. Mais pas assez : j'abattis Numéro 6, sectionnant plusieurs nerfs d'un coup. Le chant de Noël s'interrompit net. L'Œil gronda de douleur et se rétracta brusquement. ARRRGH !!! cracha jusqu'à ce que les vrilles s'écrasent au sol, où elles se tordirent comme des vers de terre coupés en deux. La même patte qui avait menacé Blinky et Jack arracha l'Œil de son visage, emportant un bon paquet de fourrure au passage. Puis elle le jeta contre un pilier, qu'il heurta violemment avant de tomber au sol avec un bruit de serpillière mouillée.

ARRRGH !!! s'assit et passa les mains autour du gros caillou encastré dans son crâne. Jack bondit sur sa jambe et lui caressa la tête, ignorant le pus qui coulait de ses yeux et le sang de ses lèvres. Blinky passa délicatement un tentacule sur les blessures ouvertes. Je glissai à terre et pris appui contre le pelage collant pour reprendre mon souffle.

C'est par hasard que je vis l'Œil ramper comme une limace, laissant dans son sillage une traînée visqueuse translucide. Ce dont aucun d'entre nous ne s'était encore aperçu, c'est que les portes donnant sur le monde des trolls s'étaient refermées, sauf une. Je lâchai un hoquet d'avertissement et tapai du pied. Un des yeux de Blinky me remarqua. Quelques secondes plus tard, j'avais la pleine attention des sept autres.

— Corpulent ami ! s'écria Blinky. Suis cet Œil !

On se dévisagea, Toby et moi.

— Moi ? demandai-je. Ou lui ?

— Le plantureux ! Le replet !

— Lui ? questionna Toby. Moi ?

— Le pansu, le bulbeux, le rebondi ! Allez, allez !

— Le rebondi ! Le rebondi ! fis-je en poussant Toby. C'est toi !

Toby afficha une expression consternée. En bramant comme un cerf blessé, il ramassa un bout de béton aussi imposant qu'une balle de baseball et s'élança. L'Œil accéléra brutalement vers le passage, talonné par Toby. La porte commença à se refermer, mais il jeta son morceau de béton en travers, pour la bloquer.

— Champion du monde ! s'écria Toby. Vous avez vu ça ? Vous avez vu ça, les gars ?

— O-ho ! Ha-ha ! Hi-ho ! s'écria Blinky. Tu ne nous as pas déçus, mon rondelet guerrier ! Compagnons, rassemblez-vous, car l'heure de partir chasser approche !

Alors que nous tentions de reprendre notre souffle, Blinky tendit ses tentacules au maximum et les entrelaça, pour former un motif changeant, qui semblait capturer l'essence même de la nuit. Je me sentis presque comme un jeune soldat, au garde-à-vous. Blinky prit enfin la parole, d'un ton mesuré d'abord, puis de plus en plus grandiloquent et vibrant de passion.

— Il n'y a plus de place pour le désespoir… Non, mes amis, pas ce soir. Si le chagrin, le regret ou la colère glacent vos tripes, permettez-moi de vous réchauffer avec ces quelques mots. Oh, combien chacun de mes quatre estomacs frémit à l'idée de renifler du sang troll noircissant la boue des souterrains. Nous étions des milliers de chasseurs de trolls jadis, et non cinq comme nous cette nuit, mais notre gloire n'en sera que plus grande. Suivez-moi à présent avec un courage égal à celui des fameux trolls de l'Ancien Monde ! Suivez-moi avec vos lames aiguisées ! Regardez autour de vous, soldats ! Ce sont là des nuits de légende ! Des circonstances sinistres qui inspirent les chants les plus fameux ! Et lorsque nous anéantirons l'anéantisseur, frères et sœur, nous serons adulés tels des rois et une reine sur la promenade des Vainqueurs.

Mon torse se bomba de fierté.

— La promenade des Vainqueurs ! répétai-je.

— Et on gravera nos noms sur la tour de la Vérité !

— La tour de la Vérité ! m'écriai-je en écho.

— Ou, à défaut, sur les pierres tombales du cimetière de la Gloire !

— Le cimetière de la… Hein, le quoi ?

— Nous accueillerons l'un ou l'autre de ces destins aussi impatiemment qu'une chope de bile bouillie !

— Oui ! hurla Jack en dégainant ses deux épées ! Oui ! ARRRGH !!! se redressa sur ses pattes flageolantes.

— Réponse est oui.

— *Urrrmmg, bleenhhh, plarfff…*, se plaignit Toby. Surtout ne vous occupez pas du type qui n'a pas de traducteur.

Les chasseurs de trolls se précipitèrent vers la porte. Je pris une profonde inspiration et regardai mes baskets en charpie, espérant être emporté moi aussi par un brusque élan de courage. Là, logés entre une flasque cabossée et une boîte en polystyrène tachée de sauce barbecue, j'aperçus les débris de l'astrolabe. Je me penchai pour les ramasser.

— Non, intervint Jack. Il est à sa place.

Ses yeux brillaient d'excitation, mais il était calme. Mon regard passa de lui au pont, puis au reste de ces catacombes peu ragoûtantes et jonchées de débris. Jack me tendit la main. La mienne se resserra autour de son avant-bras, préférant les spirales de cahiers aux clous de son gant. Une fois qu'il m'eut aidé à me relever, on resta ainsi, mains serrées peut-être quelques secondes de plus que nécessaire. L'histoire avait-elle été témoin de poignées de main plus étranges que celles-là ?

Avant que la porte se referme dans mon dos, j'entrevis un véhicule isolé qui avait décidé d'emprunter le pont Holland ce soir-là. C'était un camion de marchandises. La remorque était cabossée de l'intérieur, comme si la cargaison avait lutté pour se libérer. Il semblait se diriger vers la zone où se concentraient commerces, parcs municipaux et sans doute l'endroit le plus fameux du coin, le musée d'histoire de la ville.

36

On réussit à coincer l'Œil quatre heures plus tard dans une caverne dentelée de stalactites, guère joyeux de nous apercevoir qu'il pouvait escalader des parois verticales telle une araignée. Toby, dans un soudain accès de bravoure, tenta de s'en emparer, mais un nerf optique lui lacéra la peau. On comprit qu'il était empoisonné quand la blessure de Toby se mit à enfler, ce qui nous ralentit. L'Œil en profita pour se glisser dans une canalisation étroite et disparaître.

Sans Œil à poursuivre, sans astrolabe et sans ARRRGH!!! en bonne santé, on enchaîna les mauvaises pistes et on finit par se perdre. Frustrés, fatigués, on avançait difficilement. On s'enfonçait toujours plus dans un labyrinthe d'égouts oubliés et de mines abandonnées. L'air se fit de plus en plus glacé et lourd. Lorsqu'on arriva devant un tunnel qui se divisait en trois branches, Jack s'assit sur un rocher et enfouit sa tête masquée entre ses mains. Les trolls aussi s'immobilisèrent, à court d'idées.

Leur désespoir était contagieux. Je m'assis et examinai le caillou calé entre mes chaussures, en pensant à toutes les choses que je ratais à la surface : le contrôle de maths de Pinkton, les préparatifs pour le grand match, la pièce dont les acteurs principaux avaient disparu, l'ajustement de la pierre manquante du pont Killaheed et la dernière obsession de papa. Cela faisait presque un jour que nous étions descendus. L'espoir s'amenuisait. La voix de Toby nous surprit tous.

— Heu… On voit pas souvent de rose dans les parages.

Il désignait un endroit près de mes pieds. Je tournai légèrement la tête et aperçus un bout de polyester accroché à un fragment de fermeture éclair. Il était rose et je l'avais vu un millier de fois.

— Le sac à dos de Claire !

— Le sac à dos de Claire ? répéta Tub.

— Le sac à dos de Claire ! m'écriai-je en bondissant sur mes pieds et en agitant les bras devant les chasseurs de trolls désemparés. Le sac à dos de Claire !

Ils posaient sur moi un regard incrédule : pour eux, j'avais sombré dans la folie. J'éclatai de rire, et m'élançai dans le tunnel du milieu. Je repérai rapidement une deuxième tache rose, cette fois un bout de tissu soyeux, frangé de dentelle. C'était un ruban de la robe qu'elle portait à la demande de son père, celle qu'elle détestait et qu'elle mettait en pièces. Dans ce combat à la vie et à la mort, elle se battait avec les maigres armes dont elle disposait.

Ce seraient donc les courageuses miettes de pain semées par une fille de seize ans, et non les talents combinés d'un régiment entraîné de chasseurs de trolls, qui nous conduiraient à Gunmar.

On suivit les traces roses dans des crevasses cachées et sur des pitons rocheux insoupçonnés. Des éclairs de lumière nous ralentissaient de temps à autre, mais le soleil ne pouvait rester éternellement dans le ciel. Lorsqu'il se coucha, Blinky et ARRRGH!!! furent gagnés par la vitalité de la nuit. Le sang battait à mes oreilles et mes poils se hérissaient à l'approche de la bataille. Je suis assez certain que Toby ressentait la même chose que moi : je ne l'avais jamais vu aussi vivant.

On sortit finalement en file indienne dans une caverne de calcaire aussi vaste qu'un terrain de hockey sur glace. De grandes structures tordues saillaient du sol à des angles bizarres. On avança au milieu de celles-ci en silence. Il y en avait tout autour de nous. On ne voyait pas la moindre créature vivante et pourtant je ressentais un froid glacial.

— Le cimetière des Âmes, annonça Blinky, dans un chuchotement plein de respect. Cela fait très longtemps que j'entends parler de cet endroit de légende, mais je n'avais jamais rêvé le voir de mes huit yeux. Cela dit, il était logique pour le Vorace de s'établir en un lieu où il pourrait savourer la longue souffrance de ceux qui ont péri de la plus douloureuse des morts.

— Quelle est la plus douloureuse des morts ? demandai-je.

— Tu vois, Jim, fit Toby. C'est le genre de question que je ne me serais pas senti obligé de poser.

— D'être pris dans la lumière du soleil, répondit Blinky. On dit que la douleur dure des dizaines d'années.

— C'est pour cette raison qu'on leur a érigé ces pierres tombales bizarres ? demandai-je.

— Ces pierres tombales ? répéta Blinky, en levant plusieurs yeux tristes. Ce ne sont pas des pierres tombales.

La lueur de ses yeux rouges s'intensifia et je compris alors la terrible vérité. Il ne s'agissait pas de monuments dédiés aux trolls, mais des trolls eux-mêmes. D'innombrables corps, parfois aux têtes et aux membres multiples, étaient tordus dans des postures de tourment ultime, leurs mâchoires ouvertes poussant un cri pour l'éternité, leurs bras, leurs ailes ou leurs tentacules brandis en un dernier et vain effort pour se protéger de la lumière honnie. Je fus si sonné que je butai dans quelques statues sans le faire exprès et les renversai, ce qui ne me parut pas très grave jusqu'à ce que je me rappelle qu'il ne s'agissait pas de pierres. On traversa le reste du cimetière des Âmes sans dire un mot et lorsqu'on en sortit, j'avais l'impression d'avoir eu sous les yeux les traces d'un génocide. Le dernier morceau d'étoffe semé par Claire était fiché sur la corne d'un troll mort à quatre pattes. Je pris quelques secondes pour l'en ôter.

Mes compagnons m'attendaient un peu plus loin. Il me fallut un moment pour me rendre compte que la lumière qui dansait sur leurs corps ne venait pas de Blinky. En fait, elle provenait de la salle que nous venions d'atteindre : des rouges profonds et ardents, des lames d'un jaune incandescent, de la fumée montant en volutes. Je n'avais pas besoin qu'ils me confirment que nous avions trouvé les Gumm-Gumm.

37

Une huile noire s'égouttait en longues stalactites poisseuses, et brûlait la peau. Les parois exsudaient un pus blanc qui sinuait jusqu'au sol. À chacun de nos pas, de la vapeur jaillissait d'engins métalliques. Les gémissements de ces appareils venaient s'ajouter à la plainte sourde et triste qui envahissait l'air.

Après avoir escaladé un monticule d'acier fondu, on se retrouva derrière un tapis roulant composé de textiles crasseux qui conduisait vers un entonnoir en fer-blanc. Pour l'heure, il n'y avait rien sur le tapis. L'entonnoir donnait sur une sorte de boîte à musique de la taille d'une cabane d'enfant, maintenue en place par des clous de chemin de fer et construite avec divers rebuts : une carcasse de kart, une voiture à pédales, le néon rouge de l'enseigne d'un salon de coiffure, des câbles et des circuits électriques détraqués. La boîte était secouée comme un sèche-linge sur le point d'exploser et j'entendais des lames de scie bourdonner. L'ensemble faisait penser à un broyeur qui s'acharnait sur des cartilages. À l'autre bout, il y avait une sorte de bec verseur.

Une main gantée se posa sur mon épaule.

— La Machine, annonça Jack. Il faut que tu sois sûr de vouloir...

Son regard restait impénétrable, mais la force avec laquelle il m'empoignait était suffisamment éloquente.

Toby à mon côté, j'escaladai une colline de vieux flippers pour observer de plus près. Une grosse canalisation maintenue en l'air par des échasses partait de la Machine. Le bruit me faisait songer à un presse-agrumes. Ça sentait la mort, mais je me penchai malgré tout au-dessus, à un endroit où la rouille l'avait rongée en partie.

À l'intérieur, il y avait de la viande, une sorte de chair à saucisse composée de muscles rouges, d'os blancs et de tendons gris, le tout passé à la moulinette et arrosé du jus des organes. La masse spongieuse et charnue progressait lentement et par à-coups dans le tuyau au rythme des soubresauts de la Machine. Cette bouillie de chair me soulevait le cœur et ce fut pire lorsque mes yeux tombèrent sur autre chose, pris dans le mélange gluant.

La barrette à cheveux d'une petite fille.

Un flot de bile monta dans mon œsophage. La petite fille aux lunettes mauves. Je ne pouvais penser à rien d'autre. Jack me força à regarder dans le tuyau. Je pressai les doigts sur les capsules de bouteille et les chaînes de vélo de son armure. Je voulais le tuer, enfoncer mes dents dans son cou, lui arracher la gorge et faire jaillir le sang. Les clous de ses gants éraflèrent mon crâne et je me mis à saigner.

— Regarde ! ordonna-t-il.

— Je te hais ! Je te hais !

— Les Gumm-Gumm sont en train de t'infecter ! Tout cet endroit est toxique ! Tu vas regarder, bon sang ?

— Je vais te tuer !

— Regarde, à la fin !

Il me força à tourner la tête et l'odeur infecte me fit suffoquer : des dents, prises dans la chair, aussi blanches que des perles. J'étais au bord de la nausée puis je me rendis compte qu'elles étaient minuscules et effilées.

— Des rats ! cria Jack. C'est en très grande partie de la viande de rat !

Au même moment, j'aperçus une longue queue rose dans la canalisation.

— Tu ne sens donc pas que cette viande est très vieille ? poursuivit-il. Des restes de la dernière guerre. Il a dû la compléter avec des bouts d'animaux pour conserver de sa force jusqu'à ce que le Killaheed soit fini. Ce qui signifie que tes amis ne sont pas là-dedans, pas encore. Tu dois prendre les choses en main, Sturges. Suis cette viande !

On plongea à travers l'écran de fumée noire et on émergea dans une arène en forme de cuvette ceinte de colonnes de pierre. La canalisation passait au-dessus de nos têtes comme une montagne russe miniature, s'élevant toujours plus haut sur des poteaux chancelants et abîmés. Des fluides nauséabonds tombaient sur nos joues. Le tuyau faisait une série de détours avant d'atteindre un plateau environ six mètres au-dessus du sol. Là, la canalisation plongeait brusquement, rivée à une structure en Y par un nœud de fils de fer barbelés. Au bout de la chaîne, des morceaux de viande tombaient comme de la pâtée pour chien dans la bouche béante de Gunmar le Noir, installé juste en dessous.

Devant ce spectacle, tout espoir nous quitta.

Le Vorace nous dépassait tous de plusieurs têtes. Il était vautré sur un trône constitué des ossements jaunis des cent quatre-vingt-dix enfants morts lors de l'épidémie des briques de lait. Il gobait les bouts de viande, dont les éclaboussures maculaient son visage et son torse. Le Noir de son surnom était métaphorique : sa peau luisait d'un rouge profond, telle une cloque. À chaque bouchée avalée, son corps était secoué de petits spasmes, qui révélaient des articulations inattendues – deux coudes par bras, trois genoux par jambe –, toutes capables de se plier dans n'importe quel sens. Son épine dorsale s'étirait et se rétractait comme un périscope, faisant frémir les piquants de porc-épic qui couraient de sa nuque jusqu'au bas de son dos. Il étendit voluptueusement les six bras qui saillaient de son torse musclé, chacun garni de tumeurs suintantes, excepté le bras supérieur gauche, bloc de bois usé et sillonné d'encoches. La mâchoire de Gunmar s'ouvrit et révéla une langue déformée qu'il mâchait de rage depuis plus de quatre décennies.

– SSSSSSTURGESSSSSSS.

Il fallut nous détourner du souffle tiède de cette voix. Le sang battait dans mes veines d'entendre mon nom prononcé ainsi, et, lorsque je regardai de nouveau vers lui, Gunmar chatouillait l'Œil de la Vilénie avec une griffe. Son orbite gauche avait depuis longtemps cicatrisé et l'Œil semblait tout à fait satisfait de rester assis sur l'épaule de son maître, tel un perroquet.

— Hé, Jim, murmura Toby.

— Oui ?

— Qu'est-ce qu'on fait là ?

— Tu vois, Toby, répondis-je, c'est le genre de question dont je me serais bien passé.

— Jim ! Là-haut !

Il m'était désormais impossible de confondre un accent écossais avec un autre. Je recherchai la source de cet appel et vis Claire, à gauche du trône de Gunmar. Enfin, juste sa tête. Pendant quelques secondes surréalistes, je crus qu'elle avait été décapitée, et que par conséquent j'étais mort et aux pays des songes. Mais non, elle était bien vivante, même si je ne parvenais pas à voir son corps. Derrière elle, je vis les visages grimaçants d'autres enfants, une dizaine au bas mot. Il n'y avait pas de cage, pas d'autre troll que Gunmar… Pourquoi n'étaient-ils pas déjà en train de courir ? De derrière nous parvint le couinement de roues dentées. Du dessus, les crachotements du tuyau qui poussait ses derniers morceaux de saucisse. La Machine était vide et en manque de carburant.

ARRRGH !!! caressa le bout de rocher logé dans son crâne.

— Gunmar ! Se battre ! Maintenant !

— MES AMIS D'ABORD ! siffla Gunmar de sa langue fourchue.

Émergeant de l'ombre surgit une hallucinante troupe de trolls affreux à la double mâchoire ou aux yeux à facettes. Ils traînaient des bâtons, des gourdins et des chaînes. Les tresses de leurs cheveux étaient durcies par du sang séché et leurs corps avaient muté à force d'avoir trop vécu près de Gunmar : croûtes d'où sortaient des yeux supplémentaires, blessures d'où poussaient des doigts, plaies hérissées de dents. Il y avait des Nullhullers, des Ğräçæjøĭvŏd'ñŭý, des Wormbeards, des Yarbloods, des Zunnn, et des quantités innombrables de ces faibles d'esprit qu'on nommait les Gumm-Gumm. C'est donc avec surprise que j'entendis le murmure incrédule de Jack.

— C'est tout ? Il n'y a que ça ?

— Sous-estime les Gumm-Gumm à tes risques et périls, le prévint Blinky. Peut-être le Vorace n'a-t-il pas eu assez de temps pour mobiliser le nombre de fidèles que nous avions envisagé. Prenons cela comme une bonne nouvelle et arrêtons-nous là, OK ?

— D'accord, fit Jack en entrechoquant ses épées.

Il poussa son cri de guerre et les autres chasseurs de trolls l'imitèrent. Dans une manœuvre habile, ils se dispersèrent en triangle, ARRRGH!!! sur la droite, envoyant bouler trois Gumm-Gumm d'un simple coup de poing, Blinky sur la gauche, fouettant ses ennemis de ses tentacules ; et Jack à la pointe, faisant tournoyer ses épées comme des lassos.

Un nuage de poussière s'éleva. Toby et moi on en profita pour se précipiter vers le côté. On n'y voyait pas à un mètre devant nous, mais on se servait de nos pieds pour éviter de tomber dans des crevasses, et de nos mains pour écarter des tiges de métal. Sur nos tempes s'écrasaient les déchets sanguinolents auxquels j'avais fini par m'accoutumer : des tranches froides de peau de troll, des giclées brûlantes de sang, des bouts collants de tissus de doucette. Les cris des enfants capturés se firent plus forts au fur et à mesure qu'on se rapprochait, rivalisant avec le gémissement scandé par les Gumm-Gumm :

— Killaheed. Killaheed. Killaheed.

— Nous y sommes, soupirai-je.

— Chouette, fit Tub.

Une créature surgit de la brume, marquée d'une cicatrice en forme de croix sur le menton. C'était le petit démon vicieux qui s'était arraché à mon étreinte sous les pneus, à la casse. Avec son sens de l'odorat inégalé, il m'avait traqué à travers poussière, fumée et viscères. Son corps serpentin claqua comme un fouet et de la balafre qui lui servait de bouche jaillit une vapeur méphitique.

— Rectification, intervint Tub. Pas chouette. Pas chouette du tout.

— Je m'occupe de ce sale maigrichon, grognai-je. Recule.

Je n'avais encore jamais dégainé Numéro 6 et Lameclaire avec un tel panache. Je crois que je vis le troll blêmir, avant que les petites gemmes qui lui servaient d'yeux se durcissent et qu'il glisse sur le côté. Il attaqua par la gauche, mais je parai avec un « lance caca ». Lorsqu'il se tordit en accordéon pour bondir sur ma droite, Lameclaire dessina dans l'air une autre des bottes de Jack, le « blue jean surprise ». Rusé, le troll esquiva et me lacéra les jambes à travers mon pantalon. Je poussai un cri de douleur et chargeai le troll en faisant tournoyer mes deux épées.

Il était acculé à la paroi et pourtant je le manquai. La maudite bestiole se jouait de mes assauts avec un rire hystérique. Cédant à la colère, je cognai comme un fou. C'était une erreur de débutant. Le Rouille me mordit un poignet, puis l'autre. La seconde d'après, j'avais laissé tomber mes épées. Le troll me saisit par la taille et me projeta contre le mur tête la première. Je m'effondrai, assommé. La bouche de la créature s'ouvrit comme une fermeture éclair et du goudron en sortit. Aussi léger qu'un insecte, il bondit sur mes jambes et commença à m'escalader, prêt à m'infliger la morsure de la mort.

Une fine lame argentée saillit brusquement entre ses yeux et tourna sur elle-même, réduisant le cerveau de la bestiole en chair à pâté. Puis la pointe d'un scalpel traversa sa bouche ouverte. J'entendis un gémissement aigu et vis sans en croire mes yeux une petite scie circulaire s'enfoncer dans le corps du troll, sectionnant la vésicule, d'où gicla un fluide bleu et visqueux. Il se raidit pendant quelques secondes, puis ses réserves de poison d'un noir d'encre jaillirent par tous les pores de sa peau. Il s'abattit enfin au sol, pétrifié.

Toby se tenait droit, son sac banane ouvert, avec dans chaque main les armes les plus délirantes que j'avais jamais vues. Il coupa le contact de la scie.

— Docteur Papadopoulos, annonça-t-il, en brandissant les outils dentaires avec fierté.

— Tu les as volés ? demandai-je.

— Je me suis dit que c'était à mon tour d'infliger un peu de douleur, répondit-il en haussant les épaules.

On longea la grotte jusqu'à ce que les cris des enfants disparus soient juste au-dessus de nous. À présent que la Machine était vide, Gunmar risquait d'en faire des steaks hachés. J'observai la paroi nue et à pic, me demandant comment nous allions pouvoir la gravir. Toby posa une main sur mon épaule.

— J'ai une bonne et une mauvaise nouvelle...

— La bonne, répondis-je, et arrange-toi pour qu'elle soit vraiment bonne.

— J'ai trouvé la façon de grimper là-haut.

— Ça, c'est chouette, très chouette. La mauvaise peut-elle être si mauvaise que ça ?

Toby grimaça et tendit le bras. Deux câbles épais permettaient d'accéder au plateau.

— Oh, non, pas ça, me lamentai-je. Tout sauf des cordes.

— On peut y arriver, Jim.

— On n'y arrivait pas dans le gymnase, alors ici...

Toby fourra les instruments de Papadopoulos dans son sac et tira la fermeture éclair. Il me fixa avec un drôle de sourire.

— Toutes ces fois où je suis tombé en cours de gym ? Je faisais semblant pour faire enrager le prof.

— Vraiment ?

— Non. Mais ça sonne bien quand je le dis, tu trouves pas ? Faisons comme si c'était vrai et partons à l'assaut de ces enfoirés.

Il me donna une tape dans le dos et trotta vers les câbles. Le temps que je le rejoigne, il les avait déjà saisis et posé ses pieds en appui sur la paroi, comme un alpiniste en rappel. Je donnai un petit coup de pied dans un tas d'ossements et serrai l'autre câble. Je grimpai d'environ un mètre avant qu'une peur familière s'empare de moi. Mes paumes cloquées glissèrent le long du câble brûlant et je commençai à tourner sur moi-même. Mon pied gauche dérapa et je fus gagné par le vertige. Je m'apprêtai à tomber. Mais cela ne se produisit pas... Une main ferme me saisit et me soutint juste assez longtemps pour que je raffermisse ma prise sur le câble. Suspendu par un bras, Toby m'avait sauvé.

— Pas cette fois, souffla-t-il. Cette fois, on y arrive.

C'était tout ce que j'avais besoin d'entendre. Je repris mon ascension. Toby dérapa à son tour et se mit à tourner sur lui-même. Je parvins à interrompre la rotation de sa corde. Pas de temps pour les remerciements. Nos pieds trouvèrent les points d'appui. Nos muscles ne nous firent pas faux bond. Et le plus important : notre volonté ne fléchit pas. Pendant un moment, ce ne furent pas des enfants hurlants ou des trolls mourants qu'on entendit, ni même les éclats de rire moqueurs de nos camarades du cours de gym, mais les vivats de ceux qui croyaient en nous et nous encourageaient à aller tout en haut, et on réussit.

On resta à haleter dans la poussière puis nos regards se croisèrent et on éclata de rire. Les cris frénétiques des enfants nous ramenèrent à la réalité. Gunmar le Noir se trouvait à quinze mètres de nous, nous dominant de toute sa hauteur, juché sur son trône de crânes, sa peau rouge ondoyant sur son corps. L'Œil de la Vilénie faisait de petits bonds sur ses épaules titanesques.

On avança à quatre pattes. Le visage sale et harassé de Claire fut le premier que je vis. Je plaquai un doigt sur ma bouche pour l'empêcher de crier mon nom. Elle se mordit les lèvres et hocha la tête. Une fois franchie une petite crête, on comprit pourquoi nous ne pouvions voir que sa tête.

Tous les enfants avaient été enterrés jusqu'au cou. C'était déjà assez terrible de se retrouver immobilisé de la sorte, mais il y avait pire. Leurs bouches étaient couvertes de croûtes visqueuses. Gunmar les avait gavés avec un innommable ragoût en vue de les transformer en chair à saucisse. Ces enfants et ces adolescents n'avaient pas été enterrés, ils avaient été *plantés*, pour que la terre grasse et l'argile assaisonnent correctement leur corps pour un palais de troll.

Il n'y avait rien d'autre à faire que creuser à mains nues. Claire avait été capturée la dernière, par conséquent elle fut la plus facile à libérer. En trente secondes, j'avais ôté assez de terre pour qu'elle puisse gigoter et se dégager. Elle pressa brièvement son visage crasseux contre le mien avant de ramper vers le gamin le plus proche et gratter la terre à son tour. Toby et moi on entreprit de libérer une fillette qu'on reconnut même sans ses lunettes mauves. Je lui susurrai à l'oreille que tout allait bien se passer. Mes doigts saignaient et s'égratignaient contre les cailloux tandis que je creusais.

Plus nous libérions de prisonniers, plus nombreux nous étions pour creuser. Dix minutes plus tard, dix-sept enfants étaient à nos côtés. La brume qui planait sur le champ de bataille en contrebas s'était suffisamment dissipée pour que je puisse voir l'avance inflexible des chasseurs de trolls. En raison peut-être du lavage de cerveau qu'ils avaient subi, les Gumm-Gumm n'étaient pas des combattants d'exception ; féroces, certes, mais totalement indisciplinés. Et, comme Jack l'avait dit, ils n'étaient pas assez nombreux. Il n'en restait plus qu'une vingtaine. Il était temps pour ARRRGH!!! de passer à l'action.

Pressant ses pattes avant sur le sol, elle bondit et se propulsa pour atterrir devant le trône. Un nuage de soufre s'enroula autour d'elle comme une nuée d'insectes démoniaques tandis qu'elle se redressait de toute sa taille, c'est-à-dire moitié moins haut que Gunmar. Sa main gauche décrivit un large moulinet, détruisant la dernière longueur de la canalisation, afin de montrer au Vorace qu'elle n'était pas là pour plaisanter. L'énorme mâchoire de Gunmar grinça, sa gueule s'ouvrit et découvrit ses dents aussi grandes que des pieux. Son unique œil étincela lorsqu'il se leva.

ARRRGH!!! lâcha un rugissement si puissant qu'il souleva une tempête de poussière. Elle s'approcha de Gunmar. Des pans de roche s'éboulèrent et la Machine couina en signe de protestation. Les ennemis jurés étaient face à face : cette légende de fourrure noire et cette créature mythique à l'appétit sans bornes. Leurs muscles se tendirent.

Et c'est à cet instant que la reconstruction du pont de Killaheed fut achevée.

On le sut à la seconde où cela se produisit. Le monde autour de nous devint d'une blancheur immaculée, et tous les sons s'assourdirent. Le claquement de la Machine, les cris plaintifs des enfants, les chants des Gumm-Gumm. Je perdis connaissance. Lorsque je revins à moi, ce qui s'offrit à mon regard n'était pas le noir de suie et les ombres du monde souterrain, mais le vert éclatant d'un terrain de sport baigné par la lueur des projecteurs. Puis j'entendis les coups de sifflet des arbitres, le choc mat des joueurs qui en heurtaient d'autres, la rumeur d'une foule immense, et une voix stridente par-dessus tout :

— C-CCCCC'EST FINI !

38

Voici l'histoire. Alors qu'il ne restait que deux minutes à jouer dans le match le plus important de la saison, qui était le point d'orgue du festival des Feuilles Mortes — après une semaine marquée par tant de disparitions d'enfants –, les Fauves de San B. menaient de six points grâce aux exploits dignes d'un super-héros de Steve Jorgensen-Warner. Plusieurs joueurs clés n'étaient cependant pas là, et pour l'heure l'équipe avait du mal à repousser une contre-attaque des Poulains de Connersville. Tout le stade Harry G. Bleeker était debout ; tout le monde dansait et faisait furieusement claquer ses Steve Smackers. Et il fallut une bonne minute aux gens pour se rendre compte de l'éclair blanc qui balaya le terrain et de l'arrivée des monstres grotesques qui se répandirent sur l'herbe.

Le match s'interrompit lorsque le milieu de terrain des Poulains trouva face à lui un troll jaune qui faisait tournoyer une masse d'armes bardée de fil de fer. Le joueur s'immobilisa, réfléchit une seconde, et lui donna la balle. Le troll, décontenancé, mais également affamé, la croqua entre ses dents épaisses comme des rochers.

Le silence se fit et les êtres humains de San Bernardino rencontrèrent pour la première fois les trolls de San Bernardino.

Je m'étais matérialisé, au milieu du terrain, et je regardai les rangées de visages hagards. Au loin, j'aperçus un dernier éclair de lumière provenant du musée d'histoire. L'achèvement de la reconstruction du pont Killaheed avait transporté Gunmar le Noir dans notre monde, Gumm-Gumm et chasseurs de trolls avec lui.

Gunmar était à quatre pattes. Il faisait penser à un tricératops dont la tête s'agite d'un air mauvais. Dans les lumières blanches aveuglantes, il avait l'air plus irréel que jamais. Plus loin, sur le terrain, Jack, Blinky et ARRRGH!!! se redressèrent à leur tour.

Les joueurs de foot battirent en retraite. Les Gumm-Gumm salivèrent devant tant de délicieuse nourriture. Ils rampèrent vers les gradins, fouettant l'air de leurs queues, griffes sorties, mâchoires grandes ouvertes.

Gunmar se dressa de toute sa hauteur, beuglant aussi fort qu'une corne de brume, et frappa de ses piquants l'une des rampes de projecteurs qui explosa dans une pluie d'étincelles.

Quelqu'un hurla, beaucoup trop tard. Joueurs et entraîneurs, tous entreprirent d'escalader les gradins. Mme Leach et sa troupe étaient cachées derrière les décors entassés près de la ligne de touche. Le sergent Gulager, placé près des ambulances, avait l'air hébété, comme s'il s'était attendu toute la nuit à un désastre, mais pas d'une telle ampleur. Le nez pointé vers le ciel, les Gumm-Gumm se précipitèrent dans une haie de pom-pom girls qui s'enfuirent en hurlant. Ils saisirent les barrières avec leurs tentacules, leurs pattes et leurs pinces, et se jetèrent sur le public.

La foule se fendit en deux, chaque groupe se précipita vers les sorties latérales, mais tout le monde s'immobilisa en entendant les cris venus du stade. Les dix-sept enfants disparus étaient là, dispersés un peu partout sur le terrain. Protégeant leurs yeux des lumières, ils cherchaient les membres de leurs familles à travers le chaos.

Les gens s'arrêtèrent en plein élan. Ils risquaient ainsi leur peau, face à ces créatures terrifiantes. La plupart n'avaient pas connu le malheur d'avoir un enfant disparu, mais presque tous connaissaient quelqu'un à qui c'était arrivé. Quoique bien moins importante que celle des briques de lait, l'épidémie actuelle battait son plein sur les réseaux sociaux. Les parents avaient submergé les murs virtuels de photos de leur enfant, indiquant où il avait été vu pour la dernière fois, statuts ensuite fidèlement partagés par les amis. Et voilà que les enfants disparus étaient revenus. Les gens avaient tous entendu le sergent Gulager répéter à la télévision locale que la meilleure chance de s'en sortir, c'était de se serrer les coudes et d'agir ensemble. Et c'est ce qu'ils firent. Avec des sacs à dos, des coussins et leurs poings nus, ils affrontèrent les Gumm-Gumm. Ils furent bientôt rejoints par les joueurs de football qui enfoncèrent leurs casques dans les estomacs de trolls, absorbant les chocs grâce à leurs épaulettes rembourrées.

Malheureusement, les bras des humains se retrouvèrent très vite lardés d'entailles. Désorientés, effrayés, ils s'enfuirent entre les gradins, poursuivis par les trolls.

Le shérif Gulager courut vers le bas de la tribune. Il trébucha sur deux Steve Smackers abandonnés et bascula en avant. Il se redressa, prêt à les jeter, mais il prit le temps de les soupeser. Il tendit le cou, regarda autour de lui, et courut vers l'endroit où la troupe de théâtre était cachée, tremblante. Gulager héla Mme Leach, qui hocha la tête et sortit son mégaphone. La voix du shérif résonna dans les haut-parleurs du stade. Il ne bégaya à aucun moment.

— UTILISEZ LES SMACKERS ! PRENEZ-LES ! IL Y EN A PARTOUT ! VOUS POUVEZ LE FAIRE ! LUTTEZ ! RÉSISTEZ ! RIPOSTEZ !

Le sergent Gulager était l'homme qui avait apporté son aide à San Bernardino en d'innombrables occasions, et pour cela, tous deux se faisaient une confiance aveugle. Parents, personnes âgées, adolescents, tout le monde se précipita vers un Steve Smacker et frappa les trolls avec. Les Gumm-Gumm étaient sonnés. Le claquement des Smackers, qui avait été pour moi le bruit le plus agaçant de la Terre, devint la musique de l'espoir.

— Jim ! Jim !

Toby et Claire me faisaient signe de la main. À en juger par les marques sur le côté du terrain, ils se trouvaient à précisément trente mètres de moi, assez près pour que je puisse voir leurs gestes hystériques. Ils désignaient quelque chose au-dessus de moi. Avant que je puisse lever la tête, les ténèbres me recouvrirent. Je vis Gunmar le Noir fondre sur moi. Toute capacité à réagir me déserta et je restai immobile, mes armes pendant le long de mon corps, inutiles. Le troll m'enserra dans sa prison à six bras. Ses lèvres se retroussèrent, et d'entre ses dents les restes déchiquetés de sa langue pointèrent vers moi.

— PLUS DE SSSSSSSTURGESSSSSSSSSSSSSSSSS.

Sa bave roula sur mes joues comme du plomb fondu. L'épée de Jack s'enfonça violemment dans le bras de bois du troll, le repoussant en arrière. Déséquilibré, Gunmar tomba à plat ventre. J'en profitai pour m'échapper. Jack grogna, extirpant son épée coincée avec tant de peine qu'il bascula en arrière. Gunmar s'accroupit et examina cette nouvelle encoche.

— OUI. DOIT AVOIR NOUVELLE VICTIME.

ARRRGH !!! enfonça ses cornes dans le torse de Gunmar qui suffoqua puis tituba, mais le monstre recouvra son équilibre et se servit de ces mêmes cornes pour soulever son assaillant et le plaquer au sol de toutes ses forces. Alors que Gunmar se baissait pour étouffer son adversaire, ARRRGH !!! reprit ses esprits, saisit le Vorace et lui écarta deux bras.

Des tentacules entourèrent Gunmar. C'était Blinky. Gunmar délaissa ARRRGH !!!. Pendant quelques secondes, on aurait dit que Blinky allait plaquer son assaillant au sol, mais les épines dorsales de Gunmar surgirent comme un régiment de baïonnettes. J'entendis le bruit insupportable de tentacules tranchés net. L'historien troll resta cependant collé à son ennemi assez longtemps pour qu'ARRRGH!!! puisse se lancer dans un nouvel assaut. Gunmar éclata d'un rire tonitruant et s'apprêta à affronter ses deux adversaires à la fois. Sa force était sidérante : ses six bras luttaient à une vitesse déconcertante. Par deux fois les poings d'ARRRGH!!! s'abattirent sur la tête de Blinky.

— Grosse lourdaude ! cracha-t-il. Le Vorace ! Pas moi !

ARRRGH!!! bondit et saisit la tête de Gunmar entre ses deux pattes puissantes. La langue de Gunmar se darda sur elle, laissant deux traînées roses et acides sur son visage, puis il ouvrit sa bouche caverneuse pour lui arracher la tête. Une de ses dents se prit dans le grillage en fils de fer barrant la gueule de la troll et se brisa en deux. Gunmar gémit, premier signe de douleur. ARRRGH!!! tendit un doigt griffu vers l'œil restant, dans l'espoir d'aveugler le Vorace pour de bon, tandis que Blinky faisait prendre des formes inédites à ses tentacules, saisissant les épines dorsales une par une et forçant le troll à reculer.

Jack me regarda à travers ses lunettes et brandit le poing. Je hochai la tête, dégainai mes épées, puis, avec les hurlements de la foule comme cri de bataille, on chargea. Le bras inférieur de Gunmar tournoya devant nous comme s'il était doté d'yeux. Jack se pencha pour esquiver, mais je ne fus pas assez rapide. Je brandis Lameclaire pour parer le coup et sectionnai une griffe jaune, aussi grande qu'un skateboard, qui se planta dans le gazon. Il serra sa main rouge blessée et l'abattit sur moi comme un poing rocheux. Je l'évitai en me penchant sur la gauche et enfonçai Numéro 6 dans son pouce jusqu'à l'os. Les doigts se raidirent et me frappèrent avec assez de force pour me couper le souffle. Je m'étalai de tout mon long. Alors que je cherchais à reprendre ma respiration, je vis Jack accroupi sous Gunmar. Il dégaina Docteur X et la saisit à deux mains. Il était juste au-dessous de l'estomac du troll. Le sang battit plus vite dans mes veines. Si Jack visait juste, la blessure qu'il allait occasionner pouvait tout changer.

Il enfonça sa lame dans la partie droite de l'intestin, et découpa une large entaille. Gunmar poussa un hurlement et se tordit avec une telle force que Blinky et ARRRGH!!! furent tous deux projetés en l'air. Une mousse de sang vermeil et de liquide jaune gicla de la blessure et s'abattit sur Jack. Il s'y attendait et essuya ses lunettes d'un revers de gant.

Mais ce qu'il n'avait pas prévu, ce sont les dizaines – non, les centaines – de trolls minuscules qui sortirent de la blessure. Les premiers rebondirent sur le casque de Jack en gigotant et en miaulant. Mon oncle en resta interdit. Désarmé par leur assaut, il recula, les éjecta de son armure avec dégoût. En quelques secondes, ils étaient partout, se tortillaient dans l'herbe et clignaient leurs yeux minuscules devant ce monde étrange qui les entourait.

— Les autres Gumm-Gumm! grinça Jack. C'est là qu'ils se cachaient!

Je baissai la tête et observai à mes pieds un trio de mini-trolls couverts de mucus. Ils n'étaient pas plus hauts qu'une balle de baseball et chacun était une réplique parfaite de Gunmar : un corps rouge et luisant, six petits bras, une ligne de piquants naissants qui ondulaient sur le dos. Pire : chacune de ces petites monstruosités semblait grandir à chaque inspiration, comme si l'odeur de tant de chair humaine suffisait à assurer la croissance de leurs jeunes corps.

Gunmar secoua la poitrine, ce qui fit tomber quelques bébés supplémentaires sur le terrain de sport. Il les regarda et sourit comme un papa fier de sa progéniture. Ainsi allégé, il rugit et bondit de nouveau dans la bataille contre ARRRGH !!!, Blinky et un Jack Sturges particulièrement hébété. Une violente douleur irradia dans ma jambe. L'un des bébés Gunmar m'avait croqué un orteil à travers ma chaussure. Je donnai un coup de jambe pour le déloger, mais le mini-troll resta accroché. Au bout du compte, je reposai le pied à terre, et abattis mon épée. La petite créature rouge se déporta et ma lame s'enfonça dans l'herbe. Je fis une deuxième tentative, et cette fois le Gumm-Gumm esquiva sur la gauche. Finalement, je levai mon pied en arrière et shootai. La bestiole alla rebondir au loin. Le sang de mon pied mordu commença à teindre le cuir de ma chaussure.

Je scrutai le terrain de foot et aperçus des centaines de ces petits démons, qui bâillaient comme des nouveau-nés et se secouaient comme des chiens mouillés pour chasser le mucus qui adhérait à leur peau. Ils avançaient vers les gradins, apprenant à marcher tandis qu'ils se dirigeaient vers leur premier repas. Plusieurs enfants délivrés écrabouillaient déjà ces bébés monstres avec leurs talons, effort certes courageux, mais loin d'être suffisant. Même si les chasseurs de trolls avaient été deux fois plus nombreux, cela n'aurait pas suffi. Le désespoir m'envahit et je regardai les lignes de touche pour essayer de trouver de l'aide.

Au lieu de cela, j'aperçus le professeur Lempke près de la zone de but, essoufflé. Son visage et ses bras étaient couverts de taches de pus séché. Comme un bambin à une fête d'anniversaire, il sautillait un peu partout en gigotant et en tapant des mains. Le spectacle de la bataille le rendait fou de joie, mais ce qui retenait le plus son attention était le gamin qu'il détestait le plus au monde : Tobias « Toby » D.

Devant sa mamie éberluée, Toby repoussait l'Œil de la Vilénie à l'aide des instruments du docteur Papadopoulos. À coups de nerfs, l'Œil faisait voler les instruments de mon ami aussi rapidement que ce dernier les sortait de son sac banane. Toby aurait peut-être mal fini si mamie ne s'était interposée et n'avait abattu violemment sur l'Œil le sac à main le plus lourd de l'histoire de l'humanité. Comme ivre, l'Œil roula sur lui-même et alla s'écraser contre un tas de bouteilles destinées aux joueurs.

Toby prit sa grand-mère par la main et courut vers les gradins. Les Steve Smackers avaient permis à la foule de repousser les Gumm-Gumm pendant un temps respectable, mais cela ne pouvait pas durer.

Toby s'était révélé un combattant redoutable, mais il ne se jeta pas dans la mêlée. Il continua de courir, main dans la main avec sa mamie, fit le tour de la tribune et disparut. Toute force me quitta alors. Je comprenais à présent ce qu'on ressentait quand on était abandonné. Je tournai les yeux vers les innombrables mini-trolls, puis vers la bête titanesque qui écartait Jack et Blinky avec une facilité déconcertante pour attaquer ARRRGH!!!. Toby n'était pas un véritable chasseur de trolls. J'essayai de m'en souvenir… Pourtant sa fuite m'avait donné un coup au moral aussi dévastateur que si l'un de nous était tombé au combat.

39

Quelques secondes plus tard, un visage grêlé de taches de rousseur surgit dans la cabine de contrôle, suivi d'une vieille dame aux cheveux mauves. Les équipes techniques et le commentateur étaient partis depuis belle lurette, laissant donc Toby tranquille pour examiner la console. Il passa son doigt sur le millier de boutons aux fonctions mystérieuses. Mû par quelque élan d'inspiration divine, il prit une gigantesque canette de soda posée sur l'appareil. Il leva la tête et je jurerais que nos regards se croisèrent. Ses bagues dentaires étincelèrent un instant avant qu'il renverse un peu de liquide sur la console pour laquelle le lycée avait dépensé tant d'argent.

Le Jumbotron devint fou. Je plissai les yeux quand l'écran inonda soudain le stade d'une lumière éblouissante. Des images floues grésillèrent pour laisser place à des parasites.

Les Gumm-Gumm dans les gradins s'immobilisèrent et se retournèrent pour faire face au plus grand poste de télévision qu'ils avaient jamais vu. Leurs mâchoires difformes se relâchèrent et des filets de bave en coulèrent. Gunmar, qui n'était pas affecté, rugit sa désapprobation, mais ses guerriers ne voulaient pas l'entendre. Ils se tendaient vers l'écran, drogués, intoxiqués. Les humains restaient recroquevillés, incapables du moindre mouvement. C'est le sergent Gulager, comme on pouvait s'y attendre, qui mena la charge. Il fonça sur le troll le plus proche, lui passa son arme devant les yeux, vitreux et impassibles, puis, posément, lui logea une balle dans les doucettes. Les gens se réveillèrent, et attaquèrent à leur tour les Gumm-Gumm hypnotisés. Toby effectuait de grands gestes, comme un chef d'orchestre, arrosant la console de soda. Il bidouilla la radio et le gazouillis d'une dizaine de stations différentes se transforma en une infâme bouillie sonore, diffusée à plein volume par les enceintes du stade.

— Jim ! Réveille-toi !

Jack avait hurlé. Il avait ôté son masque et son visage pâle ruisselant de sueur ne montrait pas la moindre once de soulagement. Je compris vite pourquoi : derrière lui, Blinky se roulait dans l'herbe en proie à une extrême douleur, tandis qu'un liquide violet et épais s'écoulait d'une demi-douzaine de ses tentacules broyés. ARRRGH !!! était adossée à un poteau, poils hérissés, sa fourrure noire luisante de sang.

Avec un rire démoniaque, Gunmar utilisa ses six bras pour brandir ARRRGH !!! au-dessus de sa tête. Les lampes en haut du poteau éclatèrent, faisant pleuvoir des échardes de verre qui s'enfoncèrent dans la chair des deux trolls. ARRRGH !!! se contorsionna dans tous les sens, mais elle était impuissante. Gunmar se redressa et la lança de toutes ses forces. Elle atterrit dans la zone des buts, après avoir heurté les poteaux à une telle vitesse que ceux-ci se tordirent et s'affaissèrent en un tas d'acier broyé. Un nuage de terre et d'herbe s'éleva à plusieurs mètres de hauteur.

ARRRGH !!! resta inerte sur le sol. L'herbe et la poussière se dissipèrent lentement.

— NON ! hurla Jack.

L'unique œil de Gunmar se tourna d'un coup.

— OUI… VIENS À MOI, STURGESSSSSS…

Jack beugla et se jeta sur Gunmar. Je voulais suivre, être le chasseur de trolls que Jack pensait que j'étais, mais mon cœur de guerrier fléchit en apercevant les centaines de mini-Gunmar, aussi insensibles aux parasites du Jumbotron que leur géniteur. Leur assurance et leur taille croissaient au fur et à mesure qu'ils se rapprochaient de ces morceaux de viande fraîche bien appétissante, enveloppés de chemises, de pantalons, de vestes et de chapeaux. Ils étaient trop nombreux pour être vaincus et ils allaient dévorer les habitants telle une nuée de sauterelles.

Que devais-je faire ? Aider ces gens innocents sur le point d'être avalés ? Ou secourir l'oncle Jack ?

Puis je perçus un bruit familier.

Il provenait des buts opposés : un grondement que je ressentis dans mon corps avant de l'entendre. Il s'amplifia et devint aussi fort que le bourdonnement d'un millier d'abeilles. Dans le tumulte ambiant, ceux qui étaient sur le stade ne semblèrent pas le remarquer, mais je savais de quoi il s'agissait. Ce bruit, je l'avais entendu dans les parcs et jardins de tout San Bernardino, et aussi dans la cour de ma propre maison, là où les diverses pièces de l'engin étaient nettoyées, affûtées, et testées sur notre pauvre pelouse par trop souvent tondue.

Papa arrivait sur le terrain au volant de sa tondeuse industrielle dorée. Les roues arrière surdimensionnées poussaient son engin aux lames si impressionnantes qu'il faisait un quart de la largeur du terrain. Tous les détails techniques dont mon père m'avait abreuvé devenaient des informations vitales – acier de calibre 7, réservoir de quarante centimètres, lame de coupe réglée sur quinze centimètres. Il remonta le terrain habillé de sa propre armure : filet à cheveux, masque anti-allergie, lunettes, gants, chaussures de sécurité à embouts d'acier, chemise de travail maculée d'herbe, calculatrice de poche Excalibur fermement rangée et les deux manches, croyez-le ou pas, boutonnées.

Pendant une seconde, je crus que l'invasion avait fait chavirer la raison de mon père, et qu'un des symptômes de sa folie était d'avoir choisi ce moment-là pour tondre le terrain de foot. Au même instant j'entendis le glapissement du premier mini-Gunmar, aspiré sous la tondeuse, puis le *tchac-tchac* des lames. Une seconde plus tard, le hachis de troll jaillit du tube d'éjection. Une demi-douzaine de ses congénères cessèrent à leur tour de ramper et regardèrent la machine de mort qui fondait sur eux, pétrifiés par une sensation jusqu'alors inconnue : la peur. Ce sentiment fut bref.

— Papa ! hurlai-je. Vas-y, papa !

Il me fit un bref signe de la tête avant de braquer légèrement sur la gauche pour attraper un groupe de mini-trolls.

Quelques secondes plus tard, ils ressortirent eux aussi sous forme de chair à pâté. La tondeuse avançait à une vitesse inédite pour papa, qui ne s'était jamais permis pareille audace. Je compris qu'il allait les exterminer, que les instincts guerriers des Gunmar miniatures n'étaient pas de taille à affronter un tel expert aux commandes d'une si impressionnante tondeuse à gazon.

Gunmar poussa un hurlement et plaqua plusieurs mains contre son corps, comme s'il ressentait la mort de chacun de ses rejetons. Il baissa la tête et beugla. Les fenêtres de la buvette et de la cabine de son explosèrent ; j'eus la vision de Toby protégeant sa grand-mère des éclats de verre. Les souvenirs de ce jour fatidique de 1969 revinrent d'un coup à papa, et, pendant un instant, la trajectoire de la tondeuse se fit plus erratique. Puis les stations de radio entamèrent une sorte de bataille pour la suprématie sonore, d'où émergea triomphante une émission qui ne passait que de vieux tubes. Par un coup du sort incroyable, c'était une chanson que connaissaient tous les Sturges présents sur le terrain ce soir-là.

« Debout à l'angle de la rue
Attendant de te voir arriver
Et de sentir mon cœur
S'envoo-o-oler de joie… »

Les voix étaient déformées et grésillaient par intermittence, mais c'était bien Don & Juan, et papa prit leurs voix pour le chant des dieux, qui lui donnaient une seconde chance d'être l'homme qu'il avait toujours voulu être. Il s'arma de courage, se pencha au-dessus de son volant et l'agrippa encore plus. La tondeuse se redressa et l'herbe verte prit une teinte rouge sang.

Je traversai les mares glissantes de jus de troll et me retrouvai à côté de Jack. Mon épaule toucha la sienne et je vis dans ses yeux le regard fou d'un gamin prêt à se lancer dans le plus audacieux des défis. Blinky s'efforçait de se relever, mais nous étions tous les trois en piteux état, comparés à Gunmar. Le troll frémissait de tout son être, comme s'il pleurait la mort de sa descendance démoniaque.

— Ça risque de mal finir, affirma Jack.

— Je sais.

— Mais tu t'en es bien tiré. Je veux que tu le saches.

— Merci.

— Jimbo aussi... Ton père. Si tu en réchappes et pas moi, dis-lui que j'ai dit ça.

— Je le ferai.

Jack me saisit la nuque, le plus affectueux des gestes qu'il ait jamais eus.

— Et si on faisait comprendre à ce sale enfoiré qu'il ferait mieux d'y réfléchir à deux fois avant de s'en prendre à un Sturges ?

Sur ce, Jack poussa un cri de guerre joyeux et se lança sur Gunmar en faisant tournoyer ses deux lames. Blinky entendit le signal ct chargea, traînant ses tentacules morts derrière lui. J'oubliai les considérations tactiques auxquelles j'avais songé, plongeai sous la silhouette titanesque, et me redressai d'un coup pour lui sectionner un talon. Le tendon céda, claquant comme un élastique.

Gunmar abattit son pied avec une fureur telle qu'un cratère de la taille d'une voiture se forma sur la ligne des seize mètres. Blinky noua ses tentacules autour des bras inférieurs du troll géant tandis que Jack se servait de son coutelas pour lui escalader une jambe, puis enfoncer Victor Power jusqu'à la garde dans un genou. C'était l'exemple parfait d'une attaque coordonnée, celle dont nous pourrions être fiers le jour où on se retrouverait au paradis des guerriers. D'une seule torsion, il nous chassa comme trois insectes importuns. Mais on revint à la charge, boitillants et meurtris. Il nous repoussa une nouvelle fois. Mes poumons me faisaient mal et je crus que j'avais des côtes fêlées. Lorsque je me relevai une troisième fois, mon genou céda sous moi. Je tombai dans l'herbe, heurtant le sol du menton, pleurant de rage. Je vis Jack projeté en l'air d'un puissant revers de main. Des litres de salive mousseuse lui tombèrent dessus, dégoulinant des mâchoires de Gunmar.

Mes yeux fatigués se posèrent sur la scène de *RoJu*, que j'avais bien connue dans cette glorieuse vie parallèle où j'avais été sur le point d'être applaudi par la ville entière et même de repartir avec Juliette à mon bras. Je la regardai pendant quelques délicieuses secondes, tirant un réconfort fugitif de ses pierres et son pont-levis factices.

C'est là que je vis Claire, agrippant une épée de théâtre comme si elle lui parlait. Elle la tourna sur la droite, puis sur la gauche. La brandit, puis la baissa, dessina des cercles dans l'air, puis des huit et enfin des figures trop complexes pour que j'appréhende leur signification. La lame allait bien trop vite pour que l'œil suive les mouvements, mais je vis sa bouche s'incurver en un étrange sourire, comme si elle venait de comprendre le but de son existence à la seconde même où celle-ci arrivait à son terme.

Sous les yeux incrédules de tous ceux qui étaient là, elle traversa le terrain en courant, glissant sur la tripaille de troll, évita la tondeuse de papa. Elle brandit son épée de scène comme un javelot et la lança de toutes ses forces, comme si elle avait fait ça toute sa vie. L'épée fendit l'air en sifflant et se ficha en plein dans la gueule béante de Gunmar.

Le troll eut un haut-le-cœur et la cascade de salive qui tombait sur Jack se noircit de sang épais. Gunmar tituba et tourna sur lui-même tout en tentant d'extraire la lame de sa gorge, mais il avait les plus grandes difficultés à faire entrer ses griffes démesurées dans sa bouche. Jack s'éloigna tant bien que mal, essuyant la bave et le sang de son visage. Quand il vit Claire arriver sur nous, il prit Docteur X et projeta l'arme, qui s'élança en tournoyant.

Je hurlai à Claire de se jeter à terre. Jack l'avait prise pour un troll ! Mais la jeune fille saisit l'arme. Elle exultait. Jack était tout sourire. Même Blinky marqua une pause et tressa quelques tentacules pour exprimer sa joie.

— Une chasseuse de trolls, déclara Jack.

— Une chasseuse de trolls ! s'écria Blinky.

— Claire ? fis-je.

Elle cligna les yeux vers moi, abasourdie, mais heureuse.

— Bien le bonjour, monsieur Sturges.

Tout prit sens à cet instant. Claire était originaire des Highlands d'Écosse, où trolls et chasseurs pullulaient. Son talent d'escrimeuse, dont j'avais eu ma première démonstration sur la scène, ne pouvait être le résultat de quelques cours particuliers. Elle était une chasseuse de trolls, et avait été attirée vers San Bernardino par les mêmes subtils fils du destin que ceux qui m'avaient entraîné ici. Elle était devenue experte dans l'art de dissimuler sa véritable personnalité, à ses parents comme à ses amis, et même les chasseurs de trolls n'avaient jamais soupçonné sa nature de paladin.

Claire chassa la boue de ses bottes avec son épée. Comportement typique d'une jeune fille née pour se battre.

Gunmar toussa, expulsant la lame factice. Il se dressa devant nous de toute son impressionnante hauteur, du sang s'écoulant à flots d'entre ses dents, sur son torse et le long des tranches de chair flasques de son abdomen tailladé. Il avait perdu tout contrôle de son corps et battait l'air en piétinant le sol comme un enfant rageur, se fouettant lui-même avec ses bras, ses épines dorsales sortant et se rétractant comme des centaines de lames. Il se contracta et se jeta sur nous, bien décidé à en finir.

Les chasseurs de trolls sont nés pour cela, et aucune sensation n'est comparable à celle d'accomplir ce pour quoi on est né. Chaque esquive nous permit d'éviter les coups et de survivre. Attaquer, lancer, parer. Les gradins ne retentissaient peut-être pas de cris de joie, mais il s'agissait indéniablement d'encouragements. Et comment qualifier le parcours de mon père avançant sur sa tondeuse en une marche triomphale ? Il décrivait des cercles concentriques et sa machine dorée réduisait en purée les mini-trolls. Mais tout cela nous aidait : on se battait, sourire aux lèvres, nos muscles endoloris, nos os vibrant du chant de guerre entonné par nos épées.

Claire était la meilleure d'entre nous. Même Jack s'immobilisa pour la regarder escalader l'épine dorsale de Gunmar et enfoncer Docteur X dans l'aisselle et la clavicule du troll, en direction des insaisissables doucettes protégées par son armure. Nous étions des piranhas, dont les mâchoires claquaient sur les extrémités de son corps. Il était toujours sur le point de nous tuer, de porter le coup fatal, de nous écraser une fois pour toutes. Enfin, il fut acculé à la ligne de but. Derrière la cage, il n'y avait qu'une clôture et un fossé, mais on savait tous que la bataille serait terminée avant.

Gunmar saisit quelques tentacules de Blinky et il le projeta vers le banc de l'équipe invitée. Au même instant, il balança son bras de bois comme une canne de golf, envoyant Jack sur la pelouse à trois mètres de là. Recroquevillé sur lui-même, le chasseur de trolls ne se releva pas. Je grimaçai et plantai fermement les pieds au sol. Il ne restait plus que moi et Claire, accrochée au dos du monstre.

Gunmar frappa à l'aveuglette pour l'atteindre et s'accroupit dans le même mouvement pour me saisir. Le carré de chair de son estomac se retrouva devant moi. Mû par je ne sais quel instinct, je sautai dans son ventre. Le troll poussa un couinement et se gratta pour m'en déloger. Le monde autour de moi devint noir. Gunmar se secouait et ses organes heurtaient ma tête et mes épaules. Un rai de lumière illumina brièvement la cavité ventrale et je la vis à cet instant : la vésicule, identique à celle des autres trolls, excepté sa grande taille, une masse orange, de la taille d'un ballon de basket.

J'en avais soupé des ballons de basket.

Je pris la vésicule à deux mains, mais quelques secondes trop tard. Gunmar m'extirpa de ses boyaux et me jeta à terre comme un fétu de paille. Je restai étendu sous le titan, paralysé et presque incapable de voir Claire qui se battait sur son épaule, tout près des doucettes. J'essayai de crier un encouragement, mais je n'avais plus de voix. Elle avait l'air si petite, là-haut, mais également si sûre d'elle, en équilibre sur la pire des créatures, brandissant son sabre. C'est à ce moment-là que je tombai amoureux.

L'échine de Gunmar pouvait se rétracter à volonté. Il se ramassa sur lui-même, divisant sa hauteur par deux. Claire trébucha, laissa échapper Docteur X et glissa entre deux épines dorsales, puis atterrit sur les genoux. Serrant les dents de douleur, elle jeta un coup d'œil entre les jambes de Gunmar. Nos regards se croisèrent. On était incapables de bouger, mais on ne se quitta pas des yeux, craignant de voir l'autre succomber à tout moment. La tondeuse de papa s'immobilisa au loin. Gunmar le Noir avait attendu quarante-cinq ans, mais le moment était enfin arrivé : la déroute ultime des chasseurs de trolls. Ce n'était pas plus difficile qu'écraser un ver de terre dans la cour de récréation. Ensuite, lui et ceux de son espèce infesteraient la Terre, se gorgeraient de viande humaine, et ils redeviendraient gras et sombres comme dans l'Ancien Monde. Il leva un pied devant le chasseur de trolls le plus proche – moi –, s'assurant que mes tripes sanglantes aspergeraient ses centaines de rejetons massacrés.

Le pied ne s'abattit jamais.

Bondissant depuis le fossé derrière le but, ARRRGH!!! passa les bras autour du cou de Gunmar. Un bout de poteau de but fiché dans son crâne saillait comme des bois étranges qui tentaient de trouver leur place à côté de ses cornes. Gunmar se redressa instantanément. ARRRGH!!! resta accrochée. Gunmar donna des coups en arrière. ARRRGH!!! tint bon. Gunmar fit jaillir ses épines dorsales. Une dizaine s'enfoncèrent dans la fourrure d'ARRRGH!!! et en ressortirent ensanglantées. Même transpercée ainsi, elle ne lâcha pas prise.

Gunmar se débattit comme un porc devant le boucher, et il brandit deux bras pour saisir son adversaire par la tête. Mais quelque chose avait changé. Gunmar le sentit et palpa rapidement le crâne de son ennemie. Le rocher, celui qu'il lui avait enfoncé dans la tête des décennies plus tôt, avait été délogé par le poteau de but. Avant qu'il puisse en comprendre le sens, ARRRGH!!! lâcha Gunmar. Le rocher, symbole de bonne fortune depuis quarante-cinq ans, était dans son poing.

Sa voix était calme et posée.

— Mon nom est Johannah M. ARRRGH!!!, déclara-t-elle, et je t'avais promis que je t'aurais.

Le bloc de pierre s'abattit et fendit le crâne de Gunmar en deux. Le bruit fut tel qu'on aurait dit que c'était la planète qui s'ouvrait, et c'est d'ailleurs ce que l'on ressentit lorsque le monstre s'affaissa. La prise d'ARRRGH!!! faiblit, le rocher tomba dans l'herbe et elle s'effondra à son tour, glissant sur les piquants de Gunmar. Elle resta immobile, masse inerte de fourrure détrempée de sang.

 Gunmar vacilla. Il tenta de remettre son crâne en place pour protéger sa cervelle exposée. En vain. Ses six bras n'avaient plus aucune coordination et se gênèrent les uns les autres. Le puissant seigneur des Gumm-Gumm, le Vorace, le Taste-Sang, le Démêleur d'Entrailles, Gunmar le Noir, tituba un bon moment avant de tomber en arrière avec toute la grâce d'un arbre qui s'abat sous la cognée du bûcheron.

40

Jack me laissa faire ce qu'il n'avait pas accompli des décennies plus tôt : donner le coup de grâce.

Claire m'aida à m'approcher du corps encore secoué de spasmes, et Blinky à monter sur sa cuisse. Ensuite, il fut assez facile de progresser en évitant le lac sanglant au milieu du ventre, la tranchée de tripes, les monts et les vallées de la cage thoracique. Je m'assis sur la peau rouge et bouillante à hauteur de son cœur inégal.

Étrangement, je n'étais ni soulagé ni heureux. Juste las. Je plaçai la pointe de Lameclaire sur le bout de chair frémissante. J'éprouvai un nouvel élan d'affection pour Jack. Vaincu, le troll sous moi me paraissait moins maléfique. J'écoutai sa respiration sifflante et regardai sa langue déchiquetée pendre de sa bouche. Son œil unique était tourné vers la nuit étoilée, tandis que l'Œil de la Vilénie s'était rapproché de l'orbite vide.

Je regardai la foule massée non loin de là. Excepté les retrouvailles émues des dix-sept familles, un grand calme régnait. Personne ne prenait de photos. Et pour cause : je devais apprendre plus tard que tous les appareils électroniques à plusieurs dizaines de mètres à la ronde avaient cramé à la seconde où Gunmar s'était écroulé. La plupart des visages ne me disaient rien, mais tous avaient l'air sûrs d'une chose : ce monstre qui s'était emparé de leurs enfants devait disparaître à jamais. La mission semblait au-dessus de mes forces, et j'espérai trouver de l'aide dans les yeux de quelqu'un. Mme Pinkton secouait la tête, comme si elle s'excusait d'avoir envisagé de me donner moins de quatre-vingt-huit sur cent à mon devoir de maths. Le sergent Gulager était là aussi, avec sa perruque de travers et son épaisse moustache maculée de bouts de doucette. Il hocha imperceptiblement la tête à mon adresse. Jack et Claire étaient appuyés sur leurs épées et attendaient. Je repérai Toby qui se rapprochait de la ligne de touche, un bras passé autour des épaules de sa grand-mère. Le regard dont il me gratifia était dépourvu de tout jugement. C'était le fardeau de celui à qui on demande de commander. Seul Blinky ne s'intéressait pas à ce que j'allais décider. Assis, il avait entouré ARRRGH !!! de ses tentacules, soufflant dans sa fourrure les récitations solennelles et compliquées dont seuls les érudits brillants ont le secret, quand ils envoient les valeureux guerriers vers des aventures inédites, dans le royaume de l'au-delà.

Je me souvins alors des paroles de Jack :

« C'est terrible, hein, de ne pas avoir le choix ? »

Il ne me fallut que quelques coups d'épée pour sectionner le cœur de Gunmar. L'organe parcheminé tenta d'éviter ma lame. Une fois ma mission accomplie, je fracassai la carapace qui protégeait les doucettes et les réduisis en bouillie. Puis je sautai dans la cavité ventrale, en ôtai la vésicule, que je jetai dans l'herbe pour la brûler un peu plus tard.

Les Gumm-Gumm survivants assistaient à la dissection du corps de leur ancien maître depuis les gradins et se demandaient comment ils pourraient bien fuir cet endroit étrange et grouillant d'humains. Ils tournèrent leurs têtes cornues, firent claquer leurs membres osseux, de toute évidence mal à l'aise, cherchant le pont le plus proche.

Je me laissai glisser sur la hanche de Gunmar et fus rattrapé par Claire et Jack. Papa était là, lui aussi, et il me serra contre lui. Sa chemise sentait l'herbe et la maison, et je sentis son stupide étui à calculatrice dans sa poche. Non, pas stupide. Brillant. Cela faisait trente ans qu'il avait ce truc sur lui et on ne voyait pas l'ombre d'une éraflure ou d'une déchirure. Cet étui était génial.

Je levai les yeux vers lui et ce que je vis me stupéfia. Les rides de son front s'étaient estompées et sur ses joues elles avaient pratiquement disparu. Son sourire semblait ouvrir des parties de lui qui étaient restées fermées très longtemps, et je sus que les volets d'acier et les portes cadenassées allaient disparaître pour toujours. Il me tapota doucement le visage, geste étrange de la part d'un individu guère habitué à la tendresse, et je lui touchai la joue en retour. Les dernières croûtes de schmoof avaient disparu.

— Plus de mauvaises herbes sur ce terrain, parvins-je à articuler.

Il ôta ses lunettes pour s'essuyer la figure. Il remarqua le bout de pansement qui pendait dessus et jeta le tout sur l'herbe.

— J'ai eu le temps de me faire la main.

Bras dessus, bras dessous, on s'avança vers Blinky, dont les tentacules lissaient les touffes de fourrure noire engluées de sang séché. Toby était étendu en travers du corps de son amie morte, le visage enfoui dans les masses de poils.

La voix de Blinky était rauque d'émotion :

— Je consacrerai un volume de mon livre entier à cette guerrière. Non, non… Une telle canonisation aussi rudimentaire serait insuffisante. Son mémorial consistera en un ouvrage entier retraçant son histoire. Oui, une œuvre biographique d'un pouvoir dédicatoire si encyclopédique dans les récits détaillant son héroïsme que même le plus obtus des illettrés sera convaincu que la chance lui sourira dès qu'il touchera le rocher porte-bonheur. Ma minuscule vie s'achèvera dans quelques misérables siècles. Et pourtant je ne saurais concevoir meilleur projet auquel consacrer mes vieux jours.

Jack posa une main sur le tentacule le plus proche.

— Nous devons la conduire sous terre, commença-t-il. Avant que le soleil…

— Non.

Toby leva la tête, révélant un visage rougi par les larmes. Il remua la tête avec une telle détermination que sa tignasse fut secouée comme un buisson par grand vent. Il se mit debout, sa tenue de ninja maculée de jus de Gumm-Gumm, son sac banane vert citron vidé de toutes les inventions délirantes de Papadopoulos, mais il respirait une confiance en soi qui faisait plaisir à voir sur un gamin qui, moins d'une semaine auparavant, se faisait racketter cinq dollars par jour. Il parlait doucement à l'oreille de Blinky, du moins à l'endroit où il pensait qu'il était logique qu'il y en ait.

— Idée fort inhabituelle, murmura Blinky, mais un inoubliable requiem. Mon nabot rebondi, tu m'as ému avec tes instincts élégiaques. Lorsqu'on se remémorera les évènements de ce jour, ce qui arrivera souvent, c'est de ta contribution qu'on se souviendra en premier, et ce sera normal. C'est de la poésie, et toi, mon corpulent compagnon, tu es un poète.

Toby ne comprit rien à ce discours, aussi haussa-t-il les épaules. Blinky murmura le plan à Jack, qui regarda de l'autre côté du terrain, comme s'il mesurait la difficulté de la tâche, puis hocha la tête en signe d'assentiment. Sans explications, il nous disposa autour d'ARRRGH !!! : Claire et Toby devant une jambe, papa et moi à côté d'une autre, Jack tenant le bras droit et Blinky le gauche. Au signal de Jack, on tenta de traîner le cadavre. Haletant, suant et gémissant, on eut beau faire, nos efforts ne nous permirent pas de le déplacer de façon significative. Puis je sentis d'autres mains se joindre aux miennes ; c'était Gulager. Il prit une corne entre ses mains de sorte que la tête d'ARRRGH !!! ne frotte pas sur la pelouse. D'autres l'imitèrent : le proviseur Cole, Lawrence le prof de sport, et Mme Pinkton, tous incrédules. Carol la guichetière du musée, l'homme au bouc teint en noir et sa fille aux lunettes mauves saisirent un pied. Mme Leach et les élèves du club de théâtre prirent une jambe entière, puis, en un mouvement coordonné, comme si elles répondaient au sifflet d'un arbitre, les deux équipes universitaires de San B. et de Connersville unirent leur force pour soulever le torse. Aucun des joueurs ne comprenait ce dont il avait été témoin cette nuit. Peut-être se réveilleraient-ils le lendemain avec l'impression d'avoir subi un choc violent à la tête, mais à ce moment-là tous étaient mus par le même désir. Ils tendirent leurs muscles et hissèrent le corps.

La dépouille traversa le terrain comme par miracle, son noble groin orienté vers les étoiles. Lorsqu'on arriva près de la rue, derrière les buts, Jack donna un signal et on la dressa à la verticale. Je commençai à comprendre le plan de Toby. Des larmes coulèrent de mes yeux et je levai la tête.

ARRRGH!!! avait à présent une pose si réaliste, si vivante, que je crus bien qu'elle allait me faire un clin d'œil. Elle donnait l'impression de s'apprêter à bondir, et sa mâchoire ouverte suggérait ce rugissement à fendre les oreilles que plus jamais nous n'entendrions. Dans quelques heures, lorsque le soleil se lèverait par-dessus le mont Sloughnisse, ce serait une statue de pierre. Elle ne finirait pas comme ces tristes créatures perdues dans le cimetière des Âmes. Sa statue serait le mémorial du site de la bataille des Feuilles Mortes, et elle servirait à rappeler que les mondes des humains et des trolls peuvent coexister en toute amitié.

Le bonus, évidemment, c'était que le stade Harry G. Bleeker n'avait jamais eu de mascotte, et quelle meilleure effigie pour représenter les Fauves que celle-là ?

On revint vers le milieu du terrain, les joueurs de football se dispersant dans la foule. Les gens commençaient juste à se frotter les yeux et à palper leurs poches pour y chercher leurs clés de voiture. Toby alla prendre des nouvelles de sa grand-mère, qui semblait assez joyeuse. Gulager, mains sur les hanches, observait les habitants de sa ville, qui avaient été exceptionnels.

— On ne devrait pas les laisser partir.

C'était Jack qui venait de parler. Il nettoyait Victor Power en le frottant sur les chaînes de vélos qui gainaient ses tibias.

— Pourquoi pas ? demandai-je.

Il désigna la masse immobile qui avait été Gunmar le Noir.

— Nous aurons besoin de toute l'aide disponible pour traîner ce corps sous terre.

— Ils nous aideront, fis-je.

— Qui ?

— Les Gumm-Gumm, répondis-je, en les désignant. Je pense qu'ils feront tout ce que nous leur dirons de faire.

— Oui, peut-être.

— Quelque chose me dit qu'ils sauront entendre notre demande de renoncer à la viande humaine.

— Je pense que tu as raison, soupira Jack. Tu sais où se trouve le pont le plus proche ?

— Oui.

— Très bien. On s'en occupe tout de suite.

— D'accord, mais… Tu peux me laisser juste une minute ?

Jack suivit mon regard et eut un sourire narquois. Il rengaina son épée.

— Prends-en deux.

Claire traversait le stade, ses bottes de randonnée lançant de grandes éclaboussures de jus de troll, mais elle n'avait absolument pas l'air dégoûtée. Ses vêtements étaient maculés de fluides innombrables et son visage était un mélange poisseux de sang et de boue. Et pourtant, ses cheveux emmêlés rebondissant en cascade sur ses épaules, elle rayonnait de cette insouciance nonchalante dont je m'étais épris bien avant que nous ayons échangé un mot en cours de maths la semaine précédente.

Elle s'immobilisa à quelques centimètres de moi et gratta un peu de sang séché sur sa lame de la même façon qu'une autre fille aurait joué avec sa bague.

— Écoute, commençai-je, je suis désolé.

— De quoi ?

— De tout. De t'avoir laissé capturer. De ne pas avoir compris que tu étais comme nous.

— Ça s'est bien terminé.

— Et la pièce. Je suis désolé aussi pour la pièce.

Elle éclata de ce rire qui me faisait fondre comme du beurre.

— La pièce ? Es-tu vraiment sérieux ? Quel fieffé clown tu fais !

— Cet accent que tu as, m'écriai-je en haussant les épaules. Tu aurais été géniale.

— C'était quand même beaucoup de lignes à apprendre pour rien.

— M'en parle pas.

Elle me gratifia d'un petit regard en coin amusé.

— « Bon pèlerin, vous êtes trop sévère avec votre main.

Qui fait preuve en touchant la mienne d'une respectueuse dévotion.

Les statues de saints ont des mains que peuvent toucher celles des pèlerins ;

Et mettre paume dans la paume est comme un baiser. »

Elle tendit une main fluette maculée de sang.

Je la saisis.

— « Les saints et les pèlerins n'ont-ils pas de lèvres ? »

— « Oui, pèlerin, des lèvres avec lesquelles ils sont censés prier. »

— « Alors, cher saint, que les lèvres fassent ce que font les mains.

Elles prient : exaucez-les, de crainte que la foi se mue en désespoir. »

Claire se rapprocha. Les boucles de ses cheveux effleurèrent mes joues.

— « Les saints ne bougent pas, murmura-t-elle, même lorsqu'ils exaucent les prières. »

— « Alors ne bougez point tant que je recueille l'effet de ma prière.

Ainsi vos lèvres effacent le péché des miennes. »

Sous les rampes de lumière brisées, sur un terrain en ruine, entourés d'une troupe de guerriers hagards, on s'embrassa une première fois, puis une deuxième. Tandis que je fermais les yeux et plongeais dans une sombre plénitude, deux pensées m'importunèrent brutalement comme un moustique. Quelqu'un s'était-il occupé de la vésicule de Gunmar après que je l'avais jetée sur le terrain ? Et où diable était donc le professeur Lempke ?

Ces deux questions s'évaporèrent quand Claire passa ses mains dans mon dos. Elle me mordilla les lèvres tandis qu'elle continuait à réciter les plus tendres des vers de Juliette.

— « Alors mes lèvres ont gardé pour elles le péché qu'elles ont pris aux vôtres. »

Je lui embrassai la joue, les paupières, et me dressai sur la pointe des pieds pour lui baiser le haut du front.

— « Pris le péché de mes lèvres ? lui soufflai-je dans les cheveux. Vous encouragez donc le crime ! Redonnez-moi mon péché. »

Ses bras m'entourèrent et elle me serra avec toute la force dont on pouvait s'attendre de sa part. Je respirai avec peine dans son étreinte, mais j'étais envahi par la joie de sentir son cœur de chasseuse de trolls battre contre le mien, d'avoir toujours le goût salé de ses lèvres de guerrière sur les miennes. À travers ses mèches volant au vent, j'aperçus Toby près de la ligne de touche, à côté de sa grand-mère, mimant le gars qui s'étouffe. Avec le sourire qu'il arborait, tout un chacun était en mesure d'admirer les avancées les plus récentes de l'orthodontie.

À ma grande surprise, Steve Jorgensen-Warner était là aussi. Il n'avait pas remarqué la présence de Toby et regardait le champ de bataille avec un visage vidé de toute émotion. Sa tenue de sport était tachée d'herbe, mais ne comportait pas une goutte de sang, ce qui signifiait à mon avis qu'il s'était caché durant les affrontements et qu'il venait de sortir pour apprécier l'étendue des dégâts. Toby regarda son ancien bourreau, qui n'avait plus l'air aussi intimidant qu'avant. J'avais le sentiment que mon ami en avait terminé avec le racket et qu'il allait sans doute reprendre possession de la caverne aux Trophées.

Toby dévisagea Steve un bon moment. Puis il scruta les diverses pièces d'équipement des joueurs. Il redressa la tête, comme si une idée avait germé au fond de son cerveau, une idée aussi brillante que celle de transformer le Jumbotron en écran à parasites géant. Il accompagna délicatement sa grand-mère sur le côté du terrain avant de s'agenouiller et de ramasser un casque des Poulains de Connersville. Ce n'est que quand il se redressa que je me rendis compte que j'avais eu toute la nuit en face des yeux l'emblème des Poulains : un fer à cheval. Et qu'avait dit Blinky au sujet des fers à cheval ? « Le fer est ce qui marche le mieux, mais en cas de manque de temps, n'importe quoi ayant la forme d'un fer à cheval peut faire l'affaire. » Agissant avec un instinct qui aurait rempli de fierté n'importe quel chasseur de trolls, Toby pressa le casque contre le front de Steve Jorgensen-Warner. Steve hurla et se plia en deux. Ses cheveux blonds tombèrent tandis qu'une crête reptilienne se dressait soudain sur son crâne. Son visage, qui avait captivé tant de lycéennes, se fendit, découvrant un masque en fer recouvert de bouts d'os, éjectant au loin ses deux globes oculaires, remplacés par deux boules argentées luisant d'une fureur incandescente. Ses joues fondirent comme deux steaks mal cuits et ses mâchoires explosèrent dans une pluie de dents pour laisser la place à des mandibules grises. Sa tenue de sport tomba à terre, suivie de fines lanières de viande humaine, remplacées par la musculature puissante d'un changelin.

Claire et moi, on se sépara.

Le véritable corps de Steve, révélé des décennies avant qu'il ait pu atteindre sa pleine croissance, hurla à la lune. Toby s'éloigna, ayant accompli sa mission, et il fit signe à mon père d'arrêter de jouer les héros d'un soir et de laisser faire les professionnels. Papa hocha la tête, se tourna vers son petit frère et lui adressa un signe. Sur ma droite Jack dégaina son épée. Sur ma gauche, Blinky gloussa, prêt à remporter une bataille de plus en l'honneur d'ARRRGH!!!.

Claire me souffla un dernier baiser dans l'air et me fit un clin d'œil malicieux avant de prendre sa lame et de découper la nuit en des dizaines d'éclats argentés qui éblouirent ses compagnons chasseurs de trolls tout autant qu'ils remplirent de rage la créature qui avait été Steve. C'est avec un soupir las et fatigué que je pris place à leurs côtés. Cette nuit avait été sacrément longue. Mais je connaissais à présent la dure réalité : les nuits sont parfois longues pour les chasseurs de trolls.

*Cet ouvrage a été mis en pages
par DV Arts Graphiques à La Rochelle*

*Impression réalisée par Rotolito
en avril 2016
pour le compte des Éditions Bayard*

Imprimé en Italie